KB262033

동심의 발견과 해방기 동시문학

국립중앙도서관 출판시도서목록(CIP)

동심의 발견과 해방기 동시문학 : 김종헌 지음. ─ 서울 : 청동
거울, 2008
　　p. ; 　cm. ─ (어른을 위한 어린이책 이야기 ; 06)
참고문헌과 색인수록
ISBN 978-89-5749-110-2 93810 : ₩15000
809.9-KDC4　　809.89282-DDC21　　　　CIP2008001189

어른을 위한 어린이책 이야기 06

동심의 발견과 해방기 동시문학

2008년 4월 21일 1판 1쇄 발행 / 2008년 8월 20일 1판 2쇄 발행

지은이 김종헌 / 펴낸이 임은주 / 펴낸곳 도서출판 청동거울 / 출판등록 1998년 5월 14일 제13-532호
주소 (137-070) 서울 서초구 서초동 1359-4 동영빌딩 / 전화 02)584-9886~7
팩스 02)584-9882 / 전자우편 cheong21@freechal.com

편집주간 조태봉 / 편집 김상훈 최설주 / 마케팅 김상석

값 15,000원

■ 어른을 위한 어린이책 이야기 06

동심의 발견과 해방기 동시문학

김종헌 지음

청동거울

이 연구는 해방기(1945~1950)에 출판된 아동잡지를 텍스트로 삼았
다. 해방 이후부터 한국전쟁 이전까지 출간된 『새동무』, 『별나라』,
『아동문학』, 『아동문화』, 『어린이나라』 등 계급적 작가들에 의해서
창간된 아동잡지와 『소학생』, 『소년』, 『어린이』(복간지), 『아동』, 『새
싹』 등 민족주의적 입장을 견지한 작가들에 의해서 출간된 아동잡지
등이 그것이다. 여기에 발표된 동시를 대상으로 시인을 관장하는 대
주체(the Subject)를 해체하여 아동의 순수성과 계몽적 시각이 아동
문학의 보편성이 아니라는 점을 분명히 하고, 동시의 담론 구성체를
파악하여 해방기 동시의 시적 주체를 밝히고자 하였다.

해방기의 동시가 다양한 이데올로기 속에 있었음에도 불구하고 지
금까지 총체적인 입장에서 연구를 하지 못했다. 이는 일차적으로 분
단의 현실이 연구를 제한한 이유도 있지만 기본적으로 동심은 순수
하다는 피상적인 이해에서 벗어나지 못했기 때문이기도 하다. 따라
서 이 연구는 아동을 하나의 인격체로 인정하는 바탕 위에서 아동문
학을 독자적인 문학으로 이해하고자 하는 의도를 지니고 있다. 이러
한 연구의 출발은 동심에 대한 관념적이고 추상적인 이해에 대한 반
성에서였다.

지금까지 아동을 똑같은 기호와 취미, 흥미와 지식을 가진 균질적
이고 일반적인 존재로 인식해 왔던 것이 사실이다. 따라서 '어린이
다움'이라는 것 역시 보편적이고 몰개성적이었다. 이러한 인식이 아

동문학에 그대로 반영되어 동심을 순응과 계몽의 이미지로 이해하였
다. 이것은 동심을 작가의 이데올로기에 가두어 둔다는 데 문제가 있
다. 한편 그것은 아동문학을 문학의 위치에 자리매김할 수 없게 하는
하나의 요인이기도 했다.

이제 아동문학에 대한 문학적 이해가 독자를 중심으로 하는 연령
의 한계를 넘어서고 있다. 이와 함께 아동문학 연구도 활발해지고 있
다. 여기에 미력하나마 함께 삽질을 하게 되어 기쁘다. 그러나 이 삽
질이 아동문학 연구의 모든 것을 해결하지 않을 뿐만 아니라, 방대한
자료를 읽어내는 데 스스로 많은 한계를 느낀 것도 사실이다. 그래서
미흡한 연구물이 책으로 세상에 나오는 것에 대한 두려움도 앞선다.
이에 대해서 많은 선후배 여러분들의 질책과 격려를 기다리며, 앞으
로 더 부지런히 걸어갈 것을 조심스레 약속드린다.

이 책이 나오기까지 많은 지도를 해주신 조두섭 교수님과 방대한
자료와 조언을 아끼지 않으신 이재철 교수님의 은혜를 잊을 수 없다.
아울러 어려운 상황인 데도 불구하고 출판을 선뜻 약속하신 청동거
울 식구 여러분께도 감사드린다.

2008년 2월

유현서소(裕玄書巢)에서 김종헌

차례

제1장 서론

제1장 서론

1. 연구 목적

이 연구는 아동잡지의 출판[1]과 더불어 본격적인 아동문학의 시대[2]로 접어든 해방 이후부터 한국 전쟁 이전에 발표된[3] 동시들의 담론 구성체를 탐색하는 것을 목적으로 한다. 이 시기를 설정하게 된 까닭은 해방 직후에 많은 아동잡지가 출판되었으며, 또한 아동문학의 창작[4]이 그 어느 때보다도 활발했기 때문이다.

일반적으로 동시는 어린이의 심리와 감정을 제재로 하여 어른이

---

1) 이재철, 『아동문학개론』, 서문당, 1983. p.72. 1945년부터 약 5년간 출간된 잡지 수가 약 20여 종을 넘고 대표적 아동지로는 『소학생』(1946~1950), 『소년』(1948~1950), 『어린이』(1948~1949), 『어린이나라』(1949~1950), 『아동구락부』(『진달래』 개제, 1947~1950), 『아동』(1946) 등의 우익 계열의 잡지와, 『새동무』(1945), 『별나라』(1945), 『아동문학』(1946~1948), 『신소년』(1946), 『아동문화』(1948) 등 좌익 계열의 잡지가 의욕적으로 간행되었다.
2) 이재철, 『한국 현대 아동문학사』, 일지사, 1978.
3) 해방 이후부터 한국전쟁 이전까지의 시기를 이 논문에서는 '해방기'라 명명한다. 이는 김윤식의 해방공간(1945~1948)과 구분되는 개념이다.

쓴 시를 말한다.[5] 여기서 말하는 어린이다운 심리와 감정을 흔히 동심이라 한다. 그러나 이 '어린이다움'에 대한 이해가 매우 추상적이고 관념적이라는 데 문제가 있다. 따라서 이 논문에서는 동시의 담론 구성체를 바탕으로 동심을 어떻게 시적으로 구체화하는가를 파악하고자 한다. 이러한 접근은 기존의 동시 연구가 동시의 형식과 작가론을 중심으로 연구함으로써 동심의 본질을 파악하지 못했다는 반성에서 출발한다.

지금까지 아동을 똑같은 기호와 취미, 흥미와 지식을 가진 균질적이고 일반적인 대상으로 인식[6]해 왔던 것이 사실이다. 따라서 '어린이다움'이라는 것 역시 일반적이고 추상적으로 이해하였다. 이러한 아동에 대한 인식은 동시를 폭넓게 정의하여 문제의 본질에 접근을 어렵게 하고 있다. 이 같은 폭넓은 정의는 어린이를 어른의 관점으로 바라본다는 데 문제가 있다. 이것은 어린이를 순수하고 착한 존재, 철저하게 천진스러운 존재로 인식할 뿐이다. 따라서 어린이를 늘 계몽의 대상으로 이해하고, 질서 속에 순응하는 동심만 존재할 뿐이라는 인식이다. 이는 동심의 본질에 접근하지 못하는 한계를 지닐 수밖에 없다.

담론은 서로서로를 구분지어 주는 대립관계를 통해 비로소 각자의 의미를 얻게 되는 언술의 체계이다. 따라서 필자는 모든 담론 뒤에는 단일한 기제만 있는 것이 아니라 다양한 기제가 있다는 전제에서 동

---

4) 이 시기에 발표된 동시집은 윤석중의 『초생달』(1946), 『굴렁쇠』(1948), 박영종의 『동시집』(1946), 이원수의 『종달새』(1947), 윤복진의 『꽃초롱 별초롱』(1949), 한인현의 『민들레』(1946), 이종택의 『사과 장수와 어머니』(1949), 김영일의 『다람쥐』(1950) 등이 있다. 이 논문에서는 개인 작품집에 비중을 두지 않는다. 그 이유는 작품집에 실린 대부분의 동시는 이미 다른 잡지를 통해서 발표한 것을 정리하는 경향이 많기 때문에 특정 시기의 동시를 분석하는 텍스트로서의 현장감이 떨어진다는 생각에서이다.
5) 이재철, 위의 책, p.124. 여기서 이재철은 아동문학 본래의 조건을 갖추기 위해서는 어린이가 이해할 수 있는 언어와 소박하고 단순한 사상·감정을 담아야 되는 것이라고 강조하고 있다.
6) Maria Nikolajeva, 김서정 역, 『용의 아이들』, 문학과지성사, 1998.

시를 분석하는 것이야말로 동시 연구의 본질이라 생각한다. 왜냐하면 동시문학에서 시인의 세계관을 분절할 수 있는 담론이 곧 동심이기 때문이다.

따라서 이 연구는 교육적 대상으로서의 아동을 전제로 한 착한 동심을 받아들여 재생산하는 것이 아니라, 동심을 하나의 담론으로 인식하여 해체함으로써 새로운 담론을 형성하려는 것이다. 즉 동심을 은폐하거나 억압하고 있는 담론을 전략적으로 해체하여 동시의 본질적인 진실성을 드러내고자 함이다.

해방기는 어린이운동[7]의 단계를 넘어선 본격적인 아동문학의 시기로 볼 수 있다. 그러나 해방의 과제[8] 속에서 아동문학은 독자적이지 못하고 각종 이데올로기의 수단으로 이용된 측면이 있었던 것이 사실이다. 따라서 새로운 국가 건설의 과제와 다양한 사상과 이데올로기 속에서 동시문학의 탐색을 시도하여야 한다. 지금까지 동심에 대한 본질적인 이해의 부족은 어린이를 미성숙한 존재나 계몽의 대상으로만 보는 문제를 지니고 있다. 이는 국권 회복에 따른 어린이에 대한 기대 속에서 그들을 미래의 주인공으로 인식한 점과 문학단체의 헤게모니 쟁탈과 관련하여 대중화의 일환으로 아동을 이해하고 또 이용한 점 때문이다. 따라서 동심에 대한 이해가 관념적이고 추상적일 수밖에 없다. 이에 대한 극복이 이 연구의 출발이다. 이 점은 해방기 동시가 순수한 관념적 동심만으로 설명할 수 없는 미적 의식을 가지고 있기 때문이다.

---

7) 이재철은 해방 전 시기를 어린이문화운동시기, 해방 이후를 본격 아동문학시기라 하였으나 이는 문학이 문화에 포함되는 일반적인 이해에서 혼란을 초래하기에 이 논문에서는 '어린이운동'이라는 용어를 사용한다. 이 용어는 어린이의 인격적 대우와 지위 향상 등의 내용으로 이해한다.

8) 해방의 과제로는 친일·반봉건 잔재의 청산, 새로운 국가의 건설을 꼽는다.

또 다른 문제 제기는 해방기의 동시가 다양한 이데올로기 속에 있었음에도 불구하고 지금까지 총체적인 입장에서 연구를 하지 못했다는 것이다. 왜냐하면 일차적으로 분단의 현실이 연구를 제한한 이유도 있지만 기본적으로 '동심은 순수하다'는 식의 피상적인 이해에서 벗어나지 못했기 때문이다. 즉 어른이 되는 과정 속의 어린이로만 인식하여 어린이를 인격적 주체로서, 어른과 동일한 차원에서 인식하지 않았기 때문이다. 이에 이 연구는 아동을 하나의 인격체로 인정하는 바탕 위에서 아동문학을 독자적인 문학으로 이해하고자 하는 의도도 지니고 있다. 그래서 아동문학을 순수와 천사의 시학만으로 이해하지 않고자 한다.

한편으로 이 연구는 해방기의 일반 문단에서는 첨예한 이데올로기적 대립이 나타났던 것과 달리 아동문단에서는 그러한 양상이 나타나지 않는 것에 주목하였다. 당시 아동문단의 계급적인 동시는 조선문학가동맹의 대중화의 일환으로 아동문학분과위원회가 결성되고 이어 일반 문인들이 동시와 동화 등의 작품을 발표하였다. 그러나 이 시기에는 여기에 대항할 만큼의 뚜렷한 아동문학단체가 결성되지도 않았고, 적극적인 사상 논쟁을 펼친 것도 없다. 다만 조선문학가동맹의 작가들에 의해서 아동문학의 나아갈 방향성 등에 대한 좌담회 등이 내부적으로 이루어지고 있었을 뿐이다. 좌익문단의 이러한 논의는 아동에 대한 인식과 동시에 대한 질적 수준을 높이는 결과를 가져왔다고 볼 수 있다. 해방기에 간행된 많은 잡지에 발표된 동시들은 그 발행 단체나 발행인의 이데올로기적 성향에 관계없이 작품이 수록되어 있다. 이를 통해 확인할 수 있듯이 해방 직후 아동문단에서는 일반 문단의 이데올로기적 혼란 양상과는 다른 점을 보이고 있다.

이러한 점을 감안하면 동시를 구성하고 있는 동심에 대한 개념이 분명히 밝혀져야 한다. 따라서 이 연구는 해방기 동시를 관념적 이해의 틀에서 벗어나 동심을 하나의 표상으로 이해하고 그 표상 체계를 밝힘으로써 아동에 대한 이해와 현실 인식을 함께 밝히고자 한다. 즉 시인의 사유를 지배하고 있는 동심 담론구성체에 대한 분석을 통하여 동시의 보편성을 파악하고자 한다. 대부분의 아동문학 이론서에서는 동시의 속성을 객관적으로 구명하기보다는 주관적 심정적 차원에서 어린이가 지니고 있는 마음의 실체를 동심으로 보고 기술하고 있는 것이 사실이다.

한편, 지금까지의 동시 연구는 작가와 시적 주체, 그리고 시적 화자를 구별하지 않고 관념적 진술에 의존해 왔다. 이에 해방기 동시의 생산구조를 비판적으로 검토하기 위하여 당시의 어린이 잡지에 발표된 동시를 주로 분석하고자 한다. 특히 시인의 이념과 상반된 잡지에 발표한 작품을 살펴봄으로써 그들의 해방기 현실 인식이 어떻게 동시에 나타났는지 파악할 수 있다고 본다. 또 해방기 동시 속의 어린이 탐색은 동시의 수준을 한 차원 더 높이는 계기가 될 것이라 본다. 아울러 시인의 관념 속에 동심을 설정해 두고 시인의 기대를 투영함으로써 아동을 주체적 입장이 아닌 객체로 밀어낸 것에 대한 반성이기도 하다. 따라서 어린이가 주체가 되는 동시문학을 모색하기 위한 계기가 될 것으로 본다. 이로써 동심은 형이상학적 주관적 산물이 아니라 그것을 해체한 타자와의 상호 담론[9]일 수 있다는 근대성의 논리를 찾을 수도 있다고 본다. 따라서 필자는 '아동문학'이 아닌 '동심문학'[10]으로서 자리매김이 되어야 한다고 생각한다.

---

9) 상호담론은 상징계나 비동일화라는 용어로 대신할 수 있는 것으로, 주체는 타자에 의해서 주체 형태가 결정된다는 것이다. 조두섭,『한국 근대 민족시의 이념과 형식』, 다운샘, 1999, p. 25.

2. 선행 연구 검토

해방기의 아동문학 특히 동시에 대한 연구는 별도의 연구가 진행
된 것은 없다. 다만 이재철이 쓴 『한국현대아동문학사』[11]에서 해방
기(1945~1950)를 '진통 속의 모색기'로 표현하고 본격 아동문학운동
시대라 규정하고 있을 뿐이다. 여기서 그는 해방 직후의 정치·사회
적 배경과 함께 단행본 및 잡지의 출판에 대해서 자세히 정리하고 있
다. 주로 『소학생』, 『소년』, 『어린이』, 『아동』, 『새싹』 등을 중심으로
잡지의 편집 체계와 수록된 글 그리고 활동 작가를 자세하게 정리하
고 있다. 그러나 구체적인 작품 분석이 미흡한 점과 계급진영에서 출
간한 잡지에 대한 분석이 부족한 점을 한계로 들 수 있다. 그는 계급
진영의 잡지 중에서는 유일하게 『새동무』[12]만을 비교적 자세하게 정
리하고 있다. 그러나 이것도 본격적인 분석이라기보다는 당시 아동
문단이 계급진영의 출현으로 인해 정치적 대립과 비극적인 상황이었
다는 점과 이를 헤치고 나온 민족진영의 아동문학이 진통하는 모습
을 증언하기 위한 자료로 정리한 듯하다. 이러한 사실은 이 잡지의
필진을 소개하는 부분에서도 확인할 수 있다. 계급진영의 상황을
"당시 계급주의를 열렬히 부르짖고 언론·잡지계를 통하여 날뛰던"
이라는 수사를 사용한 점이 그것이다. 그래서 그는 정부 수립 이후에
는 점차 계급진영의 잡지가 자취를 감추게 된다고 서술하고 있다. 그

---

10) 아동문학은 아동을 대상으로, 아동을 위해서, 아동이 이해할 수 있는 특수문학으로 이해된
　　다. 이러한 아동문학이라는 용어는 성인문학과 구분하려는 편의적인 용어일 뿐이다. 동심
　　은 일종의 표상 체계로서 어린이의 심상을 총체화한 상징이라 할 수 있다. 따라서 동심문학
　　은 동심이라는 하나의 표상이 어떠한 형상들을 통해 구상화되어 시적 의미를 생산하는 것
　　으로 정의할 수 있다. 이에 연구자는 아동문학의 핵심은 동심이라 보고 이러한 동심이 나타
　　나는 문학이라는 뜻으로 '동심문학'이라는 용어가 적절하다고 본다.
11) 이재철, 『한국현대아동문학사』, 일지사, 1978.
12) 『새동무』(1945~47).

러나 계급진영의 잡지는 해방 이후에도 『아동문화』, 『어린이나라』 등[13]이 계속 출간되었다. 이런 과정에서도 기성문단의 이데올로기적 대립은 아동문단에 크게 영향을 미치지 못한 것으로 나타나고 있다. 이는 당시 아동문학가들이 독자적인 단체를 결성하지 못한 탓도 있지만, 아동문학보다는 문단 전체의 문제에 더 큰 비중을 둔 영향이기도 하다. 그리고 아동문단 내부에서도 민족진영 문학 쪽에서는 아동문학의 교육성을 중요시하였고, 반면 계급진영의 문학은 "유령 정부인 〈조선인민공화국〉을 극구 옹호하고 찬양"하는 선전선동의 문학에 치중하였다.[14] 특히 이재철의 계급진영 문인들에 대한 언급은 반공이데올로기에 따라서 좌익문인의 활동을 부정적인 시각으로 일관하고 있다.[15] 그러나 그는 당시 발간된 아동잡지와 주목받는 시인을 중심으로 개관하고 그 역할의 중요성을 지적하였다. 당시의 주요 작가로 김요섭, 임인수, 박은종 등을 들고 이들에 대해서 정리하고 있다. 이들에 대한 언급도 작품을 중심으로 분석했다기보다는 시인의 활동을 중심으로 작품의 경향만을 소개하고 있는 정도이다. 그러나 이재철의 연구는 계급진영의 잡지를 분석 대상에서 제외한 점이 한계로 지적되지만, 한 시기의 잡지 출간 현황과 내용 분석, 주요 활동 작가를 개관했다는 점에서 큰 의의가 있다. 또한 해방기의 아동문학을 새로운 아동문화운동, 즉 아동해방과 조국 재건운동으로 변화된 가운데 실질적인 문학운동이 배태된 시기로 규정하고 있다. 따라서 전대의 음악적 동요에서 시적 동요 또는 요적 동시로 변모된 점을 밝히고 있다.[16] 그리고 세계문학의 영향으로 율문문학에서 산문문학으로 이

---

13) 『아동문화』(1948), 『어린이나라』(1949~50).
14) 앞의 책, pp.353~356.
15) 이에 대해서 이재철은 연구 당시의 정치적 상황과 관련하여 자신의 의도가 아니었음을 밝히고, 1989년 월북·납북 인사의 해금 조치 이후 논술에서는 견해를 달리한다고 밝혔다.

행되는 과정이 당시의 아동문학에서도 나타난다고 정리하고 있다. 따라서 이 시기는 율문문학이 쇠퇴하였으며, 감성보다는 "논리와 근거를 제시하고 좀더 깊은 사고를 요구하는" 형식으로 전환되고 있음이 특징적이라고 하고 있다. 한편 율문문학의 변화로 김영일을 비롯한 박목월, 이원수 등에 의해서 형식과 내용이 시적 수준으로 질적인 변화를 보이고 있음을 밝히고 있다. 그러나 당대의 아동문학 전체를 개관하여 특징과 문학사적인 흐름에 대해 정리한 관계로 동시문학의 집약적 연구가 아니라는 한계를 가지고 있다.

다음으로 신현득의 「한국동시사연구」[17)]에 해방기의 동시문학에 대한 연구가 있다. 그는 1945년부터 1960년까지를 '자유동시 형성기'라 규정하고 이 시기를 다시 '전기(1945~1950)'와 '후기(1950~1960)'로 구분하였다. 전기(해방기)를 '좌우사상의 대립시기'로 보고 문학의 성격이 양극화되고 동시문학도 그렇게 되었다고 정리하고 있다. 그래서 해방과 함께 프로아동문학이 기세를 얻어 조직적으로 순수문학을 공격하기 시작했다고 서술하고 있다. 이때 순수아동문학측의 작가로 윤석중, 윤복진, 이원수, 김영일, 박은종, 권태응 등을 들고 이들의 작품을 소략하게 다루고 있다. 그리고 동시의 주된 내용으로 '해방의 기쁨과 일제의 만행을 고발하는' 시가 창작되었음을 밝히고 있다. 아울러 한글 문맹 퇴치를 위한 한글 교육, 국토 분단, 사상 분열이 동시의 소재가 되고 있음도 밝히고 있다. 그러나 이는 동시의 문학사적인 전개 과정에서 극히 부분적으로 언급하고 있는 점과 계급진영에 대한 연구의 미흡이 여전히 한계로 남는다. 그의 연구에서는 계급주의 진영의 잡지는 간행 연도와 이름만 소개될 뿐 별다른 정

---

16) 위의 책, pp.398~399.
17) 신현득, 「한국동시사연구」, 단국대학교 대학원 박사학위 논문. 2001.

조선아동문화협회의 기관지인 아동잡지
『주간 소학생』.

리가 없으며 작가의 개략적 소개도 없다. 다만, 계급진영의 대립으로 '조선아동문화협회'를 조직했다고 서술하고 있을 뿐이다.[18] 그러나 조선아동문화협회의 기관지인 『주간 소학생』의 작품이나 평론 어디에서도 이러한 사실은 확인되지 않고 있다. 단지 "골고루 다가치 잘 살 수 있는 훌륭한 조선 나라를 세우도록 힘"[19]쓸 것을 강조하고 있을 뿐이다. 오히려 『주간 소학생』 제2호에는 계급진영의 작가인 박세영의 동요 「넉마전」[20]이 게재되어 있다. 아울러 당시의 일반문단의 이데올로기적 대립을 구체적인 작품 분석 없이 그대로 아동문단에도 적용한 것은 문제가 아닐 수 없다. 또 전체적으로 해방기 동시

---

18) 위의 책, pp.157~173.
19) 윤석중, 「만들고 나서」, 『주간 소학생』, 제2호, 조선아동문화협회, 1946. 2. p.12.
20) "사갑쇼, 사갑쇼./일본기를 사갑쇼./싸게 파니 사갑쇼."//지나가던 갓쟁이/만적만적하다가. /팽치고 갑니다.//팔다 팔다 못하여/기도팔고 갔는지./넉마전의 일본기/초라도 하다.// ― 박세영, 「넉마전」 전문, 위의 책.

의 특성을 밝히는 데도 한계를 가지고 있다.

최근 경남대의 박태일, 한정호 등에 의해, 지역문학의 특성을 밝히는 과정에서 아동잡지의 서지학적 특징과 작가 연구를 통한 당시의 아동문학 연구가 학계에 보고된 바 있다.[21] 이 연구에서 한정호는 해방기에 발표된 아동잡지를 좌익진영과 우익진영으로 나누어 각 잡지의 서지적 특징에 대해서 자세히 소개하고 활동한 작가를 언급하고 있다. 그가 정리한 당시의 좌익 잡지로는 『별나라』, 『새동무』, 『아동문화』, 『아동문학』, 『어린이나라』 등이고 우익 잡지는 『소학생』, 『새싹』, 『아동』, 『어린이』(복간), 『소년』 등이다.[22] 우익진영의 잡지는 앞서 언급한 이재철의 연구와 중복되는 부분이 많으나 좌익진영의 잡지는 비교적 그 특징을 자세하게 다루고 있다. 그러나 여기서도 지역문학의 특징을 조명하는 자리인 만큼 한 시대의 전반적인 연구는 아니었다. 또 작품에 대한 분석을 바탕으로 해서 해방기의 특징을 논한 것이 아니라 잡지의 출판 현황과 아동문단의 활동에 대한 논의가 전부이다.

그 외의 연구로는 작가론적 입장에서 연구한 이원수, 윤석중의 동시에 대한 연구 논문이 가장 많다.[23] 다음으로 윤복진, 권태응에 대한 연구가 있고 나머지 계급진영의 작가에 대한 연구는 거의 없는 편이다. 따라서 한 시대 전반의 아동문학을 파악하기 위한 아동잡지와

---

21) 한정호, 「광복기 아동지와 경남·부산지역 아동문학」, 한국문학회 발표 요지, 2004. 4. 10.
22) 이들 잡지의 간행 연도를 살펴보면 다음과 같다. 좌익 잡지는 『별나라』(1945~46), 『새동무』(1945~47), 『아동문화』(1948), 『아동문학』(1945~47), 『어린이나라』(1949~50) 등이고, 우익 잡지는 『소학생』(1946~50), 『새싹』(1946~47), 『아동』(1946~48), 『어린이』(복간)(1948~49), 『소년』이다.
23) 이원수 동시 연구로는 김용순, 공재동, 김성규, 김용문, 박동규가 있고, 윤석중 동시 연구로는 노원호, 최명숙, 임영주, 안지하, 문선희가 있으며 박목월 동시 연구로는 김진광, 공성학, 한혜영, 류혜숙, 박수진, 홍광옥, 문은주, 윤삼현, 송영근, 원명수, 이용순 등이 있다.

작가의 연계적 연구가 필수적이라 생각되나 이러한 연구는 아직 미흡하다.

3. 연구 방법

아동문학의 연구는 일차적으로 용어에 대해 분명한 정의가 되지 않고 있다는 데 그 어려움이 있다. 이는 동시문학으로 한정하더라도 마찬가지다. 아동과 동심에 대한 용어는 작가나 연구자의 자의적인 해석에 따른 것이 사실이다. 근대 이후 아동은 성인과 다른 독립된 속성을 지닌 것은 분명하나 아동과 동심에 대한 분명한 정의가 내려지지 않고 있다. 이는 아동이 고정 불변의 대상이 아니라 유동적이며 지속적인 존재이기 때문이라 생각된다.[24] 그래서 아동에 대한 정확한 구명이야말로 아동문학의 비밀을 풀 수 있는 단초가 된다. 이는 푸코가 17세기 후반 광인이 '광인'으로 격리된 이후에 비로소 정신병리학(심리학)이 존재했으니 심리학이 '광기'를 해명하는 열쇠를 가지고 있는 것이 아니라 광기야말로 그러한 존재 방식을 통해 심리학의 비밀을 쥐고 있는[25] 것이라 말한 것과 같은 이치이다. 즉 동심의 실체와 표상이 아동문학의 여러 가지 문제를 해결할 수 있다는 것이다.

따라서 이 연구는 아동에 대한 역사적인 개념의 변화와 근대 이후에 발견된 아동의 모습을 파악하고 이것이 실재하는 진정한 아동과

---

24) 아동기는 영유아기 이후의 단계로 규정되거나 청소년기를 포함하는 개념으로 규정되는 등 유동적이다. 이영석 외, 『유아교육개론』, 양서원, 1989, p.10.
25) 가라타니 고진(柄谷行人), 박유하 옮김, 『일본 근대문학의 기원』, 민음사, 1997, p.170.

차이가 무엇인가를 확인하고자 하며, 이를 통해서 동심에 접근하고자 한다. 아동의 마음(심리)이라고 단순하게 정의되는 동심은 다분히 주관적이고 자의적인 성격이 강하다. 그러나 이 논문에서 아동과 동심에 대한 명확한 개념을 정립하려는 것은 아니다. 다만 사회학적 아동의 개념과 아동 심리학에서 정의되는 아동의 심리를 바탕으로 동심의 표상 체계를 이해하고 이로써 해방기 동시에 나타난 어린이의 세계와 어린이의 구체적인 모습을 살펴보고자 한다. 이는 동시문학의 대상으로서의 사회적 어린이가 어떻게 미적으로 형상화되었는가를 파악하기 위함이다. 이러한 접근은 동심의 실체에 다가가는 한 방법이 될 수 있다고 본다.

이 연구는 위에서 제기한 동심의 논제를 명확하게 하기 위해서 푸코의 담론 분석을 중심으로 하면서 페쇠(Pecheux)의 비동일화(disidentification)의 개념을 활용한다. 페쇠는 알튀세르의 이데올로기 호출의 동일화(identification) 기제를 역동적으로 구성하는 의미로 비동일화의 개념을 사용하였다. 즉 비동일화는 이데올로기 호출에 대한 주체 구성이라는 동일화에 대하여 이데올로기의 갈등과 역동적인 관계를 인정하는 것이다.[26]

앞의 선행 연구 검토에서도 밝혔듯이 해방기는 이전의 어린이 운동의 연장선에서 우리말과 글을 찾았다는 기쁨과 함께 이를 어린이들에게 교육하고자 하는 열기가 높았던 시기이다. 이러한 관계로 해방 이후 아동문학 잡지의 발간은 수십 종에 이른다. 따라서 이 시기의 아동잡지를 개관하는 것은 아동문학인들의 아동에 대한 인식이 어떠했는지를 확인하는 단초가 될 것이다. 따라서 이 글에서는 해방

---

26) D. Macdonel, 임상훈 역, 『담론이란 무엇인가』, 한울, 1987, pp.25~42. p.53. ; 조두섭, 『비동일화의 시학』, 국학자료원, 2002, pp.13~14.

해방 이후부터 한국전쟁 때까지 계급주의 진영에서 펴낸 아동 잡지인 『새동무』, 『별나라』, 『아동문화』.

이후부터 한국전쟁 때까지 출간된 『새동무』, 『별나라』, 『아동문학』, 『아동문화』, 『어린이나라』 등 계급적 작가들에 의해서 창간된 아동 잡지와 『소학생』, 『소년』, 『어린이』(복간지), 『아동』, 『새싹』 등 민족 주의적 입장을 견지한 작가들에 의해서 출간된 아동잡지를 함께 분 석할 것이다. 이러한 시도는 아동잡지 내용을 구체적으로 검토하여 당시 아동에게 요구한 내용을 확인함으로써 아동에 대한 인식과 동 심을 어떻게 파악했는가를 밝힐 수 있다는 기대 때문이다. 이 시기에 는 아동문학에서도 일반문학처럼 이데올로기의 대립적 양상이 나타 나는 것같이 보인다. 그러나 아동문단에서는 독자적인 이념 논쟁의 장으로 이어 가지는 않았다. 다만 이 시기는 좌익진영의 적극적인 활 동으로 인해서 동시의 개념과 그 수준에 대한 논의가 활발했던 시기 로 볼 수 있다. 즉 동시에 대한 인식이 변화되고 있었던 시기라 할 수 있다. 대상의 인식을 통해서 세계와 자아의 의미를 발견하고자 하는 동시의 시적 인식이 실천되던 시기라 규정할 수 있다. 이에 대한 근 거로 우선 1935년 이후 김영일, 박목월 등에 의해서 전개된 동시 형 식의 파괴를 들 수 있다. 그동안의 정형률 중심의 동요 형태에서 벗 어나 자유시 형식의 동시에 대한 인식이 많은 작가들에게 받아들여 지고 있다는 것이다. 다음으로 해방기 아동문단에서는 일반문단과 같은 이념적인 논쟁이 약했던 반면 아동문학의 개념과 동심에 대한 구명을 위한 논쟁이 일어났던 것을 확인할 수 있다.

계급진영의 아동문학에 대한 관심은 아동에 대한 인식의 변화를 가져온다. 이처럼 동시의 대상과 소재 그리고 주체에 대한 논의는 동 시의 위상을 한 차원 높였다고 볼 수 있다. 따라서 필자는 자연스럽 게 동시의 율격과 유아적 언어 및 행동 등을 의성어나 의태어로 나열 하는 동요적인 범위와 수준을 넘어선 동시를 연구의 대상으로 삼는

해방기에 민족주의적 입장을 지닌 작가들이 펴낸 아동잡지 『새싹』, 『소년』, 『어린이』(복간지), 『아동』.

다. 또 당시의 아동잡지를 다각적으로 분석하는 것은 그동안의 특정 작가를 중심으로 한 작가론적 시각에서 벗어나 잡지와 작가의 상호 관계성 속에서 작품 중심으로 동심의 실체를 파악하고자 함이다. 이는 당시 아동문학 작품이 특정 문학단체의 이념과 운동 노선을 단선적으로 추수하지 않았기 때문이며, 따라서 좌파(계급주의)와 우파(민족주의)로 양분하여 해방기 동시를 논하는 데 한계가 있기 때문이다. 이에 양쪽 진영의 잡지에 모두 이름을 내며 왕성한 활동을 한 이원수, 윤석중 그리고 해방기에 신인으로 주목을 받았던 권태응, 해방 이후 대구아동문학회의 창립 등 지역 아동문학의 토대를 마련한 이응창, 해방 이후 이데올로기의 갈등을 겪다가 한국전쟁 중 월북한 윤복진, 문학가동맹의 서울지부 서기국 총무부원으로 문학가동맹의 이데올로기로부터 결코 자유로울 수 없었던 이병철의 동시를 주대상으로 분석하고자 한다. 이외에 당시의 아동잡지에 이름을 올린 박목월(영종), 송완순, 박아지, 박세영, 한인현의 작품 등[27]도 분석의 대상으로 삼는다. 이로써 아동의 인격과 개성을 인정하는 새로운 담론의 형성을 찾을 수 있다는 생각이다.

따라서 필자는 비동일화를 이데올로기와 주체 구성이라는 관계를 넘어서 세계와 자아의 역동적 구성의 시적 사유라는 의미로 사용하여 동심을 파악하고자 한다. 제2장에서는 동심에 대한 기존의 개념을 비판적으로 검토한 후 동심을 담론으로 설정한다. 이를 바탕으로 해방기 동시의 시적 주체로 동심이 어떻게 형상화되는지를 파악할

---

27) 이들의 작품이 발표된 해방기의 잡지를 살펴보면 다음과 같다. 박아지, 박세영, 송완순, 박석정, 신고송, 이주홍 등은 『별나라』에, 이원수, 김철수, 배인철, 한백곤 등은 『아동문학』에, 박영종, 이영철, 박은종, 한인현 등은 『소학생』에, 박석정, 박세영, 이주홍 등은 『새동무』에도 작품을 발표한다. 이 중 이원수와 윤복진은 잡지의 성향과 관계없이 작품을 발표하며, 대구 지역에서는 이응창과 여영택, 박은종 등이 『새싹』에 동시를 발표하고 있다.

것이다. 이러한 근거에 따라서 이 시기의 동시를 동일화 동시, 반동
일화 동시, 비동일화 동시로 그 층위를 나누어 살펴볼 것이다. 제3장
에서는 동일화 동시를 다시 구체화하여 물활론적 동심의 자아화와
휴머니즘적 동심의 자아화로 구분하였다. 여기서는 주로 윤복진, 권
태응, 윤석중 등의 동시를 분석할 것이다. 반동일화의 동시는 계급적
동심의 세계화와 계몽적 동심의 세계화로 나누어 제4장에서 분석할
것이며, 이에 해당하는 송완순, 박아지, 조벽암 등 조선문학가동맹
작가들의 작품과 박목월, 김원룡, 이응창 등의 작품을 구체적으로 살
필 것이다. 마지막으로 제5장에서는 비동일화의 동시를 세계와 자아
의 발견으로 인한 동심의 회감과 세계와 자아의 소멸로 인한 동심의
통전으로 유형화하고, 권태응과 이원수의 작품을 중심으로 분석할
것이다. 제6장에서는 이러한 논의의 성과로 당시의 동시가 천사주의
적 동심을 극복했음을 확인하고, 주체 관리와 주체 분할을 통한 동심
의 설정과 이의 시적 실천에 대해서 정리할 것이다.

제2장 담론 구성체로서의 동심

제2장 담론 구성체로서의 동심

1. 동심에 대한 비판적 검토

여기서 먼저 동심에 대한 논의를 구체화할 필요가 있다. 아동문학이 생겨나기 위해서는 먼저 아동이 독자적인 요구와 관심을 가진 존재로 인정되어야 하기 때문이다. 즉 어린이를 생물학적인 한계 때문에 어른에 의해서 보호가 필요한 존재로만 인식하는 것이 아니라, 어린이의 사회성을 인정하는 타자로 인식하여야 한다. 따라서 동심은 자연 상태의 순진무구한 어린이기의 특별한 심리 상태에 머무는 것이 아니라, 그것을 추구하는 역동적인 상태를 의미한다. 동심은 우리가 추구해야 하는 삶의 본질이며 인간의 근원적인 고향인 것이다.

그러나 문제는 이 동심에 대한 이해이다. 지금까지 단순히 착한 존재만을 동심으로 이해하였다.[1] 아이들은 어른과 다른 존재이므로 어른의 세계로부터 보호되어야 한다는 관념이 그것이다. 이런 특별한 관심은 어린이라는 이유로 모든 것을 용서받을 수 있는 순진무구한 천사에 비유하게 된다. 이 순진무구한 아이들의 본성을 보호하기 위해서는 아이들을 사회의 악으로부터 고립시켜야 한다고 생각한다. 동심에 대한 또 다른 이해는 타락하기 쉬운 존재이므로 엄격한 교화가 필요하다는 것이다. 요컨대 어린이는 순진한 존재이므로 발견됨과 동시에 그 순진함을 유지하기 위해서 엄격한 교화의 대상이 된 것이다.[2] 동심에 대한 이러한 인식으로 인해 그 순진무구함을 지키기 위해서 엄격한 교화의 대상이 되는 어린이만 있을 뿐이다. 지금까지 이와 같은 동심을 바탕으로 하여 동시에 대한 개념이 정의되었고, 동시에서 다루어야 하는 소재와 주제 등의 한계를 논의해 온 것이 사실이다.

아동문학에서 '동심'은 사회학이나 심리학에서 의미하는 연령과

---

1) 동심에 대한 정의를 살펴보면 다음과 같다.

동심이란 인간의 본심입니다. 인간의 양심입니다. 시간과 공간을 초월해서 동물이나 목석하고도 자유자재로 이야기를 주고받으며 정을 나눌 수 있는 것이 곧 동심입니다. 윤석중, 『전집 24』, 웅진, 1988. p.131.; 동심이란 것을 천진무구한 것, 죄 없는 것, 세파에 더러워지지 않는 마음 등으로 이해한다. 이원수, 『아동문학입문 전집 28』, 웅진, 1988. p.319.; 동심은 어린이의 몸과 마음의 완성기에 이르지 않은 어린이의 심리이다. 이재철, 『세계아동문학사전』, 계몽사, 1989. p.75.; 동심은 육체적으로나 정신적으로 미숙한 것을 지칭하는 것이 아니라 인간의 원초적인 마음의 상태를 의미한다. 석용원, 『아동문학원론』, 학연사, 1982. p.29.; 동심은 어른들의 장남감도 아니고, 옛날을 회상할 때 잠기는 늙은이들의 그리움의 세계도 아니다. 그것은 삶의 터전에서 온갖 부정과 역경과 싸우면서 끝내 지켜나가는 순수한 인간정신이며, 끊임없이 자라나는 선의 마음의 바탕이며, 온 민족의 어린이와 어른의 마음바다로 확대해 갈 수 있는 정심(正心)이며, 문학에서 가장 효과적으로 키워 갈 수 있는 인간 본성인 것이다. 이오덕, 『어린이를 지키는 문학』, 백산서당, 1989. p.151.; 동심은 단순히 어린이 마음을 일컫는 것이 아니라, 인간이 지켜 나가야 할 보편적 진실을 말한다. 그런데 이러한 진실은 세상을 오래 산 성인보다 어린이에게 더 많다는 점에서 어린이의 마음을 '동심'이라 일컫는다. 김자연, 『아동문학의 이해와 창작의 실제』, 청동거울, 2003. pp.28~29. 이상의 정의를 살펴보면 동심에 대한 이해가 자의적으로 사용되고 해석되었음을 알 수 있다. 그 하나는 동심을 인간의 본성으로 파악하여 인간이 지향해야 할 가치로 이해한 것이고, 다른 하나는 순수를 앞세워 천진하고 미성숙한 상태로 이해한 것이다.

2) 이는 사실 종교개혁기에 교리상의 변혁과 신구 양교의 목적 없는 투쟁이 낳은 의도되지 않은 결과였다. 즉 어린이에 대한 카톨릭적 규정은 순진한 존재이므로 사회 곧 악덕으로부터 고립되어야 한다는 것이고, 프로테스탄트적 규정은 타락하기 쉬운 존재이므로 엄격한 교화가 필요하다는 것이다. 조형근, 「어린이(기)—순수한 자기를 꿈꾸는 우리들의 초자아」, 『문화과학』 제21호, 문화과학사, 2000. 봄, pp.78~80.

발달심리를 전제로 하는 아동의 심리가 아니다. 그것은 세계를 읽을 수 있는, 또 무엇을 말하고 말하지 못하는 것을 구분하는 하나의 이데올로기 같은 기제이다. 다시 말해서 그것은 세계를 인식하는 담론인 것이다.

사회학에서 '아동'은 루소가 발견한 어린이의 성장 과정에 따른 연령에 의한 개념을 그대로 따르고 있다.[3] 아동기, 소년기, 청소년기, 청년기 등의 구분이 그것이다. 그러나 유럽에서도 18세기까지 아동기와 청소년기가 혼동해 사용되었으며, 그 이전에는 아동이라는 개념이 어린 시종이나 소년, 불량스러운 소년, 녀석 등과 동의어로 사용된 것으로 나타난다. 따라서 중세까지는 아동을 연령에 대한 이해라기보다는 계급적인 이해로 신분이 낮은 사람을 일컫는 개념으로 쓰였음을 알 수 있다. 사실, 아동기라는 개념은 종속성과 연관되어 있다. 아동기에 해당하는 단어들이 시종, 숙련공, 군인과 같이 남에게 복종해야 하는 낮은 위치의 남자를 지칭하는 일상어로 존속된 것도 이런 이유에서였다. 또한 '어린 소년'은 꼭 어린이만이 아니라 젊은 하인을 지칭하기도 했다. 이러한 언어적 습관은 오늘날에도 사용되고 있다.[4] 이처럼 중세 이전의 아동기는 미지의 상태에 있었으며, 사람들에게는 아동의 이미지가 논의와 관심의 대상이 되지 못했고, 현실감도 없었다. 이는 당시의 아동기가 실생활 영역과 심미적 영역에

---

3) 루소는 어린이의 육체적·정신적 발달 과정에 따라서 1단계에서 5단계까지 구분하고 있다. 제1단계에서는 5세 이하까지를 말하며 이때의 특징으로는 본능적 욕구의 만족만 구하는 시기로 규정하고 있다. 제2단계에서는 5세부터 12세까지이며 전형적인 어린이기라고 하였다. 이 시기에는 감각 교육, 사물(事物) 교육, 육체 훈련이 시작되는 시기이다. 제3단계는 12세부터 15세까지이며 소년기에 해당한다. 이 시기에는 적극적인 교육이 시작되고 이성의 훈련과 지성이 형성되는 시기이다. 판단력과 수공업적 기술이 습득되는 시기이다. 제4단계는 15세부터 20세까지이며 청년기에 해당된다. 이 시기에는 도덕적·종교적 감정의 교육 시기이고, 우정·동정 등 인간적 감정과 성의식이 싹트고 이성이 완성되는 시기이다. 제5단계는 20세 이상으로 결혼기에 해당된다.
4) 필립 아리에스(Philippe Aries), 문지영 옮김, 『아동의 탄생』, 새물결, 2001, pp.66~87.

서 빨리 지나가고 그만큼 빨리 잊혀지는 전환의 시기였다는 점을 암시하고 있다. 이러한 아동의 인식은 집단의식 속에서 아동기에 대한 의식이 진보하면서 대두된 듯하다. 필립 아리에스는 이러한 과정을 중세까지의 초상화와 종교화 등 풍부한 도상 자료를 통해서 아동의 모습을 증명하고 있다. 가족 속의 아이, 놀이 친구들과 함께 있는 아이, 군중 속의 아이, 어머니의 팔에 매달려 있거나 손을 잡고 있는 아이 등이 그러하다.[5] 그러나 이러한 아동기의 근대적 인식은 아이의 세계와 어른의 세계를 차이성에 의해 부각시키려는 것이 아니라 차별적으로 분리시키는 노력이었다.

사회학에서 아동을 성장의 개념으로 이해한다면, 심리학에서는 발달의 측면에서 파악한다. 심리학에서는 아동을 12세 이하의 연령까지로 정의하고 그 과정에서 나타나는 행동과 심리 과정, 즉 감각, 지각, 기억, 사고, 문제 해결, 정서, 동기 등과 같은 인간의 제반 의식 및 무의식적 활동과 작용[6]을 연구의 범위로 잡고 있다. 심리학이나 아동 심리학에서는 '동심'이라는 용어를 별도의 개념으로 정의하지 않고 있다.

이로 미루어 보면 지금까지 '동심'이라는 용어는 아동문학에서 아동의 심리를 반영한 문학이라 규정하면서 자의적으로 사용한 것으로 생각할 수 있다. 하지만 심리학이나 아동 심리학의 용어를 빌리면 동심은 어린이의 심리이며, 이는 연령적으로 12세 이하의 어린이들의 행동이나 심리 과정이라는 분명한 정의를 도출할 수 있다.

필립 아리에스(Philippe Aries)에 의하면 중세 때까지는 어린이만의 특별한 본성을 찾으려는 의식이 없었으며, 따라서 어린이라는 개념

---

5) 위의 책, p.97.
6) 신홍섭 외, 『심리학 개론』, 박영사, 1997, pp.6~7.

이 성립되지도 않았다. 이때의 어린이는 부모의 지속적인 관심에서 벗어나자마자 곧바로 어른의 사회로 소속되었기 때문이다. 16세기까지도 어린이는 재롱이나 부주의함으로 어른들에게 흥미와 즐거움을 주는 대상이 되었다. 그러던 것이 17세기에 와서 버릇없음과 경멸의 대상으로 바뀌어졌다. 이후 어른들은 어린이에게 심리적인 관심과 도덕적 배려를 보이게 된다. 그래서 어린이의 행동을 교정하기 시작한다.[7] 이는 어린이의 발견이 아동의 주체를 인정한 것이라기보다는 어른의 질서 속에서 교화의 대상이었음을 보여주고 있다.

가라타니 고진은 아동을 하나의 인식의 틀로서 발견의 대상이라고 보고 루소의 '자연인＝아동'이 방법적 개념임을 강조하였다. 즉 아동은 실체적 개념이 아니라 방법적 개념이라는 것이다.[8] 이러한 논리에 따르면 어린이나 어린이의 세계는 하나의 실체라기보다는 관념이며, 이 관념은 실재하는 어린이는 물론 어른의 세계마저 억압한다고 할 수 있다.[9] 이처럼 유럽에서는 르네상스와 과학문명의 발달로 근대문학이 나타나고 이에 힘입어 아동의 개념과 아동문학이 싹텄다고 볼 수 있다. 그러나 우리나라에서는 20세기 초에 이르러 비로소 아동에 대한 인식이 있었다.

1908년에 최남선의 「해에게서 소년에게」에서 '소년'이라는 단어가 등장한다. 그러나 이때 소년은 연령적으로도 청년에 가까운 의미이고 또 시적 내용으로도 동심이나 인간적인 심정을 노래한 것이라기보다는 식민지하에서의 민족적 사명과 국가 갱생의 시대적 요구를 담고 있었던 것이 사실이다. 최남선이 이야기한 '소년'은 과거 역사

---

7) 필립 아리에스, 앞의 책, pp.126～131.
8) 가라타니 고진, 『일본 근대문학의 기원』, 민음사. 1997, p.168.
9) 최기숙, 『어린이 이야기, 그 거세된 꿈』, 책세상, 2001, pp.16～17.

를 청산하고 미래를 창조해 나가는 대상으로서의 소년이다. 그는 소
년을 새로운 세대를 이끌어 갈 주체로서 바라보았다는 데 의의를 둘
수 있다. 하지만 최남선도 청년과 어린 아이의 용어를 구분 없이 사
용하였으며 "우리는 소년이구려 어린아희구려 어룬들과 비하면 모
든 것이 부족한 아희들이구려"[10]라며 계몽의 대상으로 아동을 인식
하고 있다. 따라서 '어린이' '아동' 등의 용어를 사용함으로써 봉건
적인 아동관에서 탈주한 것은 사실이지만 이들이 이해한 동심에 대
한 분명한 해석은 찾을 수 없다. 이후 소년에 대한 인식은 1920년대
방정환의 어린이 운동으로 이어진다. 이런 아동의 발견 과정에서 우
리는 흔히 어린이를 순진무구하고 순수하며 순결하고 정직한 존재라
고 기대한다. 이 점에서 어린이는 '인간'이라는 실체이기보다는 '천
사'라는 이념적 가상물에 근접해 있는 것처럼 여겨진다.[11] 이는 방정
환에 의해서 뚜렷해진다. 방정환은 이전에 사용해 오던 '아이' '애'
'녀석' 등의 용어를 '어린이'로 바꾸어 사용한다. 이는 단순한 용어
의 변화가 아니라 어린이를 하나의 독립된 인격체로 파악하고자 하
는 의도가 들어 있다. 따라서 이러한 용어의 변화는 음성학적 의미보
다는 새로운 사회적 의미에 비중을 두고 이해하여야 한다.[12] 즉 어린
이는 유년(어리다)과 소년(젊다)을 대접하기 위해 새롭게 발견된 개념
이라 볼 수 있다. 방정환의 이러한 아동관은 종전의 봉건적 아동관에
대한 근본적인 변화를 가져온 것이 사실이다.[13] 이는 아이에 대한 과
학적인 관찰에서 가능하였다. 그러나 이 아동은 가라타니 고진의 말
처럼 특이한 종교적 관념으로 나타난 것일 뿐 자명한 사고는 아니다.

---

10) 『소년』 제2권. 위의 책. 재인용.
11) 위의 책. p.14.
12) 이 논문에서는 어린이, 아동, 아이의 용어를 동일한 의미로 사용한다. 이는 '어린이'에 대한
    파롤과 랑그의 차이로 이해할 수 있기 때문이다.

즉 생활로부터 격리되고 추상된 관찰 대상으로서의 아동일 뿐 사회적이고 경험적인 아동은 아니라는 문제를 안고 있다. 따라서 누적된 봉건적인 제도와 관습을 벗어나기 위한 지식인의 자의식의 관념 속에서 발견된 아동일 뿐이다. 그래서 아동은 늘 천사가 되어 있어야 한다.

아동이라는 단어 속에는 연령별 기준에 의한 구분만이 아니라 그들의 생활, 상상력, 관심사, 체험의 영역, 느낌 등이 모두 포함되어 있다. 이를 총체적으로 나타내는 것이 바로 동심이 되어야 한다. 이러한 이유는 어린이가 생각하는 것은 어른이 생각하는 것과 차이가 있기 때문이다. 어린이가 순수하기 때문에 세계를 바라보는 시각이 훨씬 더 진지할 수도 있다. 그래서 어린이들은 세계에 대한 경이와 끝없는 의문을 가지게 된다. 이런 측면에서의 순수성을 동심이라 할 수 있다.[14] 따라서 최남선이나 방정환은 아동을 민족 해방을 위한 선언적인 측면과 어린이 문화운동의 차원에서 이야기하고 있을 뿐 본질적인 동심에 접근했다고 보기는 어렵다. 그래서 방정환은 어린이를 발견하였다고 할 수 있으나, 어린이와 동심의 사회적 의미를 창조하지는 못했다고 볼 수 있다. 즉 그는 가라타니 고진의 지적대로 실재하는 어린이보다는 관념 속의 어린이를 염두에 두었다. 그래서 천사주의적인 동심에서 벗어나지 못하는 한계를 지녔다.

이 연구에서의 동심은 이러한 어린이의 심리 상태를 바탕으로 하

---

13) 한국근대사에서 아동은 1889년 11월 동학의 '내수도문(內修道文)' 4항에 "어린이를 때리지 말라. 이는 한울님을 치는 것이니"라는 어린이 보호조항이 들어 있다. 또 1908년 11월 최남선이 창간한 『소년』에서 "우리 대한으로 하야금 소년의 나라로 하라. 그리하면 능히 이 책임을 감당하도록 그를 교도하라."라고 그 창간 취지를 밝히고 있다. 이러한 관점은 아동을 부모의 소유물로 취급하거나 어른의 부산물로 인정하던 봉건적인 사고에서 벗어나 주체로서의 아동을 세우려는 의지로 볼 수 있다. 김자연, 『아동문학의 이해와 창작의 실제』, 청동거울, 2002, pp.21~27.
14) 이지호, 『글쓰기와 글쓰기 교육』, 서울대 출판부, 2002.

는 동심천사주의[15]적인 논의를 넘어선 개념으로 사용한다. 동시는 동심을 바탕으로 하며 그 대상이 어린이일 뿐 아니라 시적 화자나 청자가 어린이가 되어야 한다. 그러나 어린이의 정서를 매개로 하였다 하더라도 시인의 관념에 의하여 현실과 대상을 해석하면 동시로 보기 어렵다. 즉 동시는 그 물적 토대인 동심의 단순 명쾌성과 소박성을 바탕으로 시인의 사상과 감정을 함축적으로 표현하여야 한다는 것이다. 그러나 아동문학은 독자로서의 아동을 고려하는 특수성이 따르기 마련이어서 늘 동심이 문제가 된다.

문학에서의 동심은 어린이의 행동이나 심리 과정(감각, 지각, 기억, 사고, 문제 해결, 정서, 동기 등)의 총제적인 의미를 넘어, 이를 통해서 세계를 인식하는 체계라 할 수 있다. 따라서 지금까지 동심을 어린이의 마음, 인간의 본성, 인간이 지향해야 할 가치 등 추상적으로 정의한 것은 단순한 기의의 해석에 지나지 않는다고 할 수 있다. 동심은 기표와 기의의 관계를 넘어서 세계를 분할하고 인식하는 하나의 담론으로 이해하는 것이 마땅하다. 따라서 동심은 기표에 일치하지 않고 미끄러짐으로써 다원적인 기제를 형성하게 된다.

이 글에서는 동심, 동심주의, 동심천사주의에 대한 용어가 차별적으로 정의된다. 동시의 주체는 동심이 되어야 한다는 전제에는 이론(異論)이 없는 만큼 동심은 동시의 중심 담론이 될 수밖에 없다. 따라서 봉건적인 교화주의에 대립해서 나타난 자유로운 아동관으로서의 동심주의는 동심이 중심이 되는 동시의 세계관을 지칭한다고 정의할

---

15) 1910년대 아동성의 해방이 주장되고 아동예술운동, 예술교육운동, 자유교육운동의 번창이나 과정에서 대두되었다. 동심이란 순진무구하고 천진난만하여 천사처럼 맑고 고운 심성이라는 극단적인 동심 존중으로 미화되어 평가받는 이념으로, 넓게는 동심제일주의나 동심지상주의와 유사한 의미로 사용되고 있다. 동심주의는 어린이들의 순진무구한 심성에서 인간의 최고 가치를 찾아내고, 어린이들이 자유로운 상상의 세계에 사는 것을 지상 목표로 하는 문학사상을 말한다. 이재철, 『세계아동문학사전』, 계몽사, 1988, p.75.

수 있다. 이 동심주의는 어린이들의 순진무구한 심정에서 인간의 최고 가치를 찾아내고 어린이들이 자유로운 상상의 세계에 사는 것을 지상제일주의로 여기는 문학 사상을 말한다. 이러한 정의는 동심주의를 리얼리즘의 대립 개념, 즉 주관주의로서 부정적인 개념도 포함하고 있다.[16] 그러나 오늘날의 과학적인 아동관에서는 아동의 미발달된 심성이 낳은 상상력의 비정상을 그대로 찬미하는 것이 아니고 아동성을 긍정적인 면에서 자주성을 존중하여, 아동을 객관 세계의 인식으로 끌어 가려고 한다.[17] 이 글에서 동심주의라 함은 후자의 개념을 의미한다. 즉 라캉의 거울과 상징질서의 허구성을 꿰뚫고 자의식의 분열과 자아 세계의 틈새를 인식하여 동심의 '주체'의 문제가 동심적 문학과 동심주의의 문학의 차이를 만든다고 할 수 있다. 이는 이오덕에 의해 비판의 대상이 된 무조건적인 현실 긍정, 유아적인 언어 유희, 귀엽고 상투적으로 묘사한 어린이를 중심으로 하는 동심주의와 구별되는 개념이다. 즉 이오덕의 동심주의는 동심천사주의를 의미하는 것으로 받아들인다.[18] 동심천사주의는 송완순에 의해 정의된 개념[19]으로 지극히 주관적인 개념이라 할 수 있다. 방정환은 근대의 형성 과정에서 아동을 어른과 구분되는 사회적인 개념으로 이해하였다. 그러나 방정환은 아동의 착함과 순수함에 동일화되어 몰개

---

16) 이오덕은 동심천사주의 또는 동심제일주의와 동심주의를 혼란스럽게 사용하였으며, 동심주의를 극복할 대안적 개념을 제시하지 못한 채 리얼리즘적 아동관을 사용하고 있다. 이는 동시문학, 나아가서 아동문학에서 가장 기본으로 해야 하는, 즉 그가 말하는 '아동 중심'의 문학이 되는 것을 본질적으로 거부한 결과라 할 수 있다.

17) 이재철, 『세계아동문학사전』, 계몽사, 1996, p.75.

18) 이오덕은 이 동심천사주의를 유아 취향의 짝짜꿍 동시라고 규정하고 어른(시인)이 어린이를 흉내 낸 말놀이식의 동요라고 비판하며 그 중심에 윤석중을 두고 있다. 이오덕, 『시정신과 유희정신』, 창비, 1977, pp.165~167.

19) "방정환 씨의 '어린이는 순진무구하고 천진난만하고, 무사기한 천사다.'라고 하는 주장은 어린이를 그 생리적 미숙의 일반성에 있어서 추상한, 극히 소박한 관념주의였다. 이것은 달리 말하면 천사주의라고 할 수 있는 것으로 무계급사회에나 적용될 성급한 환상이었다."(송완순, 「아동문학의 천사주의」, 『아동문화』 제1집, 동지사아동원, 1948. 11. pp.25~29.)

성적으로 아동을 이해하였다. 이는 일제 강점기하에서 근대를 맞이한 우리이기 때문에 아동을 민족과 동일한 개념으로 이해한 것이다. 따라서 이런 동일화의 동심은 균질적인 아동을 만들어내기 위해서 억압과 순응, 훈육과 계몽의 대상이 되어 왔다. 이것을 비판하는 과정에서 송완순이 계급적 아동과 대립되는 개념으로 '동심천사주의'라는 용어를 사용하였다.

필자는 동시가 상징과 시적 상상력을 본질로 한다는 것을 전제로 하여 동심을 하나의 세계 인식 체계로 설정한다. 따라서 동심은 세계를 분할하는 인식 체계이자 시적 담론 구성체가 된다. 담론은 소쉬르 언어학이 부르주아적이고 '랑그(langue)'를 중심으로 하는 관념적인 것에 대한 비판으로서 특정 화자를 중심으로 언어의 의미가 변할 수 있다는 관점에서 출발된다. 즉 파롤(parole)을 중심으로 특정 집단, 화자의 위치 등에 따라 서로 다른 입장을 취하며 형성되는 사회적 대화(담론; discourse)인 것이다. 여기서 담론은 서로 대립되는 다른 담론과의 관계를 통하여 담론이 취하는 하나의 입장이 분명해진다. 담론들은 그것이 형성되는 제도와 사회적 실천의 종류에 의해서 달라진다. 또 담론은 말하는 사람들과 그들이 말하는 상대의 위치에 따라서 모습을 달리하기도 한다. 따라서 담론의 영역은 동일하지 않다. 한편 담론은 사회적 산물이어서 다양한 사회·계급은 같은 단어를 다른 의미로 사용하며 사건과 상황을 해석하는 데도 각각 다르다.[20] 이와 같은 견해에서 동심을 단일 기제만으로 인식할 수 없다는 것이 이 연구의 출발점이다.

---

20) D. Macdonel, 임상훈 역, 『담론이란 무엇인가』, 한울, 1987, pp.11~12.

2. 담론과 시적 주체

지금까지 문학에서 아동문학을 주변으로 몰아낸 것이 사실인데, 이는 아동문학의 독자가 아동이라는 제한된 개념으로 받아들여졌기 때문이다. 이러한 사실은 이재철의 다음과 같은 동시의 정의에서도 확인할 수 있다.

> 동시는 어린이다운 심리와 감정을 제재로 하여 성인이 어린이를 위해 쓴 시를 말한다. 동시가 성인 시와 다른 점은 바로 어린이답다는 점에 있다. 그러므로 동시는 그것이 반드시 어린이만을 대상으로 하여 쓴 것은 아니라 하더라도, 아동문학 본래의 갖가지 조건을 갖추기 위해서는 어린이가 이해할 수 있는 언어와 소박하고 단순한 사상 감정을 담아야 되는 것이다.[21]

동시에 대한 이와 같은 개념은 동시가 어린이를 전제로 하여야 한다는 수용자의 입장을 강조하는 것이다. 이는 동시의 범주를 수용자로서의 아동에 제한하여 그 특수성을 강조한 나머지 동시가 시가 되어야 한다는 보편성을 간과하고 있다. 지금까지 동시를 이처럼 수용자로서의 아동과 아동의 지적 수준을 전제로 하여 그 작품의 수준이 어느 정도냐, 즉 아동이 읽고 이해할 수 있느냐 하는 것을 기준으로 논의되었던 것이 사실이다. 하지만 아동문학은 그 대상이나 독자의 수준이 어느 정도냐에 따라서 기계적으로 구분을 할 수 없다. 동시는 근대문학의 형성과 함께 나타난 아동문학의 하위 개념이다. 이에 대

---

21) 이재철, 『아동문학개론』, 서문당, 1983, p.124.

한 개념을 좀더 분명히 정리하기 위해서 동요와 동시로 나누어 살펴볼 필요가 있다. 동요는 그 이전의 전래동요를 의미하며 이는 민요의 범주에 속한다 할 수 있다.[22] 여기서 동요를 다시 전래동요와 근대동요로 나누어 볼 때 전래동요는 민요와 같이 다수에 의해서 공동으로 창작된 노래의 일종으로 볼 수 있다. 하지만 근대동요는 문자를 중심으로 하는 개인의 창작물이다. 이 근대동요는 동시의 범주에 포함되어야 한다. 동시를 크게 두 갈래로 나눌 때 외적 형식의 율격을 갖춘 동시를 동요로, 형식의 파괴를 통한 자유시를 동시로 이해할 수 있다. 따라서 이 논문에서는 해방 이후 사용된 동요는 동시로 이해한다.[23]

동시는 어린이다운 '동심적 발상'이 세계 표상과 정서 표출의 중심축에 있어야 한다. 세계를 단순화하고 인격화하는 물활론적 동심의 직접성과 세계에 반응하는 정서의 단일성은 동시의 기본 특징이라 할 수 있다. 이러한 논리에 따르면 동시문학의 주체는 '아동'이 아니라 '동심'이어야 한다.[24] 즉 아동이 주체가 되고 아동의 입을 빌려서 세계를 인식한다 하더라도 그것이 어른의 정서를 나타낸다면 동시문학으로 보기 어렵다는 것이다. 이는 동시가 소재의 문제가 아니라 그

---

22) 조동일, 『한국문학통사 4』, 지식산업사, 1994, p.52.
23) 전원범은 동요를 ①고대 참요로서의 동요, ②순수하게 구전되어 왔던 어린이 노래로서의 동요, ③창작된 아동문학으로서의 동요, ④현대 음악 용어로서의 동요로 정리한다.(전원범, 『한국전래동요 연구』, 바들산, 1995, p.24.) 이를 기준으로 해방 이후의 동요에 대한 개념을 다시 정리하면 ③을 동시로 넣을 수 있다. 이렇게 볼 수 있는 이유는 해방 직후 발간된 많은 아동잡지에 '동요'라는 이름으로 발표된 글들이 모두 개인에 의해 창작된 것들이고 여기에 악보를 붙여서 ④의 개념으로 사용한 예가 드물게 나타나기 때문이다. 복간된 『어린이』지에서는 '새 곡보'라는 이름으로 악보와 함께 동요를 싣고 있다. 이때 '가사' 또는 '작사'라는 말 대신에 '요(謠)'라는 표현을 사용하고 있으며, '동요'라는 표현을 대신해서 '노래'라 하기도 한다. 따라서 이 논문에서는 이러한 동요는 모두 동시로 이해하고 이 개념을 사용한다.
24) 조지훈, 「아동문학은 아동을 주체로 한 문학이다」, 『아동문학』, 배영사, 1962. (이재철, 『아동문학개론』, 서문당, 1983, p.12.에서 재인용.) 여기서 조지훈은 "아동문학에서는 소재의 주체가 아니라 그 소재를 받아들이고 처리하고 구성하는 마음, 눈과 솜씨의 동심이 주체가 된다는 데 근본적인 문제가 있는 것이다."라고 했다.

소재를 어떻게 인식하느냐 하는 것에 대한 근본적인 물음이다. 즉 주어진 세계를 받아들이고 처리하여 재구성하는 인식의 틀이 무엇인가 하는 점이며, 이것이 동심이라는 것이다. 따라서 이 논문에서는 '동심'의 의미를 생산하는 모든 사회적인 제도나 실천을 담론으로 설정한다. 담론으로서의 동심은 서로 다른 사회적·제도적 실천의 구체적인 형식에서만 발견될 수 있기 때문이다. 이에 동시문학은 세계를 읽어내는 동심이 주체가 되어야 함이 분명해진다. 이때 동심은 세계 인식 체계인 하나의 담론으로 볼 수 있는 것이다. 이 동심으로 대상을 인식하고 시적 체험을 구체화시키는 것을 동시라 할 수 있다. 따라서 동시는 아동의 심리(동심)를 노래한 시라는 개념보다 동심으로 바라본 세계를 미적으로 형상화한 것이라 할 수 있다. 이는 동심을 독자적인 가치관으로 이해할 때 비로소 가능하다. 즉 어른과 어린이를 포함한 사회 전체에 공통되는 본질적인 가치관이 아니라 아동의 독자적인 가치관이어야 한다는 것이다.[25] 즉 타운젠드(Townsend)의 견해대로 축소된 어른이 아니라 살아 있는 어린이의 모습이어야 한다는 것이다.[26] 동시는 모든 사회적 욕망으로부터 추상된 비현실화된 루소적 어린이[27]에서 탈주하여 독자적인 존재로서의 사회적 어린이의 마음을 표현하여야 한다는 것이다. 보호와 양육의 대상인 아이들이 권리의 주체로 전환되어야 하며, 이런 동심이 동시의 주체가 되

---

25) 석용원, 앞의 책, pp.38~39.

26) 타운젠드(Townsend)는 어린이문학이 생겨나기 위해서는 먼저 어린이가 단순히 어른의 축소판이 아니라 독자적인 요구와 관심을 가진 존재로 인정받을 수 있어야 한다고 밝히고 있다. J. Townsend, 강무홍 역, 『어린이 책의 역사 1』, 시공사, 1996, p.14.

27) 루소가 발견한 아동은 역사적·경험적 아동이 아니라 현재의 누적된 환상으로서의 '의식'을 비판하기 위해, 역사적 형성물인 제도의 자명성을 비판하기 위해 방법적인 '자연인=아동'을 가상한다. 즉 아이란 실체적인 개념이 아니라 방법적인 개념이다. 따라서 가라타니 고진은 지금까지 관찰 대상으로서의 아동은 전통적 생활 세계로부터 격리되고 추상된 존재라는 것이다. 가라타니 고진, 앞의 책, p.168. 여기서 루소적 아동이란 이처럼 생활에서부터 격리되고 추상된 아동을 의미한다.

어야 한다. 이와 같은 동심의 이해는 이상적인 꿈의 세계만 고집하지 않고 또 어린이를 봉건적 교화의 대상으로 보는 것에서 벗어날 수 있다. 그래서 아동의 권리와 차이성을 인정하게 된다. 이로써 스스로 권리를 찾고 행사할 수 있는 적극적인 아동을 만날 수 있다.

그러나 동시문학에서 여전히 고민이 되는 것은 동심을 어떻게 정의하느냐 하는 것이다. 동심은 앞에서도 밝힌 것처럼 시공간을 초월해서 나타나는 인간의 원시적 본심(양심)이라는 것에는 이의가 없다. 그러나 이러한 정의가 매우 추상적이며 어린이를 관념화하는 문제가 있다. 동시문학, 나아가서 아동문학 전반에 나타나는 이러한 동심의 이해는 '휴머니즘적 동심'[28]으로 이해할 수 있다. 휴머니즘적 동심은 모든 사회적인 것을 동질적으로 이해하며 모두에게 공유된다고 생각하는 것이다. 동심에 대한 이러한 이해는 현실에서 일어나고 있는 여러 가지 갈등과 대립을 무시한 채 아동의 순수성만을 부각시킨다. 즉 계급투쟁의 갈등과 사회적 차별 등의 문제를 무시하고 시대를 초월해서 공통적인 사고와 영원 불멸의 인간 본심을 바탕으로 할 뿐이다. 이는 인간의 본성 중에서 아동의 본성으로 사고를 제한하고 아동들의 인식 체계 내에서 대상을 읽게 되는 문제를 지니고 있다. 따라서 동심의 범위를 제한하게 된다. 이 경우는 동시문학이 인간적 본성(양심)으로서의 경험을 표현하는 것을 오히려 방해하게 된다.

폐쇠는 담론 구성체란 우리가 어떤 것을 말할 수 있고 어떤 것을 말할 수 없게 만드는 체계라고 보았다. 여기서 두 가지 주체를 상정할 수 있다. 먼저 '말하는 주체'가 그것이다. 이 말하는 주체는 담론 구성체에서 구체적으로 등장하는 주체인데 이 주체는 자신이 주체,

---

28) 여기서 휴머니즘적 동심이란 이데올로기로부터의 순수성과 아동의 절대성을 중심으로 동질적이며 모두에게 공유되는 동심을 개념으로 한다.

즉 스스로 자유를 구가하는 주체라고 믿는 주체(the subject)이다.[29] 이는 시적 퍼소나와 동일하다고 할 수 있다. 한편 페쇠는 담론 구성체를 관장하고 있는 것은 '대주체'(the Subject)라고 본다. 따라서 '작은 주체'(the subject)는 대주체의 호출에 답함으로써 구성된다. 이 대주체는 무엇보다도 스스로 주체라고 생각하는 '말하는 주체'에게 인식되지 않는 상태에서 영향력을 행사한다.

그러나 주체가 주체를 구성한다는 주체관을 해체함으로써 주체가 대주체의 호출에 대하여 단선적이지 않고 역동적임을 확인할 수 있다. 따라서 대주체는 작은 주체를 형성하는 사회·정치적인 관계와 동심 담론을 사용하는 사람들의 입장에 따라서 다양한 형태로 나타나며 의미를 달리한다는 것에 주목할 필요가 있다. 이 연구는 그동안의 통념적인 동심의 개념에서 벗어남으로써 동시의 본질을 파악하고자 한다. 동심에 대한 올바른 이해는 여러 형태의 경험적이고 직접적인 이해를 바탕으로 일반적인 것과 특수한 것을 분리할 때에 가능하다. 이러한 논리에 따르면 해방기 동시는 그들을 호출한 타자의 담론 체계에 의하여 동시의 내적 형식과 사유 구조가 결정된다고 할 수 있다. 따라서 이 담론 구성체를 관장하는 대주체가 시적 메시지를 전달하는 것이다. 해방기 동시가 모두 어린이를 대상으로 하고 어린이를 위한다는 의욕이 앞선 나머지 관념적인 동심에 은폐된 채 또 다른 폭력과 억압으로 획일화되는 문제를 안고 있다. 지금까지 윤석중을 순수 동심을 바탕으로 한 이른바 '짝짜꿍 동시'의 중심에 두고 이해함으로써 동심의 객관적인 파악을 가로막고 있는 것에서 그 예를 찾을 수 있다.

---

29) 강내희, 「언어와 변혁—변혁의 언어모델 비판과 주체의 '역동일시」, 『문화론의 문제설정』, 문화과학사, 1996, p.127.

당시의 동시 담론 구성체는 계몽과 순수성만을 보았기 때문에 다양한 동심의 이해와 동심의 재생산을 통찰하지 못하는 오류를 지니고 있다. 따라서 동시를 구성하는 담론 구성체는 이러한 두 가지 요소에서 벗어나 복잡한 관계에 있다는 것을 전제로 할 때만 동심에 다가갈 수 있는 것이다. 그래서 이 연구에서는 모든 담론의 뒤에는 단일하고 일반적인 체계가 놓여 있다는 신념을 부정함으로써 동심이 다양하게 나타나는 상호관계성을 파악하고자 한다. 이 문제를 해결하기 위해서 비동일화의 개념으로 동심을 전향적으로 파악하고자 한다. 비동일화는 담론 구성체에 의하여 생산되는 주체가 스스로 주체라고 오인하는 망각으로부터 빠져 나올 수 있는 출구와 같은 것이며, 타자의 메시지와 자신의 욕망을 역동적으로 사유하고 구성하는 입구이다.[30]

3. 동심의 세 가지 담론

동시는 위에서 언급한 것처럼 담론 구성체에 따라서 다양한 형태의 동심을 표출하게 된다. 동일화와 반동일화 그리고 비동일화의 미적 전략이 그것이다.

동일화(identification)의 동심은 착한 주체의 형태로 명백한 것을 명백한 것으로 받아들이는 라캉(Jacques Lacan)의 상징계의 주체와 같은 것이다. 이는 타자의 질서에 포섭되어 타자의 실상을 망각하는 문제가 있다. 즉 기표에 고착되어 타자를 발견하지 못한 채 주어진 이

---

30) 조두섭, 『한국 근대 민족시의 이념과 형식』, 다운샘, 1999, pp.22~23.

미지에 자유롭게 동의하는 '착한 주체'들의 양식이다. 그래서 사물
과 의식, 자아와 세계가 분리되지 않고 화해와 조화를 통해서 인간
본연의 심성으로 돌아갈 수 있다는 인식이다. 페쇠에 의하면 동일화
는 주어진 이미지에 쉽게 동의하는 양식이다. 이 동일화 동심은 자아
와 타자가 잘 조화롭게 일치하고, 현실적인 분열과 갈등의 세계가 화
합하는 것을 의미한다. 이는 세계와 자아의 행복한 결합이라는 관습
적이고 서정적인 동일성(assimilation)을 전제로 하고 있다. 이러한
인식은 순진무구한 어린이를 대상으로 하여 착한 것을 그대로 받아
들이는 절대성과 물활론적 인식을 바탕으로 하여 자연과 일치하는
서정적 동일성의 휴머니즘적 동심에 바탕을 두게 된다.

　물활론은 세계와 나의 관계를 교섭 가능한 상태로 인식하여 외적
세계(자연계)를 감정과 이성이 있는 것으로 생동화(Belebung)시키고
심령화(Beseelung)시켜, 이 외적인 자연을 인간과 격리되어 있는 것
이 아니라 동류(同類)로 보는 인식 방법을 말한다. 이러한 세계 인식
은 자연을 운명 공동체 또는 사회 공동체 그리고 생활 공동체의 상태
로 변화시켜 보게 된다. 그래서 낯선 자연계의 공포감이나 불안, 고
독을 해소시키려는 심리적인 상태를 유지한다.[31] 어린이들은 이 물
활론적 세계 인식으로 자아와 세계를 구분하지 않고 잘 조화되는 동
일성의 경지에 이르게 된다. 이 동일성의 회복은 세계를 유기적 통일
체로 인식하는 것이다. 이러한 세계 인식을 동심으로 이해하고 이를
바탕으로 아동과 사물의 여러 관계를 친밀한 의식으로 처리하여 대
상의 본질에 접근하고자 하는 것이 동일화의 동시이다. 이는 뒤숭숭
하고 압박받는 것이 없어지고 자아와 자연계(외계)가 잘 조화롭게 표

---

31) 권기호, 『현대시론』, 경북대 출판부, 1998, pp.65~69.

현되어 나타난다. 그래서 시적 주체는 작고 보잘것 없는 것에서도 생명의 소중함을 발견하는 순진무구함을 지니고 있다. 이것은 어린이들의 독특한 세계 인식 방법 중의 하나로써 무생물에게도 생명을 불어 넣어 주는 것으로 너와 나, 자연과 인간, 인간과 인간 사이의 벽을 허무는 세계의 총체성을 확보[32]하게 된다. 따라서 동일화의 동시는 자연적인 순수함을 동심의 근원으로 믿는 데서 출발한다. 그래서 아동을 순진한 존재로 인식하여 세계와의 갈등이 없는 상황을 설정한다. 이는 심리학에서 이야기하는 아동의 자기 중심적 사고를 그대로 따르는 것이다. 자기 중심적 사고는 이기적이거나 독단적인 것과는 구별되는 개념이다. 자기의 세계 안에서 외계를 인식하는, 즉 자아와 타자의 구별이 없는 세계 인식의 방법이다. 이러한 세계 인식을 동심 동일화로 이해할 수 있다. 따라서 동일화 동심은 객관적인 현실이 결여됨으로써 아동이 주체가 되지 못한 채 늘 주어지는 현실에 순응하는 아동이 재현될 뿐이다. 그래서 동일화 담론의 동시들은 자연 발생적인 어린이들의 놀이 속에서 단순한 즐거움을 발견하고, 자연과 동심이 일체감을 이루는 시적 상황을 설정한다. 따라서 착한 주체를 명백하게 받아들여 순진한 어린이를 주체로 구성한다. 이것이 동심천사주의 동시를 낳게 된다. 그러나 이 동일화 층위의 동시는 순수한 아동이 재현될 뿐 리얼리티의 새로운 국면을 형상화하지 못하는 한계가 있다. 또 이러한 사고의 문제는 아동을 주체로 인식하지 못한 채 일방적으로 세계에 굴복하는 피해자로 전락하게 만들 수 있는 문제를 안고 있다. 즉 동심과 세계가 상호 소통적이지 않고 타자의 주체를 인정하지 않기 때문에 일방적이라는 것이다. 따라서 동일화의

---

32) 황정현, 「권영상론」, 『아동문학평론』 제93호, 아동문학평론사, 1999. 겨울호, pp.97~98.

동심은 자아와 세계가 일치하는 '세계의 자아화'와 '자아의 세계화'로 재현되어 자아 중심적인 아동을 동시의 주체로 형성하는 특성을 지니고 있다. 그래서 이 시적 주체는 자기 것에 대한 강한 집착 때문에 '나'를 중심으로 모든 것을 얻으려 하고 주체를 세계에 주입시키려는 강제가 있다.

동일화 동시의 또 다른 특징은 대주체의 호출에 적극적인 답하기를 통해 작은 주체를 세우는 과정에서 현실적인 어린이의 심리보다 '있어야 하는' 어린이의 심리를 주입시키는 것이다. 이러한 경우의 동시로 윤석중의 동시를 꼽을 수 있다. 앞으로 방정환, 윤복진, 윤석중의 동시를 구체적으로 살펴보겠지만, 윤석중은 밝은 놀이를 통해서 즐겁게 노는 희망적인 동심을 표현했다. 이 희망적인 동심은 대주체의 호출에 답한 작은 주체인 시인이 설정한 세계이다.

이처럼 동일화의 시적 사유는 동심을 아동에 대한 실체보다는 자연적 순수함이라는 재현된 가치 속에서 이해하기 때문에 현실적이지 못한 아동을 설정하고, 아동의 자주성을 존중하지 않고 객관적인 세계로 끌어내지 못하는 한계를 가지고 있다. 이는 이데올로기로부터 벗어난 순수성과 윤리성 그리고 교훈성을 강조하면서 동심을 동질적으로 이해한 휴머니즘적 동심으로 사회 저변에 깔려 있는 불평등이나 모순을 잊게 한다. 그래서 사회적 모순구조가 반복되는 속에서도 갈등하는 아동의 실체와 그들의 문제의식을 간과하여 아동을 주체로 형성하지 못하게 된다. 즉 유토피아 속에서 재현된 아동으로 동심을 절대화할 뿐이다. 이러한 시적 사유는 윤복진[33]과 권태응, 윤석중[34]의 동시에서 구체화되고 있다. 이외에 당시의 아동잡지를 통해서 작품을 발표한 한인현, 서근배, 김영일, 이종성, 임인수, 박경업, 김윤성 등의 동시도 마찬가지라 할 수 있다. 이들의 창작 활동은 각기 다른 정치적 입장을 취하고 있으면서도 서정성 짙은 동시를 썼다는 공통점에서 출발한다. 앞으로 이들 동시에 나타난 동심의 근원적인 세계를 구체적으로 분석함으로써 동일화의 동심이 어떻게 아동을 재현하고 있는지를 파악할 수 있을 것이다.

이에 비해 반동일화(counter-identification)의 동심은 동일자의 메커니즘에서 빠져나가 타자를 넘어서는 주체를 형성한다. 즉 아버지를 넘어서 기표의 전복을 시적으로 해체하여 본질적 세계와 비본질적인 세계를 거꾸로 세우는 형상이다. 기표와 기의의 관점에서 볼 때 기표의 절대화 현상이다. 즉 분명한 것만을 말하는 착한 주체들에 의해서 생성된 의미를 그들에게 되돌려 준다. 따라서 반동일적 사유는 자신만의 절대적 세계, 즉 세계로부터 고립된 비밀스런 자아만의 절대적 세계를 구축하는 데 그 목적이 있다. 그래서 반동일화는 동일화의 반대편에서 동심을 찾게 된다. 즉 물활론적 세계 인식에 의한 아동의 순진성과 자아 중심적인 세계 인식에 의한 휴머니즘적 동심에서 벗

---

33) 윤복진은 분단과 더불어 우리에게서 잊혀진 동시인 중의 한 사람이다. 1907년 대구에서 태어난 그는 1925년 방정환의 『어린이』에 동요 「별 따러 가세」가 입선되면서 시작 활동을 한다. 일본 유학 후 김수향(金水鄕), 김귀환(金貴環)이란 필명으로도 작품 활동을 한다.; 하청호, 「자연친화와 동심적 서정의 요적 변용」, 『한국아동문학작가작품론』(전편), 서문당, 1991. 그러나 조두섭의 논문에 의하면 복진도 필명이고 그의 호적에 등재된 관명은 복술(福述)이다.; 조두섭, 「낮 꿈꾸기의 비애―윤복술」, 『대구경북근대문인연구』(공저), 태학사, 1999.
34) 윤석중은 1924년 『신소년』에 동요 「봄」과 1925년 『어린이』에 동요 「오뚝이」가 당선되면서 작품 활동을 시작하였다. 특히 그는 동시집 『잃어버린 댕기』를 출간하면서 '윤석중 동시집 제1집'이라는 부제를 달고 있는데 이로써 '동시'라는 용어를 처음 사용하였다. 1911년에 태어난 그는 우리 근·현대사와 개인적인 삶의 궤를 같이하고 있다. 일제 강점과 해방 그리고 전쟁과 분단의 고착화를 거치면서 수많은 동요·동시를 써 왔다. 그는 1932년 『윤석중 동요집』, 1933년 최초의 동시집이라는 부제를 단 『잃어버린 댕기』를 발간한 이후 1990년까지 총 26권의 동요·동시집을 출간하였다. 그러나 지금까지 그의 작품에 대한 연구는 언어 유희적 동시, 비현실적인 낙천적인 동시라고 인식하면서 그의 동시를 형식적인 측면에서 개관하고 있을 뿐이다. 즉 현실을 배제하고 음악적 리듬의 반복과 대구를 이용한 정형률에 의한 동시라는 평이 대부분이다. 해방 이후에도 그의 동시에 외형률에 의한 동요적인 성격이 그대로 있었던 것은 사실이나, 이는 윤석중 개인적인 문제가 아니라 당시의 아동문학 전반의 양상이었으며 밝음 지향의 의도적인 표현이라 볼 수도 있다.

어나 반대편에서 동심을 찾게 된다. 이 반동일적 사유에 의하면 아동은 어른스럽거나 아니면 지적·육체적으로 미성숙한 상태로 양분되어 나타난다. 그래서 아름답고 순수한 동심주의에서 벗어나 어른에 의해 발견된 아동으로 나타난다. 반동일화의 동심은 이러한 시각 때문에 어린이들에게 시인의 의지를 강제하는 계몽적인 현상이 나타나게 된다. 그러나 동심을 탈주하고 나오는 문제 때문에 새로운 문제에 빠지게 된다. 이는 아버지가 되어야 한다는 주관적인 욕망이 너무 강해서 왜 아버지를 극복하여야 하는지에 대한 문제의 본질을 파악하지 못하는 한계를 지니고 있다.

아동에 대한 반동일적인 인식은 어린이들이 외부의 요구에 어떻게 반응하는가를 중시하며 그 정도에 따라서 보상과 체벌을 가하여 어린이들의 행동의 의도, 동기, 욕구, 소원까지 통제하게 된다. 이로써 어린이를 사회의 질서 내에 잘 조화되도록 계몽한다. 이는 억압된 동심을 찾으려는 의지가 너무 강한 나머지 잃어버린 아이들의 인권을 찾는 것이 아니라 오히려 또 다른 억압의 대행자가 되는 문제가 있다. 즉 어린이에 대한 관심이 어린이를 객관적으로 인정하기보다는 아버지의 질서 속에 가두는 어른의 욕망으로 고착될 뿐이다. 이러한 인식은 해방기에 시대적 특성과 맞물려 아동을 계급적인 이데올로기적 실천으로 몰아가려 하였다. 이에 반해 다른 한편에서는 봉건적인 시각으로 아동을 보호와 훈육의 대상으로 파악하였다. 따라서 해방기에 나타난 반동일화의 동시는 계급적 이데올로기를 바탕으로 하여 어린이들도 현실 사회의 존재자임을 인식시키고, 민족적 모순을 각인시킨 후 프롤레타리아 혁명을 자연스럽게 받아들이도록 하였다. 따라서 선전·선동적인 색채보다는 오히려 현실적인 상황을 어린이들에게 설명하고 이해시키려는 경향이 강했다. 그러나 이는 동심을 헤아리지 못하는 비현실적인 동심을 설정하였다는 비판을 받을 수밖에 없다. 해방기 조선문학가동맹[35]의 아동문학에 대한 요구는 영웅주의와 과학기술의 완전한 결합으로 재미있는 창작을 할 것을 강조한다.[36] 이는 문학가동맹의 대중화 사업의 일환으로 아동을 이데올로기의 장으로 끌어내기 위함이다. 계급주의적 동심은 사회 변혁의 의지를 강하게 나타내는 것이 일반적이다. 이 시기의 동시에는 정치·경제의 현실을 바탕으로 당대의 모순에 대한 갈등과 저항이 구체적이지 못한 채 계급주의적인 사고를 형성하도록 계몽하거나 설득만 하고 있다. 따라서 사회 전체의 변혁과 관련성을 갖지 못한 채 교육에 초점이 맞추어져 있다.

또 다른 면에서 반동일화의 동시는 봉건적인 어른의 입장을 어린이에게 교육하려 하거나 계몽하려는 경향을 띠고 있다. 이것 역시 아동을 어른과 분리시켜서 관념적인 아동을 설정하고 비현실적인 동심을 형성할 수밖에 없다. 이러한 동시는 어른의 관념에 의해서 대상을 인식했기 때문에 시적 화자나 청자가 어린이일지라도 어린이의 사고와 정서를 구체화하지 못하는 한계를 지니고 있다. 그래서 아동의 구체적인 놀이와 현실에 대한 주체적 인식과 의지가 결여되어 있다. 따라서 아동을 미성숙한 존재로 인식한 나머지 끊임없는 교육의 대상으로 계몽적인 동심을 낳게 된다. 당시 주된 사회 계몽의 내용은 계급주의 진영이나 민족주의 진영 모두 어린이들에게 '한글 깨우치기'로 인한 민족혼의 강조, 이와 관련하여 반일 감정의 고취 및 일본을

---

35) 1945년 12월 13일 조선문학건설본부(1945. 8. 16.)와 조선프롤레타리아문학동맹(1945. 9. 17.)이 합동하여 조선문학동맹으로 명칭을 바꾸고, 이어 1946년 2월 8일부터 2월 9일까지 개최된 전국조선문학자 대회에서 다시 조선문학가동맹으로 개칭함.
36) 김남천, 「문학의 교육적 임무」, 『문화전선』, 1945. 11.
임규찬, 「8·15직후 미군정기 문학운동에서의 대중화 문제」, 『해방공간의 문학 운동과 문학의 현실인식』, 한울, 1992, 재인용.

이기고 극복하자는 경쟁의식 고취, 새 나라 건설에 참여하는 아동의 모습 등이었다. 이러한 시적 사유에는 당시 식민지 문화 청산의 분위기가 작용한 것으로 보인다. 해방 직후 문단의 조직과정에서 가장 중요한 과제는 일제 잔재의 청산과 민족문학의 건설이었음을 감안하면 이는 당연한 결과로 보여진다. 이처럼 반동일적 인식은 당시 아동문학의 주요 과제를 국어 정화 작업과 친일자의 처단으로 구체화한다. 이러한 시대적 상황과 맞물려 조선문학가동맹에서는 혁명 지향적 동심을 형성하게 되고 그 반대편의 아동문단에서는 우리말과 얼을 중심으로 하는 민족주의적 계몽적 동심을 형성하게 된다. 따라서 아동에 대한 이해를 무절제한 철부지로 과소평가하거나 혹은 어른과 동일한 상태로 과대평가하게 된다. 이러한 아동에 대한 인식을 지식인의 자의식에 의한 관념적 동심[37]이라 할 수 있다. 이처럼 반동일화 동시는 시인의 욕망을 어린이들에게 강요하게 된다. 어른의 목소리가 강요되어 어린이의 꿈과 현실을 지배할 수 있다는 것이다. 즉 순진무구한 동심은 타락하기 쉬운 존재이므로 엄격한 교화의 대상이 된다는 인식을 수반한다.

지금까지 논의를 바탕으로 해방기 반동일적 동심의 동시를 다음과 같이 정리할 수 있다. 계급적 성향이 뚜렷이 나타나는 동시는 조선문학가동맹의 기관지인 『아동문학』에 동시를 주로 발표한 이병철, 송완순, 송돈식 등의 작품과 『새동무』, 『별나라』, 『아동문화』 등에 나타난 박세영, 박아지, 신고송 등의 동시들을 들 수 있다. 반면 민족주의적 계몽적 동시는 『소학생』, 『소년』, 『어린이』(복간) 등에 작품을 발

---

37) 가라타니 고진의 용어를 빌리면 어른에 의해 '발견된 아동'이다. 그는 이 상대 개념으로 '진정한 아동'이라는 용어를 사용한다. 가라타니 고진(柄谷行人), 『일본 근대문학의 기원』, 민음사, 1999, p.152. 따라서 이 논문에서는 '관념적 아동'을 '발견된 아동'과 같은 개념으로 사용한다.

표한 윤석중을 비롯하여 정지용, 한동엽, 박목월, 김원룡, 임원호, 이응창 등의 작품에서 구체화되고 있다.

이에 비해서 비동일화(disidentification)의 시는 구체적인 현실을 매개로 하여 갈등과 저항의 연속으로 목적이 분명하다. 비동일화는 세계의 이미지에 편성하는 것도 아니고, 또 그것으로부터 탈주하는 반동일적 사유도 아니다. 이는 편성과 함께 저항하는 시적 사유이다. 즉 세계와 자아가 상호 구성적 관계를 맺음으로써 세계와 자아의 상호 관계성, 세계와 자아의 상호 변별성을 중시하는 시적 사유이다. 이는 타자가 갖고 있는 만큼 주체성을 인정하고 그 타자성을 내적 타자로 하여 '나'를 구성하는 시적 사유이다.[38] 이러한 비동일적 사유는 아동을 세계에 굴복시키지도 않고 또 세계를 아동에 종속시켜 아동의 절대성을 내세우지도 않는다. 어른과 함께 사회를 구성하는 구성원으로 아동을 나란히 놓은 상태에서 아동의 차이성을 타자로 인정할 뿐이다. 따라서 비동일화는 아동과 어른의 이분법적 분류에 의한 상대적인 아동의 특징이 아니라, 변별성을 중심으로 한 상호 구성적인 대화와 소통의 관계를 형성한다. 즉 비동일화의 동시는 대상을 갈등 속에서 파악하며 이를 변증법적으로 아우르는 장치를 마련하고 있다. 그래서 절대자의 목소리에 동화되는 것이 아니라 타자의 목소리도 존중하게 된다. 결국 차이를 인정하게 된다는 것이다. 이처럼 타자의 목소리가 함께 들어 있는 비동일화의 동시는 어린이들의 현실과 꿈을 동시에 나타내며 아동이 주체가 되는 동심을 형성하게 된다.

따라서 비동일화의 동심을 바탕으로 인식한 아동은 무절제한 철부지 아동이 아니며 무조건 존중되어야 하는 귀여운 아동도 아니다. 그

---

38) 조두섭, 『비동일화의 시학』, 국학자료원, 2001.

렇다고 어른스러운 아동도 아니다. 다만 솔직한 자기의 감정을 표현하는 아동이다. 즉 비동일화의 동심은 맹목적인 순수성에서도 탈피하고 이데올로기적 주관성에서도 벗어난 현실적인 동심의 주체적인 아동관으로 볼 수 있다. 이는 아동을 객관적으로 인식하는 근거가 되며 방정환 이후 지식인의 자의식에 의해서 발견된 관념적 동심을 극복할 수 있는 단초가 된다. 유교 문화의 영향 아래에서 개체적 인간으로 존중받지 못했던 아동의 인격을 옹호하는 일은 그동안 우리 문학에 잠재되어 있던 또 하나의 주체를 새로 발견하는 작업이다. 아무리 훌륭한 시인과 작가에 의해 꾸며진 작품이라 해도 동심이 살아 있지 않으면 그 작품은 어린이의 것이 될 수 없다. 여기에 대표적으로 권태응과 이원수의 동시를 들 수 있다. 우선 권태응의 동시에서는 사회 구성원으로서의 아동을 어른과 나란히 놓은 상태에서 상호 구성적인 대화와 소통의 관계를 회복하는 동심을 확인할 수 있다. 다음으로 이원수의 동시에서 아동의 현실 인식과 더불어 역동적으로 대응하는 동심을 찾을 수 있다. 이들의 동시는 동심의 상호 역동적 구성을 바탕으로 주체를 형성하고 있다.

권태응이 그의 동시에서 일과 놀이의 분리 이전의 모습에서 아동을 파악하여 놀이와 일이 함께 있는 시적 공간을 마련한 것은 아동의 타자성을 인정한 비동일적 사유라 할 수 있다. 그리고 이원수는 객관적인 현실 인식을 바탕으로 현실에 역동적으로 대응하는 동심을 설정하고 있다. 지주 집 모내기에서 "비 맞는 이 자리를 잊지 말자. 잊지 말자. 우리는 다 씩씩한 농사꾼의 아이들이다."[39]라고 외치며 현실의 갈등을 인식하는 동심이 그것이다. 즉 세계에 주체가 일방적으

---

39) 이원수, 「비 속에서 먹는 점심」, 『주간 소학생』 제22호, 1946. 7.

로 동일화되지도 않고 반면에 이데올로기에 주체가 동화되지도 않는다. 그렇다고 아동의 절대성을 강조하지도 않으면서 타자의 질서에 포섭하려 하지도 않는다. 이는 세계와 이데올로기 속에서 동심의 차이성을 인정하는 비동일화의 과정으로 설명할 수 있다.

이상과 같이 이 연구는 위에서 제기한 해방기 동시의 담론 구성체를 파악하기 위하여 다음과 같이 연구의 내용을 설정한다. 동일화 층위의 동시에 동심주의를 바탕으로 하는 물활론적 동심과 휴머니즘적 동심을, 반동일화 층위의 동시에는 계몽적 동심과 계급적 동심을 설정한다. 그리고 비동일화 층위의 동시에는 자아와 세계의 발견과 소멸에 의한 동심의 회감과 통전을 그 내용으로 설정한다. 이것은 동심에 대한 단일 기제에서 벗어나 상이한 담론 간의 대립 속에서 동시를 이해하고자 함이다.

제3장 물활론적 동심과 휴머니즘적 동심

1. 물활론적 동심의 자아화

1) 유토피아 지향의 동심 2) 물활론적 세계의 주체 반영

2. 휴머니즘적 동심의 자아화

1) 동심의 근원으로서의 '어머니' 2) 희망의 근원으로서의 '아기'

제3장 물활론적 동심과 휴머니즘적 동심

1. 물활론적 동심의 자아화

1) 유토피아 지향의 동심

1920년대 후반 방정환의 아동문화운동의 중심에는 '동심'이 있었다. 이 동심은 그 관념성 때문에 '동심천사주의'라는 비판을 받았던 것이 사실이다. 그러나 동심천사주의에 대한 비판 역시 주관적이었다는 것을 앞에서 확인했다. 동심에 대한 과학적인 이해 없이 '어린이의 마음'을 동심으로 이해한 나머지 때로는 동심천사주의적이라 비판하면서도 때로는 어린이의 순수한 마음에서 인간 본성을 찾을 수 있음을 이야기했던 것이 사실이다. 이러한 사정은 해방 이후에도 마찬가지이다. 아동을 인격적으로 대우하자는 반봉건적인 명제는 분명했지만 어디까지나 아동의 특수한 심리 상태를 절대화하는 문제를 안고 있었다. 따라서 어린이의 특수성은 인정하지만 현실 속에서의 어린이의 모습과 심리를 반영하지 못했다는 비판이 일반적이다.

그러나 이 동심을 어린이의 순진함, 천진무구함의 표상으로 볼 것이 아니라 세계 인식의 한 방법으로 이해하면 문제는 달라진다. 그렇게 되면 동심은 인간 삶의 방식과 태도를 인식하는 세계 분할 체계인 기호가 된다. 즉 분열과 갈등의 세계를 화해와 조화를 통해서 사물과 의식, 세계와 자아의 통합을 시도하는 인간 본연의 심성으로 파악하게 된다. 이처럼 동심은 세계 인식의 한 방법으로 이해할 수 있다.

어린이들의 독특한 세계 인식 방법으로 물활론적 세계관을 들 수 있다. 이 세계관은 대상을 새롭게 지각하여 일상의 자동화된 사물 현상을 어린이들이 낯선 이미지로 새롭게 인식하여 정서적인 사고의 깊이를 더하게 된다. 이러한 대상의 '낯설게 하기'는 인식의 자각, 깨어남을 의미하며 이를 '동시성(童詩性)'이라 할 수 있다. 이 동시성은 이성을 통하는 것이 아니라 정서를 통하여 문학성을 획득하게 된다. 이것이 바탕이 되었을 때 어린이들은 그들의 발달 단계에 맞게 현실의 문제를 해결할 수 있는 힘을 기를 수 있게 된다.

이러한 세계 인식은 자연적 순수함을 동심으로 받아들이게 된다. 이는 타자에 의해서 보여지는 객관화되기 이전의 모습을 말한다. 이때 동심은 나와 타인의 구분이 안 되는 미분화된 원시적인 상태를 의미한다. 따라서 비활동적이며 고립된 주체를 형성하게 된다. 지금까지 동심을 이처럼 자아와 타자를 동일시하여 자신의 욕망을 타자에 종속시키는 것으로 이해한 나머지 동심제일주의에 빠지는 오류를 범하게 되었다. 문제는 동심에 동일화되었을 때 동시는 동일자의 목소리만 있는 관념적인 동시가 된다는 것이다. 따라서 시적 화자는 수동적이 될 수밖에 없다. 이러한 동시는 어린이의 다양한 사고와 체험을 가로막고 오직 관념화된 방법으로 대상을 인식하도록 강요하게 된다.

해방기는 식민지 지배 이데올로기의 해체와 새로운 이데올로기를 재구성하는 특수한 공간이다. 따라서 당대 시인은 어떠한 이데올로기든지 그 맥이 닿을 수밖에 없었다. 그러나 윤복진은 이런 이데올로기의 방향성과는 다른 측면에서 동시를 발표하고 있다. 그는 1925년 『어린이』지에 동요가 당선된 이후 줄곧 리듬감 중심의 노래와 같은 동요를 발표한다. 해방 이후 발간한 그의 동시집 『꽃초롱 별초롱』[1]의 제목에서 엿볼 수 있듯이 언어의 반복을 통해서 밝고 경쾌함을 나타내고 있다. 따라서 윤복진이 동시를 통해서 도달하고자 하는 목표가 무엇인가 검토함으로써 동일화 동심의 실마리를 찾을 수 있다고 본다. 그는 동심을 나타내는 방법을 고민했으며 현실 속의 아동이 종국적으로 정착할 수 있는 공간을 회복하고자 하였다. 지금까지 그의 동시를 해방 전까지는 율격 중심의 동심 중심적인 순수문학을 지향하다가 해방 이후는 계급문학으로 전향하면서 동심을 배척했다고 이해하고 있다. 그러나 그의 월북은 투철한 사상 무장을 통한 전향이라기보다는 해방기의 무질서한 사회적 분위기 탓과 기독교 생활을 통한 유토피아 지향의 실천으로 보인다.

동일화의 동시는 주관과 객관이 분화되지 않은 상태에서의 어린이의 놀이를 중심으로 인정과 순수함을 담고 있다. 윤복진의 동시는 해방기에 좌우 이데올로기의 갈등 속에서도 어린이들의 눈높이에서 볼

---

1) 이 동시집이 1949년 아동예술원에서 간행되지만 그 머리말에 27년 동안 신문, 잡지 등에 발표한 천 편의 동요 중에서 44편을 추려 엮은 것이라 밝히고 있다. 그래서 해방 후 조선문학가동맹의 맹원으로 활동한 것과는 많은 시차가 있는 것이 사실이다. 따라서 그의 이념과 시작(詩作)은 서로 다른 길을 걷고 있었던 것이라 볼 수 있다.

1949년 아동예술원에서 간행된 이후 창작과비평사에서 재간행된 윤복진 동시집 『꽃초롱 별초롱』(1997).

수 있는 말과 놀이를 통해서 그들만의 공간을 재현하고 있음을 쉽게 확인할 수 있다. 그래서 그의 동시는 어린이들의 행동에 대한 구체적인 묘사는 없지만 어린이들간의 놀이나 엄마와 아기의 반복되는 대화에서 나타나는 말맞추기 놀이를 시적 대상으로 하고 있다. "자야 자야 금자야/어깨동무 네 동무/누구 누구 누구고,//그건 그건 물어 뭐하노/어깨동무 네 동무/아무 아무 아무지."[2] 이처럼 그의 동시는 대구를 이루며 화답하는 형식이고 누군가를 옆에 두고 이야기하는 분위기를 자아내고 있다. 그러나 해방 공간의 이데올로기는 국가 재건이라는 현실적 목표를 향해 치닫고 있었다. 이런 공간 속에서 그가 선택할 수 있는 문제는 아동의 사회적 지위를 확보하려는 노력과 함께 동시(童詩)에 어떻게 동심의 담론 구성체를 형성하는가를 고민하

____

2) 윤복진, 「자야 자야 금자야」 일부(1949), 『꽃초롱 별초롱』, 창비, 1997. 재인용.

는 것이었다. 여기서 윤복진 동시의 주체 형성을 말할 수 있는데 이데올로기 이외의 다른 무엇이 개입했다는 것이다. 이것은 윤복진 집안의 기독교적인 배경을 들 수 있다.[3] 이 기독교 사상은 생명 의식을 바탕으로 하는 낙원, 즉 이상을 꿈꾸게 한다. 따라서 그는 문학가동맹의 맹원으로 있으면서도 이데올로기에 동화되지 않고 순수한 꿈을 찾아다닐 수 있었다.

동시문단이 1935년경부터 율문 중심에서 벗어나 차츰 자유 동시로 바뀌어 가는 현상이 일어난다. 그러나 그의 동시는 이러한 형식의 변화에도 아랑곳하지 않고 리듬 중심의 정형동시를 발표한다. 이는 어린이들에게 사회적인 분위기를 뺀 행복한 이상적인 공간을 제시하고자 한 시인의 의도로 보인다. 즉 당시의 절망적인 분위기에서 벗어나고자 하는 시인의 의지로 볼 수 있다. 이런 분위기에서 윤복진은 어린이들만의 공간을 마련했으며 그 속에서 놀이하는 어린이들의 목소리로 동시를 썼다. 그래서 자연발생적인 어린이들의 놀이를 동시의 소재로 삼았으며 그 놀이 속의 단순함을 동심으로 이해했다. 이 자연스러움과 단순성은 동일화 동심의 주체가 된다.

주먹나팔

미닫이 북이 둥, 둥, 둥

우리 집 군악대 야단이지요,

---

3) 조두섭, 「낮 꿈꾸기의 비애—윤복진」, 『대구 경북 근대문인 연구』, 태학사, 1999, p.122. 조두섭이 정리한 연보에 의하면 윤복진은 1910년부터 아버지를 따라서 교회에 나간 것으로 되어 있다. 그의 아버지는 기독교인으로 외동아들인 그에게 남다른 정성을 들였다. 따라서 윤복진은 3살부터 아버지를 따라서 대구의 남성정(제일) 교회에 나가기 시작했다. 이후 그의 활동을 살펴보면 1921년(14세)에 남성정 교회에서 민족운동가 이만집 목사로부터 세례를 받고 1924년(17세)에는 이 교회에서 성가대로 활동한다.

우리 집 군악대 말썽이지요.

피리 젓대 랄, 랄, 라
장판 방이 쿵, 쿵, 쿵

우리 집 군악대 야단이지요,
우리 집 군악대 말썽이지요.

문풍지가 붕, 붕, 붕,
문구멍이 숭, 숭, 숭
우리 집 군악대 야단이지요,
우리 집 군악대 말썽이지요.

—윤복진, 「우리 집 군악대」[4] 전문

리듬감 있게 쓴 이 동시는 특별한 장난감 없이도 신명나게 노는 아이들의 놀이를 시적 대상으로 하고 있다. 아이들은 그들의 생활 터전에서 장난감을 찾아서 놀기 마련이다. 그래서 이 동시에서도 군악대 놀이를 하는 어린이들이 주먹으로 나팔 부는 시늉을 하면서 논다. 여기에 미닫이 문, 장판, 문풍지 등이 모두 장난감으로 등장하고 급기야 문구멍까지 숭숭 뚫어 놓는 개구쟁이의 행동을 실감나게 그리고 있다. 여기다 윤복진 특유의 경쾌한 리듬감이 있어 더 신명난다. 그래서 이 말썽꾸러기인 시적 화자의 얼굴에서 근심을 지웠다. 가난 속에서 장난감이 없는 현실을 비관하고 또 주눅 든 일제 강점기의 어린

---

4) 『꽃초롱 별초롱』, 1949.

이와 다른 설정을 했다는 것이 특징적이다. 문풍지의 바람까지 음악적으로 이해하며 노는 어린이는 불안이 없으며 세계와 자아가 잘 조화된 경지에 이르고 있음을 보여주고 있다. 단순한 아동의 놀이와 경쾌함 그리고 천진성은 그가 속한 문학가동맹의 이데올로기를 역구성한 것으로 볼 수 있다. 그래서 그는 계급적인 이데올로기를 뺀 상태로 동시를 썼다. 많은 동시에 나타나는 유아적 언어는 이를 잘 뒷받침해 준다. 유아적인 언어를 통해서 리듬감을 살리고 경쾌함을 더해주며 어린이의 귀여운 모습을 담아내고 있다. 이런 시어의 선택은 해방기의 비관적인 현실에서도 맑고 구김살이 없는 동심을 시적 화자로 설정하게 된다. 의성어와 의태어의 반복과 3·4조의 경쾌한 리듬의 사용은 아동의 천진성을 바탕에 두고 있다.

까까집 가는 길에
망망이가 한 마리,

까까집 가는 길에
아옹이가 한 마리,

망망이가 무섭다고
엄마 엄마 앞에 서고,

아옹이가 무섭다고
아빠 아빠 뒤에 서고,

까까집 가는 길에

엄마 아빠 다 나서고,

까까집 가는 길에
세 식구가 다 나서고.

—윤복진, 「까까집 가는 길」[5] 전문

　　과자를 사러 가는 시적 화자는 강아지, 고양이가 무서워 엄마와 아빠를 앞뒤로 세우고 가운데 둘러싸인 채 가게로 가고 있다. 그리고 까까집, 멍멍이, 야옹이 등의 유아기 때에 사용하는 언어를 사용함으로써 귀여운 아기의 모습을 쉽게 떠올릴 수 있다. 유아적 언어의 사용은 어린이에 대한 관심과 귀여움을 전제로 할 때 나타나는 자연스런 현상이다. 이는 윤복진의 개인적인 유년 경험이 동시에서 세계와 자아의 동일화된 밝은 동심으로 나타나고 있는 것이다. 많은 동시에 나타나는 유아적 언어는 이를 잘 뒷받침해 준다.

[표 1] 윤복진 동시에 나타난 유아적 언어

동시 제목	유아적 시어
까까집 가는 길	까까(과자), 망망이(강아지), 아옹이(고양이)
엄마 한 번 먹고	까까
꼬꼬2	꼬꼬(닭), 아야야(아픔을 나타내는 의성어)
오요요	오요요(강아지를 부르는 소리)
아야야 할 거야	아야야(야단을 맞는다는 의미), 꼬까(새옷)

---

5) 위의 책, 1949.

〔표 1〕에서 보는 바와 같이 '아야야', '까까', '꼬까', '망망이', '아옹이' 등은 어머니가 어린 아이들을 혼내거나 달랠 때 쓰는 용어이다. 이런 유아적 용어의 사용은 대상을 객관적으로 분명하게 인식하기 전단계의 용어로 자아와 세계의 구분이 없다. 그는 유아적인 단어를 활용하여 동심의 순진성을 나타냈으며 한편으로 분위기를 활기차게 묘사하고 있다. 이런 유아적 시어는 시인이 아동의 귀여움에 몰입되어 유아적 특성을 그대로 세계에 반영하는 동시가 되고 있다.

        도마 소리
        똑, 똑, 똑, 똑,

        너 한 접시, 나 한 접시,
        너 한 보시, 나 한 보시,

        도마소리
        똑, 똑, 똑, 똑,

        너 한 종지, 나 한 종지,
        너 한 주발, 나 한 주발,

        도마소리
        똑, 똑, 똑, 똑,

        너하고, 나하고,

우리 둘은 동무란다.

—윤복진, 「소꿉놀이」[6] 전문

「소꿉놀이」에서도 함께 모여 놀이를 하는 생동감 있는 어린이들의 모습을 담고 있다. 이 아이다운 천진성은 어른들처럼 다툼이 없다. 작은 것이지만 동무 사이이기 때문에 똑같이 나누는 순진한 모습 등을 보이고 있다. 성인의 관점을 앞세우지 않고 철저하게 동심에 동화되어 있음을 볼 수 있다. 대상을 제시하고 아동의 심리를 반영하여 반복적으로 표현한 이 동시는 동심을 재현하여 유토피아적 세계를 지향하고 있다. 이러한 어린이의 정서는 대립과 갈등이 빚어지고 있는 현실을 벗어나서 조화로운 유토피아를 꿈꾸고 있다. 곧 현실의 이데올로기 속에서 기독교적인 낙원의 꿈을 실현하고자 하는 동심적 발상으로 볼 수 있다. 이러한 시적 사유는 윤복진이 어릴 때부터 몸에 밴 기독교적인 낙원 사상, 즉 세계와 자아의 동일성을 지향하는 서정이 현실의 냉철함과 함께 존재했기 때문에 가능했다. 이러한 동일화의 동시에는 아동들의 순진한 심리가 그대로 나타나 있다. 어두운 현실에도 아랑곳하지 않고 뛰어노는 아이의 모습은 동일화 동시의 이상성과 환상성을 근간으로 한 것에서 비롯된다. 이런 이상성은 있는 현실만을 나타내는 것이 아니라 있어야 할 세계를 추구하게 된다. 물활론적 세계 인식은 현실을 원시적이고 환상적으로 정의하여 현실적이라기보다는 이상적인 방법으로 세계를 읽게 된다. 단순한 아동의 놀이와 경쾌함 그리고 천진성은 윤복진이 문학가동맹의 이데올로기를 역구성한 것으로 볼 수 있다. 그래서 그의 동시에는 계급적

---

6) 위의 책, 1949.

인 이데올로기가 빠져 있다.

　동일화 동시의 또 다른 특징은 자연과 동심의 서정적 일치이다. 자아와 세계의 행복한 일치는 동심의 순수성을 전제로 한다. 이는 동심이 지니는 물활론적 인식으로 나와 타인의 구분이 안 되는 미분화된 원시적인 상태의 동심을 의미한다. 이 동심의 원시성은 그대로 종교적 낙원으로 이어진다.

　　꼬옥꼬옥 숨어라.
　　꼬옥꼬옥 숨어라.

　　텃밭에는 안 된다,
　　상추 씨앗 밟는다,

　　꽃밭에도 안 된다,
　　꽃모종을 밟는다,

　　울타리도 안 된다,
　　호박 순을 밟는다.

　　꼬옥꼬옥 숨어라.
　　꼬옥꼬옥 숨어라.

　　종종머리 찾았다,
　　장독 뒤에 숨었네,

까까중을 찾았다,
방앗간에 숨었네,

금박 댕기 찾았다,
기둥 뒤에 숨었네.

—윤복진, 「숨바꼭질」[7] 전문

아이들이 서로 어울려 노는 것을 노래하는 건강함과 넉넉함 속에서 이데올로기의 대립으로 적대시하는 아이들의 모습이 아닌, 어린이들의 어울림 속에 숨어 동심의 세계를 담고 있다. 이 동시에서 주목할 것은 아이들이 숨바꼭질하며 노는 공간이다. 그 공간은 텃밭과 꽃밭 그리고 울타리 등 생활 공간이며, 이 공간에는 늘 상추, 호박, 꽃 등이 심어져 있다. 따라서 어린이들은 신나게 노는 가운데서도 새로운 생명이 올라오는 것을 다치게 할까 염려하고 있다. 그래서 그곳은 놀이 공간으로 안 된다. 그러나 장독 뒤, 방앗간, 기둥 뒤는 허용이 되고 있다. 이처럼 전체적으로는 숨고 찾는 숨바꼭질 놀이를 통해서 즐거움을 리듬감 있게 표현하고 있다. 하지만 그 속에는 작은 것이라도 생명의 소중함을 생각하는 동심의 순진함과 원시성이 들어 있다. 이 생명에 대한 애착은 혼자 사는 것이 아니라 함께 어울려 서로 보호하고 도와 가며 공생하는 이상을 전제로 펼쳐지고 있다.

길손 드문 산길에
낡은 삿갓은,

---

7) 위의 책, 1949.

어느 누가 쓰다가
내다 버렸나.

산토끼 집을 지어
한 해를 살고,

다람쥐 집을 지어
한 해를 살고,

길손 드문 산길에
낡은 삿갓은,

온 삼년을 궂은 비에
혼자서 썩네.

—윤복진, 「낡은 삿갓」[8] 전문

약물이 퐁 퐁 퐁
산골짝에 퐁 퐁 퐁

나무꾼 모올래 퐁 퐁 퐁
산골 중 모올래 퐁 퐁 퐁

---

8) 위의 책, 1949.

다람다람 다람쥐
나무꾼 모올래 한 모금 마시고,

꾀꼴꾀꼴 꾀꼬리
산골 중 모올래 한 모금 마시고,

구구구구 산비둘기
아무도 모올래 한 모금 마시고,

약물이 퐁 퐁 퐁
산골짝에 퐁 퐁 퐁

아무도 모올래 퐁 퐁 퐁
아무도 모올래 퐁 퐁 퐁.

—윤복진, 「약물이 퐁 퐁 퐁」[9] 전문

'길 손 드문 산길에' 있는 '낡은 삿갓'은 산토끼가 집을 짓고 한 해를 살고 또 다람쥐가 집을 지어 한 해를 살게 하는 낙원인 것이다. 산토끼와 다람쥐의 겨울나기를 아무런 조건 없이 도와준 후 '온 삼 년을 궂은 비에 혼자서 썩'어 가는 삿갓은 생명의 소중함과 자기의 소임을 다 하고 나서 다시 자연으로 되돌아가는 자연적인 질서를 믿음으로 한 데서 비롯된 시적 발상이라 할 수 있다. 또 버려진 낡은 삿갓이 산짐승들의 보금자리가 될 수 있다는 시적 발상은 동심과 자연의

---

9) 위의 책, 1949.

서정적 일치에서 가능한 시적 발상이다.

약수 물은 자연이 주는 생명체에 대한 혜택이다. 물의 근원은 생명이다. 자연에서 퐁퐁 솟아나는 약수 물은 모든 생명체의 생명수이다. 이러한 생명수를 나무꾼, 산골 중, 다람쥐, 꾀꼬리, 산비둘기가 함께 나누어 마시는 공간은 바로 기독교적인 낙원이다. 이와 같은 생명사상은 그의 동시「봄비」에서도 나타난다. 봄비는 생명의 젖줄과 같은 존재이다. 그래서 아기풀이 '하나도 다치지 않'도록 보슬보슬 내린다. 한편 봄비는 상대에서 즐거움을 얻고 있다. 즉 '꽃잎마다 앉아 어제 밤 하루를 놀다' 가는 즐거움을 얻고 있다. 그래서 봄비는 생명을 자라게 하는 '착한 비'이고 함께 노는 '귀여운 비'인 것이다. 봄비와 꽃잎의 행복한 결합은 세계와 나의 일치이며 생명이 충만한 기독교 정신으로 볼 수 있다. 한편 물활론적인 세계 인식으로 너와 나, 자연과 인간의 벽을 허무는 세계의 총체성을 확보하고 있다. 그 속에서 해방 직후 정치 이데올로기를 극복하고 서정성 짙은 동심의 주체를 설정하고 있다. 이러한 자연과 동심의 하나됨은 세계와의 황홀한 일치를 하는 동일화 동심이 그 중심에 있기에 가능하다. 이는 다음의 동시「이슬」에서도 찾을 수 있다.

어여쁜
꽃송이
잠든 동안에

이슬 방울
하나가
숨어 들었다.

지나가는

나그네별

잘 곳이 없어

이슬 방울

고 속에

숨어 들었다.

—윤복진, 「이슬」¹⁰⁾ 전문

「낡은 삿갓」과 비슷한 이미지의 「이슬」은 꽃송이 속에 맺혀 있는
이슬 방울과, 이슬 방울 속에 숨어든 나그네별에는 이미 세계와 동심
의 완전한 일치가 이루어지고 있다. 해방의 혼란 속에서 이처럼 행복
한 결합을 할 수 있는 것은 어린이의 천진성을 바탕으로 하는 동심의
환상성과 이상성이 없으면 불가능하다. 이러한 행복한 공간을 윤복
진이 설정한 것은 다분히 의도적이며 그의 시적 세계관으로 볼 수 있
다. 사실 해방의 소용돌이 정국은 계급적인 갈등, 경제적 빈부의 차
이, 체제 선택의 이념적 갈등이 상존하는 공간이었다. 이런 공간에서
꽃송이 속에 이슬이 숨어들고 갈 곳 없는 나그네별이 그 속으로 또
숨어든다. 이처럼 아무런 갈등이 없는 시적 설정은 인간과 자연을 분
리해서 인식하는 것이 아니라 조화와 동화 속에서 어수선함과 압박
을 없애는 동일화의 시적 사유라 할 수 있다. 여기에다 3음보 율격의
흐름을 타고 자연스럽게 유토피아의 공간으로 들어간 것이다. 기독

---

10) 위의 책, 1949.

교적인 사상은 창세기의 창조적인 질서가 회복되는 공간이다. 윤복진은 이 창조적 질서의 회복을 동심에서 찾고자 했다. 일제의 억압 속에서 경색되어 있던 현실에 생명을 불어넣고 어린이들이 뛰어 놀 수 있는 공간을 마련하고자 했던 것이다.

이러함에도 불구하고 윤복진이 월북했다는 외형적인 이유만으로 그를 계급적인 의식을 가진 것으로 이해하는 것은 무리이다. 다만 그는 해방의 현실이 낙원으로 이어지는 행복한 공간이 아니었음을 고민했던 것이다. 여기서 그는 현실의 이데올로기와 갈등을 빚게 되고 유토피아를 지향하게 된다. 윤복진의 동시에 자주 나타나는 고향, 그리움 등의 시어가 이것을 입증한다. 이 시어들은 쓸쓸한 분위기를 나타내고 있는데, 이는 시대정신의 반영으로 볼 수 있다. 일제 강점에서 해방으로 이어지는 소용돌이 속에서 개인의 행복을 잃어가는 현실적인 비애를 나타냈다. 그의 동시에 나타나는 풍부한 서정성과 감상주의적인 성격은 계급문학으로 기울 수 있는 소지를 안고 있었다.

　　푸른 산
　　저 너머로
　　멀리 보이는,

　　새파란
　　고향 하늘
　　그리운 하늘,

　　언제나

고향집이

그리울 제면,

저 산 너머

하늘만

바라봅니다.

―윤복진, 「고향 하늘」[11] 전문

지붕 위에 올라가도

하늘은야 높고 높다,

산머리에 올라가도

하늘은야 높고 높다.

하늘 위에 하늘이, 또 있구나야,

하늘 위에 하늘이, 또 있구나야.

비행기로 올라가도

하늘은야 높고 높다,

구름 위에 올라가도

하늘은야 높고 높다.

---

11) 위의 책, 1949.

하늘 위에 하늘이, 또 있구나야,

하늘 위에 하늘이, 또 있구나야.

—윤복진, 「하늘」¹²⁾ 전문

유리창이 하나

파아란 유리창이 하나

파아란 하늘이 보이고

파아란 구름이 보이고

유리창이 하나

파아란 유리창이 하나

파아란 사람이 보이고

파아란 강아지가 보이고

유리창이 하나

파아란 유리창이 하나

해만 뜨면 아가야는

파아란 세상을 내다본다.

—윤복진, 「파아란 세상」¹³⁾ 전문

---

12) 위의 책, 1949.
13) 『아동』 제3호, 1946. 6. 이 동시는 『어린이 나라』(1949. 6.)에도 실려 있다.

　　멀리 보이는 그리운 하늘은 윤복진이 지향하는 유토피아, 즉 문학
가동맹의 이데올로기일 수 있다. 그래서 '새파란 고향 하늘'인 것이
다. 그러나 거기에 도달하기까지의 현실은 여전히 힘이 드는 상황이
다. 산 너머 바라보는 현실일 수밖에 없는 현실인 것이다. 고향은 이
상향을 지칭하는 개념이다. 이 고향에 대한 그리움은 이데올로기에
동화되지 못하는 무의식의 표출로 이해할 수 있다. 그러나 그가 지향
하는 이상향은 "하늘 위에 하늘이, 또 있구나야" 하고 말할 정도로
높다. 지붕 위에, 산 너머에, 비행기에, 구름 위에 올라가도 그 하늘
은 높고 높아 닿을 수 없는 현실임을 암시하고 있다. 그러나 윤복진
은 유토피아를 지향했다. 1946년 6월 『아동』에 발표된 「파아란 세
상」에서는 해방이 되었지만 이루어지지 않고 있는 꿈을 기다리고 있
음을 알 수 있다. 우선 시어의 색상이 주는 이미지에서 '파아란 세
상'은 참된 해방의 세상을 연상할 수 있다. 그래서 '파아란 유리창'으
로 내다보이는 세상은 모두 희망적인 파란 세상이다. 하늘도 구름도
사람도 강아지까지도 파랗게 보인다. 이 파란 유리창이 윤복진에게
는 유토피아로 들어가는 통로가 되고 있다. 그래서 "해만 뜨면 아가
야는 파아란 세상을 내다보"는 것이다. 이러한 그의 시적 사유는 동
심의 단순함과 일치되어 그가 꿈꾸는 유토피아로 안내하고 있다. 그
러나 꿈을 이루지 못함에 대한 갈등과 자탄이 없다. 이것이 동일화
동시의 특징이자 한계이다. 즉 현실을 객관적으로 파악하지 못하고
관습적인 이해로 인하여 동심이 세계에 일방적으로 동화된다는 것이
다. 이러한 동심은 외계의 인식에 있어서 주관과 객관의 분화가 뚜렷
하지 않은 상태에서 서정적 일치를 이루게 된다. 이는 일방적으로 세
계의 질서에 포섭되어 동심을 주체로 세우지 못하게 된다. 그래서 시
적 화자는 역동적으로 현실을 헤쳐 나가지 못한 채 '바라보'거나 '내

다보'는 수동적인 자세로 안주하게 된다.

2) 물활론적 세계의 주체 반영

　대상을 대상으로 인식하지 않고 하나의 주체로 인식하는 의식이 동심이다. 어린이들은 무생물에게도 감정을 불어넣어 동화(assimilation)와 투시(projection)의 능력으로 대상(세계)을 자아와 일치시킨다. 이런 아이들의 독특한 세계 인식 방법은 물활론적 인식에서 비롯된다. 무생물에게도 생명을 불어 넣을 줄 아는 것은 오직 어린이뿐이다. 이것은 너와 나, 자연과 인간, 인간과 인간의 벽을 허물고 세계의 총체성을 확보하는 것이다. 이 물활론적 세계관의 반영은 시인의 인식이 어린이의 시각에서 대상을 낯설게 이해할 때 비로소 가능한 것이다.

　　하얀 하얀
　　솜병아리
　　아야야 할 거야,

　　엄마가 지어준
　　하아얀 꼬까 입고,

　　흙구덩이
　　들어가
　　마구 마구 놀고요.

노란 노란

솜병아리

아야야 할 거야,

아빠가

사다 준

노오란 꽃신 신고,

진구덩이

들어가

마구 마구 놀고요.

―윤복진, 「아야야 할 거야」[14] 전문

윤복진의 「아야야 할 거야」에는 하얀 병아리가 흙구덩이에서 노는
모습을 부러워한 시적 화자의 모습이 드러나 있다. 병아리를 혼내는
아기는 어머니의 시늉을 내고 있다. 이를 통해서 시적 화자인 어린이
의 욕망을 자연스럽게 달래고 있다. 주관적인 욕망을 객관적 대상에
비유하는 사고는 어린이들이 현실적인 사실이나 현상에 대한 판단
능력이 없다고 인식하는 것을 거부하는 시적 행위이다. 이 동시의 시
적 화자는 비록 어리지만 해야 할 일과 하지 않아야 할 일을 스스로
구분하는 성숙함을 보이고 있다. 인용 시에서 '아야야 할 거야'라는
어린이의 말은 개구쟁이들이 엄마에게 혼나는 장면을 연상한 것인데
어린이들이 어른의 억압으로 자기들의 욕망을 다하지 못하는 것을

---

14) 앞의 책, 1949.

어린 화자가 말함으로써 역설적으로 표현하고 있다. 흙구덩이에서, 진구덩이에서 마음껏 노는 병아리는 화자의 욕망을 불러일으킨다. 그러나 시적 화자인 어린이는 현실적으로 할 수 없음에 대한 부러운 마음을 담고 있다. 이와 함께 이성적인 구분을 하고 있는 어린이를 설정하고 있다. 병아리를 개구쟁이 아이로 의인화하여 보는 시각은 성인이 보면 비정하거나 의미 없는 것이지만 어린이는 인간적인 심정으로 바라보기 때문에 가능하다.

> 곡식을 다 걷어간 텅 빈 들판에
> 찬 바람 우수수수 쓸쓸도 한데
> 뾰족뾰족 새파란 어린 보리싹
> 햇볕 쬐며 소곤소곤 의논이지요.
>
> 닥쳐오는 겨울을 추운 겨울을
> 그 어떻게 견딜까 이겨 나갈까?
> 까마귀도 밭고랑에 모여 앉아서
> 서로 같이 근심스레 의논이지요.

—권태응, 「어린 보리 싹」[15] 전문

　　권태응의 「어린 보리 싹」은 메시지 전달을 목적으로 하는 교훈적 동시에서 벗어나 있다. 권태응은 어린이의 목소리를 통해서 세계를 물활론적인 사고방식으로 이해하고 있다. '어린 보리 싹'들은 찬 바람 부는 들판에서 햇볕을 쬐며 겨우살이를 의논하고 있다. 걱정이 되

---

15) 『소학생』 제74호, 1950. 1.

는 '까마귀'도 함께 의논하고 있다는 시적 발상은 세계와 나의 관계를 감정과 이성이 있는 것으로 생동화(Belebung)시켜 공동 운명체의 상태로 변화시켜 보고 있다. 그래서 관찰자의 입장에 선 시적 화자는 어린 보리 싹들이나 밭고랑에 모여 앉은 까마귀가 추운 겨울을 어떻게 지낼지 걱정이다. 그런데 이 걱정은 시적 화자의 일방적인 목소리가 아니라 보리 싹과 까마귀가 주체가 되고 있다. 그래서 늦가을 텅 빈 들판의 을씨년스러움을 역동적으로 활기차게 그려내고 있다. 이는 가을이라는 이미지를 낯설게 인식한 권태응의 관찰에서 비롯된 것이지만 그 속에는 어린이의 감정을 투시하여 대상을 읽는 동심이 깔려 있다. 어린이들은 환경을 계속적으로 탐색하고 조정하여 그 환경을 이해하고자 하는 특성이 있다. 주변에 있는 자연이 별 의심 없이 친구가 되고 일체감을 형성하게 된다. 권태응은 찬바람 부는 텅 빈 들판 같은 현실을 부정하거나 거부하지 않았다. 그 속에서 까마귀가 모이고 어린 보리 싹이 돋는 상황을 설정하고 있다. 즉 이데올로기의 호출에 부응하지도 않고 어린이 앞에 놓여 있는 세계를 왜곡하거나 비틀지도 않고 있다. 한편 세계의 이미지로부터 탈주하려는 몸부림도 없다. 다만 텅 빈 들판에서 어린 보리 싹을 틔우는 세계를 새롭게 재구성하는 주체가 있을 뿐이다.

혼자서 떠 헤매는
고추잠자리.
어디서 서리 찬 밤
잠을 잤느냐?

빨갛게 익어 버린

구기자 열매
하나만 따 먹고서
동무 찾아라.

—권태응, 「고추잠자리」[16] 전문

역시 관찰자의 입장에 선 시적 화자는 혼자 날아다니는 고추잠자리를 보고 동무들의 무리와 떨어져서 혼자 다니는 것을 걱정하고 있다. '혼자서 떠 헤매는 고추잠자리'를 친구를 잃어버린 '나'에 비유하여 안타까운 마음이 투시되고 있다. 그래서 얼른 찾아갔으면 하는 염려를 하고 있다. 시적 화자는 누구에게 훈계를 받거나 지시를 받는 것이 아니라 오히려 자신의 마음을 대상에게 전달하고 있다. 구기자 열매와 고추잠자리를 비교한 것은 대상의 즉물적 인식을 통해 세계와 자아의 의미를 발견하는 어린이의 단순성을 살린 것으로 보인다. 권태응은 동심을 놓치지 않기 위해서 이처럼 어린이의 고유한 심리적인 특성을 동시에 넣고 있다. 이처럼 보리 싹, 까마귀, 고추잠자리 등을 통해서 대상을 대상으로 생각하지 않고 하나의 주체로 인식했다. 따라서 그의 동시에 나타나는 단순성과 소박성은 건강한 동심을 주체로 세우기 위한 시적 장치이기도 하다. 이 단순성과 소박성 역시 어린이의 중요한 특징이다. 이처럼 권태응은 어린이를 관찰자의 입장에서 살피거나 피상적으로 이해하지 않고, 직접 어린이가 되어 어린이의 마음을 노래하고 있다. 이 단순성은 사물을 꿰뚫어 보는 힘을 가지고 있다. 선명한 이미지를 통해서 아이들의 생활을 발견하게 되고 동심과 일치를 이룬다. 이러한 점은 동시 「땅감나무」에서 그대로

---

16) 『소학생』 제51호, 1947. 10.

나타난다. 땅감나무는 토마토를 일컫는 우리말이다. 생긴 모양이 마치 감처럼 생겼는데 그 나무는 실제 감나무처럼 크지가 않아서 붙여진 이름이다. 이 토마토를 보는 시각은 그의 어린이의 시각 그대로이다.

> 키가 너무 높으면
> 까마귀 떼 날아와 따 먹을까봐
> 키 작은 땅감나무 되었답니다.
>
> 키가 너무 높으면
> 아기들 올라가다 떨어질까 봐
> 키 작은 땅감나무 되었답니다.

—권태응, 「땅감나무」[17] 전문

까마귀 떼가 따 먹을까 봐 키 작은 땅감나무가 되었다는 이야기는 어린이의 말을 어른이 옮긴 것에 불과하다. 한편 "아기들이 올라가다 떨어질까 봐 키 작은 땅감나무"가 되었다는 표현은 어린이들의 입장에 서지 않고는 나타낼 수 없는 말이다. 즉 남을 배려하는 마음에서 출발한 순진무구한 동심을 바탕으로 하고 있다. 이처럼 두 연이 대구를 통해서 땅감나무의 키가 작은 것을 리얼하게 묘사하고 있다. 어디를 봐도 해방기의 이데올로기의 흔적을 찾을 수 없다. 또 어린이를 지나치게 사랑한 나머지 떠받들어야 하는 천사적인 관념 속의 어린이도 아니다. 장난꾸러기인 동시(同時)에 세계를 배워 가는 어린이

---

17) 『소학생』 제46호, 1947. 5.

의 모습을 그대로 담고 있다.

  한편 세계 인식의 단순성은 동일화 동시의 또 다른 주체를 형성한다. 이러한 동심은 세계와 자아와의 만남이며 이는 세계와 자아를 일치시키는 서정시의 특징과 맥이 닿는다고 볼 수 있다. 즉 자아와 대상 간의 완전한 일치 속에서 어린이가 보고 느끼는 동심이 주체가 되고 있다. 윤석중은 동심을 인간의 양심으로 파악하고 "시간과 공간을 초월해서 동물이나 목석하고도 자유자재로 이야기를 주고받으며 정을 나눌 수 있는"[18] 것이라 하였다. 이는 모든 존재물과 동일성을 확보하면서 시적 대화를 나누고 있는 물활론적 동심의 주체 반영이라 할 수 있다.

아기가 꽃밭에서
넘어졌습니다.

정강이에 정강이에
새 빨간 피
아기는 으아 울었습니다.

한참 울다 자세 보니
그건 그건 피가 아니고
새 빨간 새 빨간 꽃잎이었습니다.

—윤석중, 「꽃밭」[19] 전문

---

18) 윤석중, 『윤석중 전집 24』, 1988, p.131. 이하 『윤석중 전집』은 『전집』으로 약칭한다.
19) 『초생달』, 1946, 『전집 1』, p.16. 재인용.

　위의 시에서 꽃밭에 넘어진 아기는 정강이에 묻은 꽃잎을 피로 알
고 울음부터 울기 시작한다. 이런 단순성은 어린이 특유의 성질이다.
박경용은 이러한 윤석중의 단순성을 비과학성 때문에 나타나는 공감
의 부족이라고 문제점을 지적하고 있지만, 그보다는 세계에 대한 두
려움을 느낀 나머지 어린이가 할 수 있는 가장 기본적인 반응을 표현
함으로서 보편성을 얻고 있다. 따라서 사물을 인식하는 아이다움을
제대로 살폈다고 볼 수 있다. 그 외 동심의 단순성으로 물활론적인 주
체를 반영하는 동시로 박두진의 「잠자리」(1946), 박목월의 「구름 동
동」(1946), 윤덕상의 「싸락눈」(1946), 한인현의 「꿈」(1946) 등이 있다.

자리 자리 잠자리

빨강 잠자리

빨강 고까 입어서

고추 잠자리.

자리 자리 잠자리

노랑 잠자리

노랑 고까 입어서

밀 잠자리

고추 고추 잠자리

고추 먹고 호오호오

밀 밀 잠자리

국수 먹고 냠암냐암

―박두진, 「잠자리」[20] 전문

　박두진의 「잠자리」는 1연에서는 빨강 잠자리를 빨강 옷에 비유하
고 이 빨강을 다시 고추를 연상하여 고추잠자리라 정의하고 있다. 똑
같은 방법으로 2연에서는 노랑 잠자리를 노랑 옷을 입은 것으로 생
각하는데 이 노랑은 밀을 연상하게 된다. 그래서 밀잠자리로 정의를
내리고 있다. 3연에 오면 고추는 맵다는 촉각적 이미지로 이어지고
마찬가지로 밀은 국수를 먹는 모습으로 상징되고 있다.

　　구름 동 동
　　먼 산 위에서.

　　흰구름 동 동
　　꽃밭 위에서.

　　꽃구름 동 동
　　유리창 밖에서.
　　유리창 안에는

　　아기가 솔 솔
　　잠을 자네.

　　흰구름 동 동
　　해바라기 위에서

---

20) 『주간 소학생』 제27호, 1946. 10.

구름 동 동

먼 산 위에서.

—박영종, 「구름 동 동」[21] 전문

박목월의 「구름 동 동」은 원근법에 의한 시각적 효과를 가지고 있다. 1연에서 3연까지는 먼 곳에서 점점 가까이 다가오면서 대상을 인식하고 있다. 먼 산에서 꽃밭 위로 그리고 유리창 밖으로 시야가 좁혀지면서 대상이 점점 더 분명해진다. 먼 산에서는 구름이던 것이 흰 구름으로 그리고 유리창에 와서는 꽃구름으로 피어난다. 4연부터 6연까지는 다시 점점 멀어지는 구조를 띠고 있다. 그래서 크게 보면 전반부와 후반부를 대칭적으로 설정하여 점점 가까이 다가왔다가 다시 차츰 멀어지는 시각적인 이미지를 나타내고 있다. 유리창 안의 방에서는 아기가 잠을 자고 해바라기 위에서는 흰 구름이 떠 있고 다시 먼 산 위에 구름이 떠 있다. 이 과정에서 흰 구름이 먼 산에서부터 시작하여 아기가 자고 있는 집 위로 지나가는 평화로운 모습을 형상화하고 있다. 흰 구름이 몇 점 동동 떠 있는 봄날 하늘의 따뜻함이 꽃밭, 해바라기 등과 조화를 이루는 가운데 방 안에서는 아기가 솔솔 잠을 자는 평화로운 모습을 담고 있다.

쌀 쌀 싸락눈
꼬꼬가 뛰어 가서
콕 콕 찍어 먹고.

---

21) 『주간 소학생』 제33호, 1946. 11.

쌀 쌀 싸락눈

검둥이가 꼬리 치며

냄새를 맡아 보고.

쌀 쌀 싸락눈

아기가 손벽 치며

발로발로 밟아 보고.

—윤덕상, 「싸락눈」[22] 전문

윤덕상의 「싸락눈」은 싸락눈이 내리는 마당에서 강아지와 닭과 아기가 함께 뛰어 노는 재미나는 모습을 풍경화처럼 묘사하고 있다. 각 연에 등장하는 동물의 특징을 단순하게 이미지화하여 더욱 실감나게 그려내고 있다. 즉 닭은 무엇이든지 보면 입으로 콕콕 쪼는 버릇을, 강아지는 냄새부터 맡는 버릇을 그리고 아기는 손으로 만지거나 발로 쿡쿡 밟아 보는 나름대로의 습성이 있다. 이러한 습성을 잘 형상화하여 동시가 매우 동적이다. 이러한 대상의 단순한 인식은 장면을 더욱 선명하게 드러내고 있으며, 필연적인 인과 관계 하나만으로 세계를 이해하는 어린이의 원시적인 심성을 잘 포착하고 있다.

밤이 되면 모두 모두 꿈을 꿈니다.

파랑새는 빠알간 꿈을 꿈니다.

빨강새는 빠알간 꿈을 꿈니다.

---

22) 『주간 소학생』 제39호, 1947. 2.

낮에도 잠만 들면 꿈을 꿉니다.

흰 나비는 하이얀 꿈을 꿉니다.

노랑나빈 노오란 꿈을 꿉니다.

—한인현, 「꿈」, 『소학생』 제69호, 1949. 7.

한인현의 「꿈」은 밤이 되면 잠을 자고 잠을 자면 꿈을 꾼다는 단순한 연상이다. 이런 단순함은 파랑새는 파랗기 때문에 파란 꿈을 꾸고 빨강 새는 빨갛기 때문에 빨간 꿈을 꾼다. 낮에도 꽃잎에 앉은 나비가 날개를 접고 가만히 있는 것을 잠을 잔다고 생각한 시적 화자는 흰나비는 흰색 꿈을 꾸고 노랑나비는 노란색 꿈을 꾼다는 연상을 하게 된다.

이런 단순한 세계 인식은 해방기 동시의 한 특징이기도 하다. 물론 어린이들의 단순성을 바탕으로 하지만 이 시기는 이데올로기의 대립으로 어린이를 서로 자기 편으로 끌고 가려는 의도도 있었던 것이 사실이다. 이런 와중에서 『소학생』은 어린이들에게 자기의 소리를 낼 것을 강조하고 있다. 해방의 감격 속에서 말의 아름다움을 살리고 이데올로기의 혼란 속에서 설레는 동심을 그대로 표현하고자 하는 시인의 의지가 있었다. 그래서 윤석중은 "색동옷 입힌 어른의 시나 수염 난 동요로 남의 흉내를 내지 말 것"[23]을 강조하고 있다. 이런 시각은 동심을 더욱 단순하게 처리하는 결과를 가져 왔다. 그러나 이러한 시대적 배경만이 동시에 작용된 것은 아니다. 어른들이 보면 유치하기 짝이 없는 이야기이지만 어린이들은 신비스럽고 경이롭게 여기는 것이 사실이다. 그래서 세계를 가라앉은 마음으로 단순화하는 물활

---

23) 윤석중, 「제 소리와 남의 소리」, 『소학생』 제69호, 1949. 7, p.23.

윤석중이 주간으로 펴낸 『주간소학생』(합본호)과 『소학생』 67호.

론적 세계관으로 대상을 바라보고 이를 그대로 동시에 반영한 것으로 파악된다. 그래서 뒤숭숭함을 없애고 아름다움만을 펼쳐 설레는 동심을 동시의 주체로 반영하였다. 이처럼 동화와 투사의 세계 인식은 단순성을 바탕으로 하면서 사물을 꿰뚫어 보는 힘을 가지고 있다. 그러나 이러한 동심의 표현은 어린이의 심리를 단순 묘사하는 데 그치고 만다. 그래서 수동적이고 나약한 동심이 존재할 뿐이다.

2. 휴머니즘적 동심의 자아화

1) 동심의 근원으로서의 '어머니'

일제 강점기를 거치면서 해방으로 이어져 온 격동의 역사 한가운데서 아동문화운동을 주창하고 동시를 쓰는 것은 단순한 문제는 아니다. 작가는 자신이 살아온 시대적 상황에 영향을 크게 받는 것이 사실이다. 그 어떤 개인의 정신활동이나 정서도 현실적 삶과 무관할 수 없으며 공동체적 운명으로부터 자유로울 수 없기 때문이다. 즉 현실을 외면한 채 작품을 쓴다는 것은 어려움이 따르기 마련이다. 문학의 대상은 현실에 나타난 현상일 수밖에 없다. 동심을 '아이들의 마음'으로 단순하게 이해할 때 이 아이들의 마음은 '있는 그대로의 동심' '있어야 할 동심'으로 크게 둘로 나눌 수 있다. 즉 '있는 그대로의 동심'은 현실을 리얼리즘의 입장에서 반영하는 것을 의미한다. 그래서 아이가 주체가 되어서 세상을 바라보게 하고 지나치게 아이들을 보호의 대상으로 인식하지 않아야 한다는 것이다. 반면 '있어야 할 동심'은 '당위적인 동심'을 의미한다. 이 당위적 동심은 현실의 고통을 넘어서기 위한 시인의 의지이다. 따라서 당장의 현실보다는 다가올 미래에 대한 시인의 기대와 희망을 담을 수 있다.

오늘의 작가는 어린이의 있는 생활만을 그릴 수는 없다. 있어야 할 생활을 그려 어린이에게 '창'을 열어줘야 한다는 것이다. 오늘같이 서름과 천대 속에서 휘이고 꺾이는 이런 생활의 연속이라면 우리의 어린이는 싹이 끊기고 마는 것이다. 여기는 필연적으로 새로 와질 세계가 있어야 하며 또한 있는 것이다.[24]

즉 동시는 리얼한 현실을 바탕으로 하는 것 외에도 '당위적 진실'[25]도 의도적으로 표현하여야 한다는 것이다. 어린이들의 현실 속에 나

---

24) 채호준, 「현역 아동작가 군상(1)」, 『아동문화』 제1집, 동지사 아동원, 1948. 11, p.70~71.
25) 김준오, 앞의 책, pp.21~22.

타나는 있을 수 있는 세계를 그럴 듯하게 모방하는 개연성(plausibility)
을 중시해서 어린이들이 미처 생각하지 못한 것이나 어른들의 관념으
로 지나칠 수 있는 부분들에 대한 것도 동시에서는 함께 다루어져야
한다. 이러한 동심을 '있어야 할 동심'이라고 볼 수 있다. 이는 일상
적인 진실을 드러내는 리얼리즘과 구분된다. 이처럼 현실 뒤집기를
통해서 동심에 다가간 시인으로 윤석중을 들 수 있다. 윤석중은 현실
이 참담하고 제도가 모순투성이일수록 어린이들은 즐겁게 지내야 하
며 희망을 가져야[26] 한다는 생각을 했다. 이러한 어린이에 대한 인식
은 여타의 아동문학가와 다른 면을 띠고 있다. 그의 동시 전반에 나
타난 의식은 현실 외면인데 이를 통해서 당위적 동심에 접근했다. 그
의 이 당위적 동심은 초사회적이며 모든 어린이에게 동질적으로 나
타나고 있다.

　　이슬비 내리는

　　이른 아침에

　　우산 셋이 나란히

　　걸어갑니다.

　　파란 우산 깜장 우산

　　찢어진 우산

　　좁다란 학교 길에

　　우산 세 개가

　　이마를 마주 대고

　　걸어갑니다.

—윤석중, 「우산 셋이 나란히」[27] 전문

---

26) 윤석중, 「나의 동요 반세기」, 『전집 22』, 웅진, 1988.

이는 1948년도에 나온 윤석중의 동시집『굴렁쇠』에 수록된 작품이다. 해방 이후 3년이 지난 시점에서 발표된 이 동시는 비가 오는 가운데서도 좁은 골목길을 친구들과 함께 이마를 맞대고 학교로 가는 길을 아주 경쾌하게 표현하고 있다. 사실 이 동시에서는 이데올로기의 대립과 가난 등으로 암울했던 해방 직후의 생활을 연상할 때 비현실적인 모습일 수 있다. 그러나 이런 이유로 혹평을 할 수는 없다. 이는 그의 말대로 그 당시를 살고 있는 어린이들에게 다소 벅찬 겨레·나라 걱정에서 벗어나 동시를 읽는 순간만이라도 즐겁게 해주고 싶은 시인의 의지로 볼 수 있다.

사회·역사적인 억압이 있더라도 아이들은 이에 대항해서 싸울 수 있는 힘이 없는 게 사실이다. 이런 상황에서 어른들이 바라는 아이들이란 밝고 건강하게 자라는 것이다. 이는 어른들에게 오히려 현실을 이겨내는 힘이 되는 것이다. 이런 면에서 당위적 동심의 자아화는 어두운 현실을 뚫고 나오는 현실 대응의 또 다른 방법임에 틀림없다. 밝은 사회·풍요로운 사회에서 건강하게 자라는 아이들만 있다면 '밝음 지향의 동시'가 오히려 의미가 없을 것이다. 이런 시인의 의식은 당시 이데올로기의 대립 속에서 투쟁적인 어린이로 만들어 거리로 내모는 것조차 마땅치 않았다. 이러한 세계와의 일치는 그의 동시가 순수 동심을 바탕으로 노래할 수 있는 계기가 되었으며 당대의 이데올로기에서 벗어나려는 반동의 과정을 겪게 된다. 그러나 이러한 시적 사유는 동심 동일화의 과정으로 현실과 자아 사이에 역동적인 재구성 능력을 상실한 채 세계로부터 고립되어 절대적 세계를 구축하는 문제가 있다. 따라서 윤석중은 이데올로기의 공세로부터 자유

---

27)『굴렁쇠』, 1948.

로워지기 위해 당위적 아동을 설정하였던 것이다. 즉 작가가 의도적으로 현실의 고통을 어린이들에게 나타내지 않으려 했다는 것이다. 이러한 그의 동시는 '어머니'와 '아기'를 근원으로 하고 있다. '어머니'를 근원으로 형성된 그의 동심 동일화의 시적 사유는 해방기의 시무룩한 아동을 달래 주고 보호해 주려는 입장임이 분명하다. 그의 동시 중에서 많은 부분을 차지하는 자장가는 사회에 잘 적응하기를 바라는 어머니의 마음 그대로이며, 현실을 불안해 하는 아동의 실체 그대로의 모습을 담고 있다. 그러나 그는 어머니 결핍의 개인적인 한계를 넘어 모성으로 동심을 끌어안는다. 한편 계급적 이데올로기에 내몰린 아동을 보호하려는 본능적 모성으로 희망을 제시하고 있다. 이러한 시적 사유는 희망을 가진 아동, 당당하게 뛰어 노는 아동을 중심에 두고 세계를 인식하게 된다. 그의 당위적 동심은 '진실과 착함과 아름다움'이다. 그래서 현실의 사회는 혼란과 가난으로 암울한 분위기이지만, 그의 동시에는 신나고 즐겁게 뛰어 놀 수 있는 아동이 주체가 되어 있다. 이러한 시적 사유는 해방의 감격과 기대를 오직 어린이에게서 찾으려 했던 것을 알 수 있다. 즉 해방과 더불어 우리 글을 사용할 수 있다는 감격과 어린이들만이 희망이라는 동심주의적 사고가 윤석중을 지배했던 것이다. 따라서 희망으로서의 동심을 절대적으로 설정하게 된다.

　　"한숨과 슬픔을 동요에서 몰아내자!" 어린 나는 결심하였다. 어른들의 구성지고 처량한 노래들이 그들 자신의 넋두리나 푸념이나 신세타령은 될지언정 우리까지 따라 불러야 할 필요를 느끼지 않는다. (중략) 그래서 턱을 괴고 앉아 생각에 잠기는 어린이를 만들어 주었지마는 그것은 풀이 죽게 하는 것이나 다름없다. 같은 '비애'에도 가난과 억눌림과 시달림에서 우러나는 눈물이 있어서 때로는 이것이 역사와 현실을 똑바로 내다볼 수 있는 바른 눈을 길러 주는 수도 없지 않아 있었으나, 하루 스물네 시간을 나라 근심, 겨레 걱정에 잠기게 한다는 것은 어린 사람들에게 너무나 가혹한 일이 아닐 수 없었다.[28]

이는 당시의 이데올로기의 억압과 가난 속에서도 어린이들의 모습을 지키려는 시인의 강한 의지로 이해된다. 이런 차원에서 보면 윤석중 동시를 현실 도피로 매도할 수만은 없고, 즉 현실 대응의 또 다른 방법으로 이해할 수 있다. 그러나 윤석중은 아동을 해방기의 이데올로기와 '한숨과 눈물'로부터는 벗어나게 했지만 아동을 봉건적인 보호의 대상으로 파악했다는 비판을 받을 수밖에 없다. 즉 아동의 주체적인 웃음이 아니라 어른의 관점에서 만들어 놓은 웃음이라는 데 문제가 있는 것이다.

그는 '되도록 어린 그들에게는 어른들의 아픔이나 괴로움이나 어두운 마음을 알리지 않으려고 애썼다. 그들마저 기를 펴지 못하고 지낸다는 것은 애처롭기 짝이 없는 노릇이기 때문이다'[29]라고 이야기한다. 이런 현실 외면은 동심으로 몰입될 수밖에 없었고 어릴 적 어머니 상실의 원체험에서 나타난 외로움을 동시로써 극복하려고 했던 것이다. 그래서 스스로 모든 어린이의 어머니가 되기를 희망했다고 볼 수 있다.

뭐니 뭐니 해도 나에게 큰 감화를 주시고 빗나가지 않도록 이끌어 주신 분은 내 나이 세 살에 세상을 떠나신 마음의 어머니시다. 고작 착하시고

---

28) 「어린이와 한평생」, 앞의 책.
29) 「동요 따라 동시 따라」, 위의 책.

고작 아름다우신 어머님으로 마음속에 모시면서, '우리 어머니가 살아 계셨더라면'하면서, '엄마 손'도 '엄마 목소리'도, '엄마 발소리'도 '겨울 엄마'도 상상의 날개를 펴 꿈속을 헤매며 노래로 엮으며 자랐으니, 스무 편이 넘는 나의 자장가도 어머니 대신 내가 나를 잠재우기 위해서 어릴 적부터 지은 노래들이었다.[30]

이런 그의 원체험이 한평생 동심에 머물게 했고, 이것이 밝고 맑은 동심 표현에 집착하게 했다고 볼 수 있다. 따라서 그는 동시에서 의도적으로 어두운 분위기를 거부했으며 사회 변화의 소용돌이 속에서 어린이를 보호하려고 했다.

어려서 어머니를 여의고(세 살 적에) 외갓집에서 외할머니의 말라붙은 젖꼭지를 만지며 커서 그랬는지 몰라도 엄마 품에 안기거나 등에 업혀서 엄마가 불러 주는 자장가를 듣다가 스르르 잠이 들어버리는 동네 아기들이 얼마나 부러웠던가.[31]

그의 동시 중에 자장가가 많은 이유는 어머니에 대한 이러한 그리움 때문이라 여겨진다. 자장가를 통해서 엄마 품에서 잠드는 평온한 아기의 모습은 자신의 어릴 적 어머니 부재와 맞물린 희망이었다. 이런 체험하지 못한 희망은 해방 이후 어린이들이 시끄러운 현실 속에서도 건강하게 자라는 모습을 보는 것으로 대리 만족을 얻으려 했던 것이다. 이는 이데올로기의 대립과 선택으로 혼란스러운 현실을 이겨내고자 하는 하나의 현실 대응 방법이었으며 자신을 지탱하는 에

---

30) 「고운사람 미운 데 있고 미운 사람 고운 데 있다」, 『전집 25』, p.37.
31) 「잃어버린 자장가」, 『전집 26』, p.75.

너지였다. 일제 강점기부터 해방으로 이어지는 현실의 억압과 혼란은 곧 어머니를 여읜 자신의 처지와 동일시된다. 어머니가 없는 자리를 그리움과 슬픔으로 메우는 것이 아니라 늘 곁에 있다는 생각으로 씩씩하게 뛰어 노는 놀이로써 그 상실의 공간을 채우려 했던 것이다. 이러한 시인의 인식은 일제의 파시즘을 이겨내는 원동력이 되었으며, 해방기의 좌우 이데올로기의 대립으로부터 어린이를 안전하게 보호하는 에너지였다.

> 밤에 자다 이불을 걷어 차면은
> 깜짝 놀라 도로 잘 덮어 주세요.
> 어머니는 단잠이 드신 뒤에도
> 어머니는 우리를 생각하세요.
>
> —윤석중, 「어머니」[32] 전문

'단잠이 드신 뒤에도 아이를 생각하'는 어머니는 늘 아이들 곁을 따라다니며 보살펴 주는 존재이다. 아울러 불행한 현실 속에서 살아야 하는 어린이들도 어디선가 자기를 지켜 주는 이러한 마음속의 어머니를 통해 밝게 자라기를 윤석중은 기대했던 것이다. 따라서 윤석중은 현실 속에 있는 어머니의 사랑에 대한 따뜻함을 노래했다기보다는 관념 속에 자리잡고 있는 어머니를 상상한 것이다. 이는 어릴 적 어머니 상실의 자리를 메우려는 시인의 의도이기도 하다. 그래서 단잠이 드신 뒤에도 우리를 생각하는 어머니는 지금 옆에 없지만 자신을 지켜 줄 것이라는 어머니에 대한 믿음으로 나타나고 있다. 이는

---

32) 『노래동무』, 1948.; 『전집 9』, p.75. 재인용.

윤석중의 개인적인 어머니에 대한 '그리움'과 어머니가 없는 현실에
대한 '불안'이 작품 속에서 어린이를 보호하는 동심 의식으로 승화
되었다고 볼 수 있다. 그래서 가까이 있어야 할 어머니가 없는 것에
대한 불안한 마음을 동시로 표현하여 현실에서 좌절하거나 겁에 질
려 우는 아동을 안심하게 만들고 있다.

> 눈도 채 뜨기 전에
> 우리 아기는
> 소리를 지릅니다
> 이불 속에서.
> "엄마, 맘마아!"
>
> —윤석중, 「눈도 채 뜨기 전에」[33] 일부

  위의 시의 시적 화자인 아기는 잠자리에서 일어나자마자 내몰리는
현실에 불안함을 느끼고 있다. 그래서 눈도 채 뜨기 전에 엄마를 소
리 높이 부르고 있다. 어머니의 존재는 어둠 속에서 빛을 보는 것과
같은 안정을 느낄 수 있으며 엄마 품속에서의 아기는 늘 평온하다.
이때 어머니는 하나의 희망이며 미래 지향적이다. 즉 절망과 고통과
모순을 무력화시키고 역설적으로 재생을 누릴 수 있는 공간으로서의
어머니이다. 이처럼 어머니에 대한 그리움은 현실의 불행으로부터
보호되는 믿음의 울타리로 작용하게 된다. 그리고 새로운 희망을 제
시하는 공간으로서의 어머니인 것이다. 이런 어머니에 대한 기대와
믿음은 그의 시에서 곧바로 자장가로 이어진다. 어린 아이에게 자장

---

33) 『아침까치』, 1950. ; 『전집 1』, p.24. 재인용.

가를 불러 주는 어머니를 그림으로써 불안과 고통의 현실을 극복해 내려 했던 것이다. 자장가의 정서는 어머니의 사랑의 표현이다. 안정된 사랑을 받고 자라지 못한 윤석중의 유년 시절의 원체험은 모든 만물이 건강하게 자라기를 희망했고 한편으로는 건강하게 자란 나를 과시하려는 경향이 있었다고 볼 수 있다. 그래서 윤석중은 아기들이 건강한 사회의 일원으로 성장하는 것만으로도 당시의 모순된 현실을 이겨내는 강한 의지라 생각했던 것이다.

이 땅에서 언젠가는 회복되어야 할 자유, 해방된 삶을 추구하는 간절한 기원을 자장가의 평온함에서 찾으려 했던 것이다. 자장가를 불러 주는 어머니의 목소리는 가장 안정된 목소리이며 세상을 잠재우는 목소리이다. 이는 시름에 젖어 안주하는 나약한 동심이 아닌 '당연히 그러해야 하는 당위적인 동심'에 절대적인 가치를 둔 것이라 할 수 있다. 이런 자장가는 현실을 이겨내는 초월적인 동심으로 표출되고 있다.

우리 아기 잠드는 걸
누가 먼저 알았나?
두 눈을 스르르 감을 때
눈썹이 먼저 알았지.

우리 아기 잠드는 걸
누가 먼저 알았나?
젖꼭지 스르르 뺄 때
입술이 먼저 알았지.

우리 아기 잠드는 걸

누가 먼저 알았나?

장난감 스르르 놀 때

주먹이 먼저 알았지.

―윤석중, 「아기 잠 2」³⁴⁾ 전문

　　장난감을 놓고 스르르 잠이 든 아기의 입가에 웃음이 도는 행복한 아기의 모습에서 현재의 고통을 잊을 수 있으며 나아가서는 현실 속에서 이루지 못하는 이상을 꿈속에서 이루는 것으로 설정하고 있다. 그래서 꿈속에서 아기는 '웃을 일이 생겼'다고 노래하고 있다. 이처럼 어머니의 목소리인 자장가를 통해서 윤석중은 다음 두 가지 사실을 표현했다. 하나는 밤을 아무 저항이나 고뇌 없이 그대로 받아들였다는 것이다. 어두운 밤이 지나면 새벽이 온다는 자연의 이치를 동심에 그대로 동일화시키고 있다. 억압과 모순된 세상이 지나면 새벽이 온다는 강한 믿음과 희망을 상징적으로 나타내고 있다. 또 한 가지는 현실 속에서 이루지 못하는 이상을 꿈을 통해서 실현해 보임으로써 희망을 잃지 않았다. 바로 이 점이 윤석중으로 하여금 휴머니즘적 동심관을 형성하게 했다고 할 수 있다. 즉 어린이는 불행한 현실 속에 살고 있지만 순수한 동심은 세계와 행복한 결합을 하고 이 동심으로 암울한 현실을 극복하는 것이다. 자장가를 통해서 나타난 어머니는 정신적인 밝음의 공간이었고 변하지 않는 믿음이며 확신이다. 어둠 속에서도 밝은 빛과 같은 존재이며 아기는 불안한 현실 속에서도 엄마 품속에서 평화를 얻고 있다. 절망과 고통을 무력화시켜 역설적으

---

34) 『아침까치』, 1950. : 『전집 9』, p.31. 재인용.

로 재생을 누릴 수 있는 공간이 어머니의 품속이며, 이러한 시적 설정은 그의 현실 대응의 한 방법이었다. 그러나 이러한 시적 사유는 아동을 보호의 대상이라는 사회적 인식과 아동의 순수성만을 강조함으로써 동심의 범위를 제한하고 있다.

2) 희망의 근원으로서의 '아기'

'어머니'를 근원으로 형성된 그의 동심 중심의 아동관은 모든 어린이들의 어머니가 되기를 자처했다. 해방기의 시무룩한 어린이들을 달래 주려는 이러한 그의 어린이 보호 본능은 해방기의 혼란스러움을 이겨내는 원동력이 되었다. 따라서 윤석중은 밝음을 지향하는 동시를 일관되게 발표한다. 즉 맑은 아기·밝은 아기를 통해서 혼란기 속의 아동들에게 미래의 비전을 제시하고 있다. 그러면서 이데올로기에 휘말리는 아동을 보호하려고 하는 입장을 분명히 하고 있다. 그의 동시에 나타나는 아기의 이미지는 착함·아름다움·천진난만함이며 주변 환경이 어둡고 힘들더라도 당황하지 않는 아기의 모습이다. 그래서 아기는 밤(어둠)을 아무런 저항이나 두려움 없이 맞이한다.

보름달이 아기 방을
엿보고 있어요.
아기 방에 하나 가득
푸른빛이 차 있어요.
베고 자는 하얀 베개
푸른 물이 들어서
우리 아기 꾸는 꿈은

보나마나 푸른 꿈.

―윤석중, 「달밤 1」[35] 일부

어두운 현실을 상징하는 밤을 '하얀 베게', '보름달', '푸른 빛' 등
으로 밝게 처리하고 있다. 이처럼 윤석중의 동시에 나타나는 '밤'은
갈등과 모순의 대상이 아니라 새로운 희망과 안락한 공간이다. 따라
서 시적 화자인 아기는 밤에 맞서는 것이 아니라 그대로 순응하게 된
다. 즉 사회적 불안과 모순을 극복하고자 하는 역동적인 아동이 아니
라 사회에 잘 적응하는 순응적 아동이다. 이러한 아동은 「달밤 1」에
서처럼 편안한 마음으로 '푸른 꿈'을 꾸고 있다. 푸른 달빛이 환하게
비치는 아기 방에서 새록새록 자는 건강한 아기의 모습을 볼 수 있
다. 이는 어둠을 극복하고 나오는 달빛을 통해서 현실을 이겨내고자
했던 작가의 세계 인식 방법이다. 이러한 밝음 지향 의식은 희망과
연결되며 세계와 자아가 별다른 갈등 없이 동화되어 있다. 따라서 윤
석중은 방정환처럼 초현실적인 동심 제일주의적 낙천성을 보이는 것
이 아니라 현실적 고뇌와 그 극복의 의지가 담긴 이상 세계를 보여
주고 있다. 즉 그는 현실을 비관적으로 보지도 않고 또 아동을 동정
의 대상으로도 보지 않았다. 다만 건강한 아동을 그려냄으로써 미래
에 대한 낙천적인 전망과 현실의 극복 의지를 제시하고 있다.

해방 이후 우리의 현실은 정치 상황뿐만 아니라 문단에서도 좌우
의 대립으로 치달아 이데올로기를 중심으로 하는 문학 작품이 대거
등장하던 시기였다. 이에 윤석중은 계급주의적 이데올로기에 의해
'수염 난 아동'이 되는 것을 거부하고 희망적인 미래의 꿈을 제시하

---

35) 『아침까치』, 1950.; 『전집 4』, p.30. 재인용.

고자 하였다. 이런 윤석중의 아동관은 방정환의 이른바 '동심천사주의' 아동관과는 다르다. 방정환은 아동을 천사와 같은 존재로 인식을 했으며 불행 속에 있는 아동을 동정심으로 바라보게 하고 있다. 그러나 윤석중의 동시에 나타나는 아동은 늘 희망을 가지고 미래를 기다리고 있다는 것이 특징적이다. 그래서 어린이를 동정의 눈으로 보는 것을 거부하고 항상 밝은 놀이를 통해서 재미있게 노는 이상적인 어린이들을 동시의 주체로 설정하고 있다.

눈 위로 걸어가니까
삐약 삐약 삐약
신발에서 병아리 소리가 났습니다.

(중략)

자꾸 자꾸 걸어가다가

아기는 그만 길을 잃어버렸습니다.

(중략)

울다가 울다가 눈 위를 보니
조그만 발자국이
두 줄로 조옥 나 있습니다.

"하하 내 발자국!"

아기는 벌떡 일어나
궁둥이에 묻은 눈을 툭툭 털면서
발자국을 따라
집으로 돌아옵니다.
삐약 삐약 삐약
삐약 삐약 삐약

—윤석중, 「길 잃은 아기와 눈」[36] 일부

위의 동시에서도 아기는 눈 속에서 길을 잃었지만 잠시 울다가 그
친다. 눈 속에 혼자 있으면서도 두려워하는 아기의 모습은 볼 수 없
다. 현실 속의 실제 아기가 이런 모습은 아니지만 윤석중의 동시에서
오히려 발가벗겨 내몰린 현실 앞에서도 당당한 아기의 모습, 즉 당위
적인 동심을 주체로 설정하고 있다. 그래서 '삐약 삐약 삐약'하는 병

---

36) 『초생달』, 1946.; 『전집 11』, p.20. 재인용.

윤석중 동요집 『초생달』(1946).

아리 소리 같은 발자국 소리는 경쾌함과 아울러 귀여운 이미지를 전달해 준다. 이처럼 추운 겨울 눈 속에서 길을 잃은 극한의 상황 속에서도 두려워하지 않는 아동을 설정한 것은 다분히 의도적이라 볼 수 있으며 이는 현실에 대한 저항의 한 측면으로도 이해할 수 있다. 바로 이 점이 방정환의 동심천사주의와 구별되는 것이다. 윤석중은 현실을 외면한 동시를 쓴 것이 아니라 당대 모든 어른들의 마음속에 바라던 동심, 즉 어려움 속에서도 건강하게 자랐으면 하는, 당연히 있어야 하는 동심을 표현했던 것이다.

이는 이오덕이 윤석중의 동시를 언어유희적 동시라 비평한 것을 부정할 수 있는 근거가 된다. 이오덕은 어린 아기를 동시의 소재로 삼은 것에 대해서 "아동을 위해서 쓴 시인의 시라기 보다는 어린애들을 상대로 한 어른의 유희적인 취미물이 되"[37]고 있다고 지적하고 있다. 그러나 말을 못하는 아이의 귀여운 모습을 시적 대상으로 했다고 해서 어른의 유희물로 보는 것은 많은 문제가 따른다. 미래에 대한 불확실과 현실의 고통 속에 하루하루를 사는 기성인의 입장에서 오로지 희망적인 기대를 걸 수 있는 것은 아이들뿐이다. 따라서 윤석중은 건강하고 밝은 아동을 그리고 있다. 이는 아이들이 현실의 고통에 노출되지 않고 이데올로기의 갈등을 무시하여 혼란에 휘말리지 않도록 하려는 시인의 의지로 볼 수 있다. 이는 윤석중의 민족주의적인 시각과 휴머니즘적 동심의 세계관을 엿볼 수 있는 부분이다.

> 앞산아 저만큼 물러나거라.
> 나무들도 비켜라, 발에 걸릴라.
>
> —윤석중, 「뜀뛰기」[38] 일부

> 아기는
> 큰다 큰다
> 기지개를 켤 때마다.
>
> 아기는
> 큰다 큰다
> 떼를 쓰고 울 때마다.
>
> 아기는
> 큰다 큰다
> 달음박질할 때마다.

---

37) 이오덕, 『시정신과 유희정신』, 창비, 1996, p.179.
38) 『노래동무』, 1948.;『전집 1』, p.76. 재인용.

아기는

큰다 큰다

집집마다 동네마다.

—윤석중, 「아기는 큰다 큰다」[39] 전문

위의 시에서는 뜀뛰기를 하며 신나게 노는 아이들의 건강함이 나타나 있다. 넘을 수 없는 앞산도 뛰어 넘을 기세를 보이고 있다. 그의 동시가 아동의 놀이를 대상으로 하면서 함께 어울리는 모습과 싸우지 않는 모습 등을 그린 것은 역시 이러한 맥락에서 이해할 수 있다.

이러한 아기의 정서는 동심의 순수함을 지향하면서 주변 환경이 어둡고 힘들더라도 당황하지 않는 모습으로 나타났다. 떼를 쓰고 울다가도 달리기 한 번하고 나면 크는 아이는 어느 한 지역 또는 한 집안의 국한된 특수한 문제가 아니라 '집집마다 동네마다' 모든 아기들이 그렇게 자란다는 일반적인 현상임을 강조하고 있다. 이러한 동질적이고 순수한 아기에 대한 일방적인 사랑은 그가 주간으로 있던 『소학생』을 계몽적이고 교훈적인 잡지로 만들었다.

그러나 그의 동시에는 역사적인 관찰과 과학적인 비판이 없이 막연하게 아동의 성장기에 나타나는 단순성을 대상으로 한 동심주의적 세계관을 지적받지 않을 수 없다. 즉 윤석중의 동시에는 '있어야 하는 당위적 아동'이 아직 없는 현실임에도 불구하고 시적 자아가 방황하거나 세계에 대한 적대 감정을 가지지 않고 있다. 이러한 파토스(pathos)적인 물음이 없다는 것이 그 한계이다. 그의 동시에 등장하

---

39) 『굴렁쇠』, 1948.; 『전집 1』, p.40. 재인용.

는 모든 '아기'는 명랑한 모습으로 자라고 있다. 이는 시인이 갈망하는 당위적 현실로 볼 수 있으나 가난과 이데올로기의 대립이 있는 현실 속에는 이런 이상 세계가 없는 것에 대한 아무런 방황도 분노도 없이 마냥 즐겁게 노는 어린이만 등장하고 있는 한계를 지니고 있다. 따라서 실재하는 어린이의 생활이 아니라는 대주체의 호출에 그대로 동일화되어 주체를 세우지 못한 채 동심을 강제하는 문제를 안고 있다. 이것이 윤석중으로 하여금 현실을 외면한 동시인, 언어유희적 동시인이라는 비판을 받게 한 것이다.

제4장 계급적 동심과 계몽적 동심

1. 계급적 동심의 세계화

1) 일제 잔재와 반봉건적 현실의 고발   2) 투쟁의식 고취와 계급적 영웅

2. 계몽적 동심의 세계화

1) 해방에 대한 기대와 계몽   2) 어린이에 대한 기대와 계몽

제4장 계급적 동심과 계몽적 동심

1. 계급적 동심의 세계화

1) 일제 잔재와 반봉건적 현실의 고발

조선문학건설본부의 '인민에 기초한 민족문학'과 조선프롤레타리아문학동맹의 '계급에 기초한 프롤레타리아문학'의 민족문학 성격 논쟁 속에서 조선문학가동맹으로 통합되어 그 당파성을 분명히 하고 출발한 계급주의 진영은 민족문학 건설의 분명한 목표를 가지고 있었다. 해방은 두루 알다시피 분단과 민족 상잔을 잉태한 불안한 정국이었다. 주어진 체제를 수용하는 것이 아닌 체제 선택의 문제 앞에 이데올로기적 냉전이 그 한 요소였다. 이런 소용돌이는 문단에서도 발 빠른 대응으로 나타났다. 즉 해방이 되자 지식인들의 첫 과제가 자기 비판의 양심 선언을 바탕으로 한 민족문학의 건설이었다.

1946년 2월 8일부터 9일까지 양일간에 걸쳐서 개최된 전국조선문학자대회에서 문학의 목표를 일제 잔재 및 봉건 잔재의 청산, 국수주의 배격, 진보적 민족문학 건설, 국제문학과의 제휴 등을 내세웠다.[1] 이런 가운데 결성된 조선문학가동맹은 민족문학 건설이라는 목표를 분명히 하고 그 창작 방법으로 진보적 리얼리즘을 표방하였다.[2] 이 민족문학의 건설은 좌우를 막론하고 주장된 것이었는데 그 방향은 새나라 건설이라는 정치적 과제와 직결되는 것으로 문학가동맹은 방향성(당파성)이 뚜렷했으며 당시 정국을 주도적으로 이끌고 있었다는 점에서 주목할 필요가 있다. 해방 직후의 상황은 저마다 체제 자체를 선택할 수 있는 시기였으며 이에 따라서 문학의 방향성이 결정될 수 있는 시기였다. 해방 직후에는 문학가동맹이 주도적으로 활동하였으며, 임화의 인민민주주의 민족문학론이 우세하였다. 이는 당대의 과제인 국가 재건과 일제 청산과 반봉건 친일 청산의 문제, 시민 혁명을 후역사적으로나마 거쳐서 재건국을 해야 한다는 논리를 강조한 남로당의 이념이 그대로 옮겨진 것이다. 즉 문학가동맹은 인민민주주의 민족문학론을 주창하였는데, 이는 모택동의 '신민주주의론'을 모델로 한 것으로 무산계급을 중심으로 한 지식인 농민·소시민의 연합독재에 근거를 두고 있다. 조선공산당 통일전선의 일환으로 임화, 김남천, 이상조가 중심이 되었으며 민주주의 민족전선을 구성(1946. 2. 15)하여 문학에 대한 정치 우위로 인한 정치 우위의 문학관,

---

1) 이에 비해 조선문필가협회(1946. 3. 13.)가 결성되었으나 방향 제시가 불분명하였고 그 성격이 비문학적이고 정치적 성격이 뚜렷하다는 비판 아래 1946년 4월 4일 조선청년문학가협회를 결성하여 좌익 문단에 맞서고자 하였다. 그들이 내세운 강령은 ①자주독립 촉성에 문화적 헌신을 기함, ②민족문학의 세계사적 사명 완수, ③일체의 공식적 예술적 경향을 배격하고 진정한 문학정신 옹호 등이었다. 진정한 문학정신에 대한 논의로 조지훈의 순수시, 김동리의 본령 정계의 문학, 조연현의 생리적 문학론 등이 심도 있게 전개되었다. 김윤식, 「해방 후 남북한의 문화활동」, 『해방공간의 문학운동과 문학의 현실인식』, 한울, 1992, pp.21~22.
2) 위의 책.

지식인 문학관이 지배적이었다.

그러나 조선문학가동맹은 근본적인 결함을 '비대중성'에 있다고 보고 이를 극복하기 위한 방법으로 동맹원의 가입 수준을 저하하고 지방지부의 건설을 촉진한다. 그리하여 모든 문학가들이 문예 공작자로서의 활동을 인민 가운데 전개함으로써 문학과 대중 생활의 유기적 결합을 창출하며 이러한 과정을 통하여 문학운동을 다른 대중운동과 밑에서부터 연결시킬 것을 강조한다. 그리하여 조선문학가동맹은 하위 분과인 아동문학위원회[3]를 결성하였다. 이원수와 윤복진 등 아동문학가들의 이름이 보인 것도 이 시기로 보인다. 1945년 조선문학가동맹의 한 분과로 아동문학부가 결성된다. 이러한 사실로 미루어 볼 때 계급주의적 문학 진영에서는 아동문학을 그들의 대중화 노선의 일환으로 파악한 것을 확인할 수 있다.[4] 이들은 제국주의 문화지배 잔재의 청산을 위해 가장 집중적으로 주력할 곳이 아동문학이며 문화정책의 차원에서 제기되는 교육적 임무로서 역사소설이 중요하다는 주장이 나온 이후 소설부, 시부 등의 위원회 외에 특수위원회로서 '농민문학위원회'와 '아동문학위원회'를 설치한다. 이러한 사실은 이 시기에 그들의 대중화 문제가 본격적으로 조직 내에 들어

---

3) 1945년 12월 조선문학가동맹 중앙집행위원회에서는 부서를 결정했다. 소설부(위원장 안회남), 시부(위원장 김기림), 평론부(위원장 김태준), 농민문학부(위원장 권환), 아동문학부(위원장 정지용), 고전문학부(위원장 이병기), 외국문학부(위원장 김광섭)이 그것이다. 특히 아동문학부 위원회에서는 위원장 정지용, 서기장 윤복진, 위원으로 현덕, 이동규, 이주홍, 양미림, 임원호, 이태준, 박아지, 홍구가 이름을 올리고 있다. 『아동문학』은 조선문학가동맹의 기관지였고, 이와 비슷한 시기에 발간된 아동잡지로는 『새동무』(1945. 12.)와 『별나라』 속간호 (1945. 12~46. 2.) 등이 있다.

4) 이러한 근거로 조선문학가동맹의 여러 분과 결정을 예로 들 수 있다. 소설부(위원장 안회남), 시부(위원장 김기림), 평론부(위원장 김태준), 농민문학부(위원장 권환), 아동문학부(위원장 정지용), 고전문학부(위원장 이병기), 외국문학부(위원장 김광섭) 등의 분과를 설치하는 과정에서 아동문학부를 설치한 것이다. 임규찬, 「8·15직후 미군정기 문학운동에서의 대중화 문제」, 『해방공간의 문학 운동과 문학의 현실인식』, 한울, 1992, pp.80~81.

오고 있음을 짐작할 수 있는 부분이다.[5] 한편 해방 직후 윤석중은 '조선아동문화협회'(이하 아협)[6]를 결성한다. 이러한 조직의 결성이 일반 문단에서처럼 이데올로기적 논쟁의 과정에서 나타난 것이 아니라 각기 다른 목적에서 이루어졌다는 데 주목해야 한다. 즉 조선아동문화협회는 어린이 운동의 차원에서 어린이들에게 한글과 과학을 이해시키고 민족의 얼을 부각시키고자 했다.[7] 그래서 '허리띠를 졸라 매고 골고루 다같이 살 수 있는 훌륭한 조선나라를 건설하자'[8]고 한다. 한편 지방에서는 아동문학의 전통을 가진 대구에서 '조선아동회'(1945. 12. 30.)가 박목월을 중심으로 결성된다. 이 단체는 이영식, 이원식, 김상신, 김홍섭, 김진태 등이 중심이 되어 아동문화의 모든 것을 이론보다는 실천으로 이끌어 갈 취지로 발족된다.[9] 이 단체는 1946년 4월에 『아동』지를 발간한다. 그러나 이러한 단체들은 조선문학가동맹의 아동문학분과와 계급적 논쟁을 하자는 취지로 결성되었다고 볼 수 없다. 이러한 상황에서 일제 잔재의 소탕과 봉건적 문화 잔재의 청산은 반인민적 요소와의 투쟁이었으며 새로운 민족국가의 건설을 위한 선결 과제였다. 따라서 문학가동맹으로서는 그들이 내세운 진보적 민족문학을 위한 실천적 토대를 마련하는 것이 중요할 수밖에 없었다. 이를 위해서 아동문학 분야에서도 해방 이후의 현실을 적극적으로 표현하며 어린이들에게 다가갈 수밖에 없었던 것이

---

5) 위의 책, pp.80~81.
6) 1945년 11월 30일, 윤석중, 정진숙, 조풍연, 심은정 등이 중심이 되어 을유문화사의 방계로 조선아동문화협회가 결성된다. 그리고 1946년 2월 11일 그 기관지인 『소학생』이 발간된다. 이는 해방 후의 혼란 수습과 아동의 인권 운동을 위한 어린이 운동의 성격에서 발간되었다. 이는 그 잡지의 형태가 1920년대 방정환이 발행한 『어린이』와 매우 흡사하다는 데서도 알 수 있다. 이재철, 『한국 현대 아동문학사』, 일지사, 1978, p.341.
7) 조선아동문화협회는 우리 문화의 발굴과 신문화의 창조를 위하여 굽힘 없이 전진해야 할 것을 강조하고 있다.
8) 윤석중, 「만들고 나서」, 『주간소학생』, 창간호, 1946. 2.
9) 이재철, 앞의 책, pp.359~360.

다. 그들이 말하는 인민의 개념에는 임화의 견해대로 노동자, 농민, 일반 근로자였으며, 민족문학의 이념은 노동 계급의 이념이었다. 따라서 어린이들도 이 계급적인 인민의 범위에 포함하는 것은 이상한 것이 아니며, 민족이 처한 현실적인 모순을 알도록 하는 것은 당연한 것이다. 이러한 동심의 인식은 아동의 순수성에 중심을 둔 동일화 담론에서 벗어난 반동일적 담론을 형성하게 된다. 이 반동일적 담론은 동시에서 해방의 감격만 전달할 수 없으며 해방기의 여러 가지 사회현실을 고발하고 모순을 폭로할 수밖에 없었다. 그래서 가난한 현실의 고발과 외세를 극복하지 못한 정치적 현실, 그리고 혁명을 위해 떠난 아버지에 대한 그리움 등의 정서가 나타난다.

담배 사세요
담배요
수무개 한갑에 십원요

해방이라고 하는데
독립이라고 하는데

바람부는 거리에
나는야 이리 저리

학교두 못가구
담배장사를 한다네
담배 사세요
담배요

—김철수, 「담배 장수」[10] 전문

해방이다, 독립이다, 연거푸 외치고 있지만 시적 화자는 학교에도 가지 못하고 거리에서 담배 장사가 되어 있는 현실을 고발하고 있다. 담배 장사를 하는 어린 시적 화자는 가난한 현실을 노골적으로 폭로하고 있다. 동심을 주체로 설정한 것은 동일화 동시에 비해서 구체적이라 할 수 있으나 동심을 벗어난 상태에서 목적의식을 강조한 나머지 반항적 불만을 가진 화자를 설정하고 있다. 이는 기대에 못 미치는 현실에 대한 단순한 고발 차원에 있다고 볼 수 있다. 이러한 가난은 김상훈의 「종달새」에서도 그대로 나타난다. 배가 고파서 오늘밤에 죽어 옷·밥 걱정 안 하는 종달새가 되고자 하는 시적 화자를 내세우고 있다.

내사 배가 고파
아무래도 못살겠다

삼시 세때 송구죽에
소금 한줌 없이

(중략)

농사 짓는 사람은

---

10)『아동문학』제3호, 1947. 7.

　　모두 배가 고프다

　　느틔나무 밑에서

　　우리도 잘 살았다

—김상훈, 「종달새」¹¹⁾ 일부

　　가난한 현실을 새를 불러 넋두리하고 있는 시적 화자는 지난날 잘 살았던 회상을 함으로써 현실적인 비침과 안타까움을 더 크게 느낀다. 차라리 죽어서 옷이나 밥을 걱정하지 않는 종달새라도 되고 싶다는 표현은 극한적인 가난을 표현하고 있다. 이러한 가난한 현실을 꿈 속에서라도 해결하고자 하는 절박함은 윤곤강의 동시 「염소의 꿈」¹²⁾ 에서도 마찬가지이다. 봄이 와서 "아무 곳에나 맛나는 먹이가 많이 늘려 있는" 산과 들에서 "흥에 겨워 콧노래"까지 불러 가면서 염소는 풀을 뜯었지만 '눈을 뜨니' 그것은 꿈이었고 '배고픈 아침'이라 묘사하고 있다. 이처럼 비극적인 현실을 있는 그대로 묘사하여 어린이들에게 고발하고 있다. 이는 동심 동일화의 동시에서는 찾을 수 없는 시적 사유이다. 어린이들에게 모순된 현실을 은폐시키지 않고 정확하게 노출시키려는 의도적인 행위로 보아야 한다. 그러나 모순된 현실에 투쟁적인 모습으로 대처하는 아동을 찾을 수 없다. 또 선전·선동적인 내용도 없다. 그렇다고 동심의 순수성도 없다. 이처럼 동심과 무관하게 의식이 앞선 상태에서 폭로가 있을 뿐이다.

---

11) 『아동문학』 제3호, 1947. 7.
12) 염소가 꿈을 꾸었다/노—란 무공다리를 먹고/노—란 꿈을 꾸었다/봄이었다 산과 들엔//노곤한 봄볕에/종달이 더 울고/아무 곳에나 맛나는 먹이가/많이 많이 널려있다//염소는 흥에 겨워/콧노래를 불렀다/사슴이라도 된 것처럼/그러나 꿈이었다//눈을 뜨니 으스스/바람 찬 추녀 밑/눈이 하얗게 쌓인/배고픈 아침이었다// —윤곤강, 「염소의 꿈」, 『새동무』 제7호, 새동무사, 1947. 4.

1. 계급적 동심의 세계화　119

나도 새나 되었으면

푸른 공중을 맘대로 날르게

소리개는 사르르

제비는 휠휠휠

하늘 높이 떠다니니

온 누리가 다 뵈겠지

나도 새나 되었으면

푸른 공중을 맘대로 날르게

저 먼곳엔 아름다운

나라도 있을텐데

새들은 그런데도

갔다 왔다 하겠지

나도 새나 되었으면

푸른 공중을 맘대로 날르게

비행기가 잘 날러도

새만은 못할게다

아아 새나 되었으면

얼마나 흥겨울까

—송완순, 「나도 새나 되었으면」[13] 전문

조선프롤레타리아문학동맹 출신으로 문학가동맹에서 아동문학을

---

13) 『아동문학』 제3호, 1947. 7.

담당하였던 송완순의 동시 「나도 새나 되었으면」도 푸른 공중을 마음대로 나는 새가 되어 저 먼 곳에 있는 아름다운 나라에 갔으면 하는 화자의 기대와 바람만 나타나 있을 뿐이다. 조선공산당의 지시로 문학가동맹과 통합되기는 했지만 조선프롤레타리아문학동맹은 실천적인 전위로서 대중에 접근하여야 한다는 실천적인 문제를 중시하였던 점을 고려하면 아동문학에 나타난 그들의 작품은 나약하기만 하다. 이런 사실에서 이들의 아동관을 엿볼 수 있다. 즉 그들의 아동에 대한 인식은 동심에 동일화되지는 않았지만 비동일적인 시각으로 갈등하는 아동의 모습이 아니라 계급의식의 고취를 위한 계몽의 대상일 뿐이었다. 따라서 현실적 모순에 갈등하고 이를 극복하고자 하는 적극성을 결여한 채 가난한 현실을 병렬적으로 나열하고 있다. 아울러 시적 화자는 현실을 막연히 벗어나고 싶은 욕망을 지닌 채 '푸른 공중을 맘대로 날르게' 새가 되었으면 하고 노래하고 있는 것이다.

　다소 차이는 있지만 가난에 대한 단순 고발은 반드시 계급주의 작가에 국한된 것만은 아니었다. 윤동주, 최영희, 한동염 등의 동시에도 가난한 현실을 나열하는 단순 고발 차원의 내용이 담겨져 있다. 그러나 이는 다음 장에서 이야기하는 실천으로서 계급의식과는 구분된다. 가난한 현실을 고발적인 차원에서 쓴 윤동주의 「애기의 새벽」[14]은 닭도 시계도 없는 가난함을 애기의 울음으로 표현하고 있다. 새벽과 아기가 희망적인 시어이지만 윤동주는 역설적으로 배가 고파 우는 아이로 맞는 새벽을 그리고 있다. 새벽이 왔지만 희망도 없이

---

14) 우리 집에는/닭도 없단다.//다만/애기가 젖 달라 울어서/새벽이 된다.//우리 집에는/시계도 없단다./다만/애기가 젖 달라 보채어/새벽이 된다.// —윤동주. 「애기의 새벽」, 『소학생』 제 72호, 1949. 11.

가난에 대한 걱정을 하는 현실을 고발하고 있다.

[표 2] 좌익 잡지에 수록된 해방기 동시

작가	동시 제목	주제	출처
김용호	새 동무	아동에 대한 기대	새동무 2호(1946. 3.)
송완순	왜놈은 갓건만	외세 청산	새동무 2호(1946. 3.)
신고송	아버지	혁명	새동무 2호(1946. 3.)
염근수	월계꽃	—	새동무 2호(1946. 3.)
윤석중	우리 동무	해방의 기쁨	새동무 2호(1946. 3.)
우소	춤	해방의 기쁨	새동무 2호(1946. 3.)
김원룡	새봄맞이	해방의 기쁨	새동무 7호(1947. 4.)
박인범	양돼지	외세 청산	새동무 7호(1947. 4.)
김철수	진달래	자연	새동무 7호(1947. 4.)
이원수	개나리	혁명(투쟁)	새동무 7호(1947. 4.)
윤곤강	염소의 꿈	가난	새동무 7호(1947. 4.)
한백곤	병아리 두 마리	외세 청산	새동무 7호(1947. 4.)
한인현	비누풍선	놀이	새동무 9호(1947. 7.)
남대우	우루루 달리자	씩씩한 아동(놀이)	새동무 9호(1947. 7.)
한백곤	시골집	가난	새동무 9호(1947. 7.)
김원룡	별	자연	새동무 9호(1947. 7.)
이종성	7월의 연못가	교육(계몽)	새동무 9호(1947. 7.)
박찬모	자장가	아동에 대한 기대	아동문학 3호(1947. 7.)
조벽암	자꾸자꾸 자랍니다	아동에 대한 기대	아동문학 3호(1947. 7.)
이원수	송화 날리는 날	아버지에 대한 그리움	아동문학 3호(1947. 7.)
윤석중	맨발	—	아동문학 3호(1947. 7.)
김철수	담배장수	가난	아동문학 3호(1947. 7.)
김상훈	종달새	가난	아동문학 3호(1947. 7.)
송완순	나도 새나 되었으면	가난	아동문학 3호(1947. 7.)
배인철	어린 쿠리	—	아동문학 3호(1947. 7.)
이병철	목맨 송아지	봉건적 모순 청산	아동문학 3호(1947. 7.)

한백곤	멀리멀리 가거라	외세 청산	아동문학 3호(1947. 7.)
윤석중	엄마	—	아동문화 1집(1948. 11.)
박은종	나뭇잎 밟고	놀이	아동문화 1집(1948. 11.)
	옛집	자연	아동문화 1집(1948. 11.)
	가랑잎 여행	자연	아동문화 1집(1948. 11.)
남대우	머루 다래	자연	아동문화 1집(1948. 11.)
	지팽이 말	놀이	아동문화 1집(1948. 11.)
김영일	시골의 여름	자연	아동문화 1집(1948. 11.)
	풀피리	놀이	아동문화 1집(1948. 11.)
	꿩	자연	아동문화 1집(1948. 11.)
	달밤	놀이	아동문화 1집(1948. 11.)
	구름	자연	아동문화 1집(1948. 11.)
	송아지	자연	아동문화 1집(1948. 11.)
이원수	도마도	혁명(투쟁)	아동문화 1집(1948. 11.)
박세영	무궁화	해방의 감격	별나라속간1호(1945. 12.)
박아지	별나라 동무	해방의 감격	별나라속간1호(1945. 12.)
이주홍	어린병사의 노래	혁명(투쟁)	별나라속간1호(1945. 12.)
윤효봉	우리 집 노래	해방(계급적 분위기)	별나라속간1호(1945. 12.)
박석정	일본 간 언니	해방(계급적 분위기)	별나라속간1호(1945. 12.)
조벽암	설날	놀이	별나라 속간2호(1946. 2.)
박아지	새 달	어린이에 대한 기대	별나라 속간2호(1946. 2.)
윤석중	사라진 일본 기	반일 계몽	별나라 속간2호(1946. 2.)
이동규	기차	—	별나라 속간2호(1946. 2.)
엄흥섭	거짓말 까치	해방(계급적 분위기)	별나라 속간2호(1946. 2.)

최영희의 「손톱」[15]에서는 어린 화자가 언니 손톱이 '찌그렁뱅이'가 되어도 고쳐 주지 않아서 병신이 되었다고 원망을 하고 있다. 그래서 시적 화자는 "찌그러진 손톱하나/오늘도 서러워서" 울고만 있다. 한

---

15) 우리언니 손톱하나/찌그렁뱅이/누가 보면 무섭다고/도망가겠지//고쳐주지 아니해서/병신이 돼나/아야아야 울 때에/고쳐 줄 게지//찌그러진 손톱하나/불쌍도 하지/오늘도 서러워서/울었답니다.// ―최영희, 「손톱」 전문, 『어린이』 복간 제124호, 1948. 6.

동엽의 「딱딱이 소리」[16]는 야경꾼이 밤중에 순찰을 도는 모습을 그리고 있다. 그러나 시적 화자는 "대문조차 없는 집에 사는 오빠"가 "무엇이 무서워서 야경 도나요"라는 물음으로 누구를 위해 야경을 도는지를 묻고 있다. 이 물음 속에서 도둑이 들어도 가져갈 것이 없을 정도의 가난함과 부자를 위해서 오빠가 순찰을 도는 부조리한 면을 동시에 나타내고 있다. 이는 2연에 오면 더욱 분명해진다. "생쥐도 입가심할 쌀 한 톨 없어/우리 집 광 방에서 이사"를 갔는데 '추운 밤을 꼬박' 세우며 누구네 집 도둑을 쫓는지를 묻고 있다. 이로써 가난한 시적 화자의 현실과 빈부의 차이를 암시적으로 표현하고 있다.

이러한 현실의 고발에서 시적 화자는 어린이로 설정되었지만 '동심'보다는 '의식'을 넓힘으로써 어린이의 심리와 일치하지 않고 있다. 그러나 이데올로기의 주입이나 그 실천이 앞서지 않는다. 즉 동심의 선험과 고정관념에서 벗어나고자 하는 욕망만 있을 뿐 동심을 주체로 세우지 못하는 반동일적인 대응이라 할 수 있다.

해방기의 가난한 현실에 대한 인식은 계급진영과 민족진영 간에 큰 차이가 없었다. 그러나 계급진영에서는 해방기의 가난한 현실과 함께 외세를 내치지 못한 게 문제였음을 어린이들에게 고발하고 있음을 알 수 있다. 즉 계급진영에서는 가난을 고발하는 차원을 넘어 외세와 부르주아에 의한 구조적 모순임을 조심스럽게 동시에 반영하고 있다. 이 외세는 일제의 앞잡이 외에 미국의 군정에 대한 탄압도 염두에 두고 있는 듯하다.

---

16) 별들도 발발 떠는 추운 이 밤에/야경 도는 오빠의 딱딱이 소리/대문조차 없는 집에 사는 오빠/무엇이 무서워서 야경 도나요//생쥐도 입가심할 쌀 한 톨 없어/우리 집 광 방에서 이사 갔다오/오빠는 누구네 집 도둑 쫓느라/딱딱이로 추운 밤을 꼬박 세우나.// ―한동엽, 「딱딱이 소리」, 『어린이』(복간) 제128호, 1948. 11.

소리개야 훠어이

멀리멀리 가거라

병아리는 소군소군 이렇게 말하고

괭이야 요오놈

멀리멀리 가거라

광속에서 쥐들이 이렇게 말하고

심술쟁이 미운놈

우리동무 동무끼리 이렇게 말하고

—한백곤, 「멀리멀리 가거라」[17] 전문

　이런 나약한 어린이의 모습은 한백곤의 「멀리멀리 가거라」에서도 분명히 나타난다. 소리개—병아리, 괭이—쥐, 심술쟁이—우리의 이분법적인 구분을 짓고 있으면서도 심술쟁이인 소리개나 괭이에 대해서 적극적인 저항의 모습이나 이를 쫓아내고자 하는 치열함을 볼 수 없다. 다만, '멀리멀리 가거라'는 외침만 있을 뿐이다. 한백곤의 동시에서는 현실을 옥죄고 있는 외세에 대해서 간접적인 외침을 하고 있다. 우리들끼리 모여 살기를 바라며 심술쟁이 미운 놈은 멀리멀리 가기를 바라고 있다. 병아리, 쥐에 비유된 약한 존재들끼리 눈치를 봐가면서 소곤소곤 작은 목소리로 내고 있다. 소리개와 괭이를 쫓아내고 싶은 욕망이 매우 조심스럽게 표현되고 있다. 한백곤이 『새동무』 제7호(1947. 4.)에 발표한 동요 「병아리 두 마리」도 이와 비슷한 모티프를 갖고 있다. 하늘에 소리개가 빙빙 돌면 엄마 품속에 들

---

17) 『아동문학』 제3호, 1947. 7.

어가서 '미운 놈의 소리개'라 삐약거리고 소리개가 멀리 가고 나면 엄마 등에 올라 앉아 따뜻한 봄을 즐기는 병아리의 모습을 해학적으로 나타내면서도 외세와 봉건 부르주아의 횡포에 대한 고발을 하고 있다.

　박인범의 동시 「양돼지」에서는 혼자서 꿀떡꿀떡 삼키고 나눠 먹을 줄 모르는 양돼지가 싫다고 화자가 직접 외치고 있다. 미국과 일제 앞잡이를 처단하지 못한 문제를 표현하고 있다.

꿀꿀꿀 돼지는
양 돼지

꿀 돼지는 얄밉게도
혼자 먹지요
콩 한쪽도 서로서로
나눠 먹는 줄

꿀꿀꿀 양 돼지는
모른다지요

꿀떡 꿀떡 혼자서만
생키는 돼―지

나는 나는 보기 싫어
양 돼―지

―박인범, 「양돼지」[18] 전문

송완순의 「왜놈은 갔건만」과 윤석중의 「우리
동무」가 나란히 실린 『새동무』 제2호.

　이처럼 계급진영에서의 동시는 해방 이후의 혼란과 모순을 그대로
어린이들에게 노출시켰다는 점에서는 동일화의 동시보다 현실 비판
적인 내용이 많다. 이는 『새동무』 제2호에 나란히 실린 송완순의 「왜
놈은 갔건만」과 윤석중의 「우리 동무」를 비교해 보면 확연한 차이를
알 수 있다. 윤석중의 「우리 동무」는 산과 강을 다시 찾은 감격 속에
서 천년만년 동무가 될 기쁨을 노래하고 있다. 반면 송완순은 해방되
기 전에 '이놈 저놈'하면서 우리 민족을 탄압하던 일본인이 쫓겨 갔
지만 그 앞잡이 노릇을 하며 '아양 떨며 껍죽대던 리상긴상은'은 청
산되지 않고 있음을 지적하고 있다. 한편으로는 일제 물건을 사려고
갈팡질팡하는 당시의 모순된 사회상을 그대로 고발하고 있다. 이러
한 와중에 시적 화자는 가난 때문에 옷 걱정과 밥걱정을 하고 있다.

---

18) 『새동무』 제7호, 1947. 4.

그놈 그놈 하더니만
왜놈들은 다 갔는데

아양 떨며 껍죽대던
리상긴상은 가지 않고

나라맨드는 일한다고
얼렁뚱땅 한목보네

인젠인젠 하더니만
태극기는 꽂쳤는데

아지머니 아저씨는
나라일은 제쳐놓고

왜놈물건만 사느라고
갈팡질팡 정신없네

된다된다 하더니만
해방독립 된다는데

울어머니 아버지는
옷밥걱정 웨하시오

왜놈들이 쫓겨갈 제

가난만은 두고 갔나요

—송완순, 「왜놈은 갔건만」[19] 전문

　　한편 동심에 대한 반동일적 담론은 현실의 모순을 나열하고 어린이들도 이러한 모순을 알고 가야 한다는 분명한 목적의식이 있다. 그래서 반동일적 담론은 어린이의 생리적 미성숙에 치중하는 동일화의 담론을 거부한다. 민족의 사회 현실을 무시한 채 어린이는 즐거워야 한다는 인식은 그렇지 못한 실상 앞에서 어린이들의 정신을 혼란케 하고 나약하게 할 뿐이라는 비판을 받을 수 있다. 따라서 계급주의적 반동일적 동심은 모순된 현실을 묘사하였던 것으로 이해할 수 있다. 이러한 아동에 대한 계급적 인식은 사회 변혁의 목표를 분명히 하고 있다. 즉 "어린이를 천사로 만드는데 힘을 낭비하지 말고 그들이 천사적인 인간이 될 수 있을, 사회의 탐구에 관한 의욕과 정열을 계발하는 데 치중"[20]할 것을 강조하고 있다. 이러한 사고는 어린이에 대한 기대와 계급적 투쟁의 분위기를 유도하는 방향으로 이어진다. 즉 문학가동맹은 대중화 전략으로 아동문학분과를 만들었고 이들의 아동에 대한 인식은 방정환의 사치스러운 천사주의를 경계하였다. 아울러 민족이 처한 현실을 단순 고발하는 형식의 동시를 창작하여 어린이들에게 현 단계의 문제점을 인식시키려 하였고 나아가서는 사회 변혁을 위한 투쟁이 낯설지 않도록 하고자 하였음을 분명히 알 수 있다. 그러나 이들은 어린이에 대한 기대와 모순된 현실 속에서 계급주의적 사상을 계몽하였을 뿐 어린이들을 투쟁의 현장으로 구체적으로

---

19) 『새동무』 제2호, 1946. 3.
20) 송완순, 「아동문학의 천사주의」, 앞의 책, p.31.

불러내지는 않았다. 다만 해방의 감격 속에서 주어진 현실의 모순을 단순 고발하는 차원에 머물렀으며 새로운 나라 건설에 대한 기대를 어린이들에게 걸고 있었음을 알 수 있다. 이러한 새로운 사회와 어린이들에 대한 기대는 계급진영에서 각별한 것으로 보인다.

그러나 계급진영의 해방에 대한 기대는 모순을 고발하는 가운데 해방을 역사적인 관점에서 이해하여 우리 민족이 주체적인 입장에서 찾은 독립이 아니라 또 다른 외세에 의해서 주어진 부분이라는 점도 염두에 두고 있다. 이런 상황에서 동시는 즐겁고 행복한 순간만 포착한 것이 아니라 해방의 이면에 있는 걱정과 현실의 모순도 동시(同時)에 나타내고 있다. 이처럼 계급진영에서는 아동문학 속에 자신들의 존립 배경인 이데올로기를 전제하고 있다. 이런 시적 사유는 절대적인 동심에서 벗어나서 새로운 담론 구조를 생산하지만 결국은 또 다른 문제를 안을 수밖에 없다. 즉 비현실적인 천사주의적인 동심에서 벗어나야겠다는 의지가 강한 나머지 어린이들을 그 맞은편에 세움으로써 역시 주체적인 동심을 찾지는 못했다.

2) 투쟁의식 고취와 계급적 영웅

해방의 기쁨과 풍부를 노래하면서 인민성의 바탕과 반일 민족감정, 계몽운동을 통한 계급의식의 표현은 아동을 동심주의적 동일화의 시적 사유에서 벗어난 반동일화의 시적 사유로 볼 수 있다. 이는 아동에게 주어진 현실을 여과없이 보여주고 그들 스스로 가치를 판단하기를 기대하는 데서 비롯된 인식 방법이다. 문학가동맹은 무산계급의 완전한 해방을 위해서 전조선의 무산 아동들에게 계급의식과 투쟁의식을 고취시키고자 하였다.[21] 그러나 이 시기 동시문학에서는

1930년대 카프기의 계급적 적대 의식은 나타나지 않는다. 그러나 계급진영에서는 아동을 '무산계급의 해방'을 위한 주체로 인식하였다. 또 시상의 전개나 시적 진술이 탄식이나 넋두리로 나타나지 않는 특징을 지니고 있다. 일제 강점기를 거치면서 전래동요의 명랑함이 없어진 것에 대한 시인의 자각으로 볼 수 있으며, 이런 넋두리의 동시마저 일제의 잔재로 파악했던 것으로 생각된다.

> 그렇다. 아직까지도 우리들 앞뒤에는 나라도 모르고 평화도 모르고 오직 저 혼자만이 잘 살려드는 배불뚝이 욕심쟁이들이 같은 나라의 같은 동포라는 아름다운 탈을 쓰고 우리들을 새롭게 못살게 굴려고 음흉한 눈을 꿈벅이고 있다. 적은 동무들아! 사랑하는 어린 동무들아! 우리들은 이러한 욕심쟁이 평화를 휘청거리려 드는 나쁜 놈들을 없애버리고 쫓아버리기 위해서 새로 만든 비들을 들자. 멀리 멀리 지구 밖으로 내쫓아 버리고 말자구나. 그래서 우리들의 날 별들의 나라를 깨끗하게 만들자. 작은 새와 붉은 꽃들이 노래하고 춤추는 사시장철의 봄 동산을 만들자.(중략) 게으름뱅이가 없고 욕심쟁이가 없는 우리들의 나라 삼천리 조선나라는 오직 우리들! 적은 영웅 어린 별들의 손에 이룩하여질 것이다.[22]

이처럼 해방기 계급진영에서는 식민지 시대의 프로문학운동의 연장선에 서 있었다고 볼 수 있다. 『별나라』 속간 제1호에 실린 엄흥섭의 「별나라의 걸어온 길」에서는 『별나라』를 1926년 6월 창간부터

---

21) 우리는 조선 독립과 아울러 불상하신 우리 부모 그리고 우리 형제, 우리 동무들의 참된 무산계급의 해방을 가져와야겠습니다. 이것이 없이는 탈 쓴 자유일 것이요, 역시 거짓 해방이란 것을 잘 알아야 되겠습니다. 엄흥섭, 「별나라의 걸어온 길」, 『별나라』 속간1호, 별나라사, 1945. 12., p.10.
22) 송영, 「별나라 속간사, 적은 별들이여 불근 별들이여」, 『별나라』 속간1호, 별나라사, 1945. 12. p.6~7.

프로문학운동의 연장선에 서 있었던 해방기 계급진영에서 발간한 『별나라』 속간 제1호.

1927년 7월까지를 '계몽기', 1927년 8월부터 1932년 6월까지를 '목적 의식기', 1932년 7월부터 1934년 12월 폐간까지를 '투쟁기'[23]로 시기 구분을 하고 있다. 이의 연장선으로 해방 이후 속간호를 발행하게 된다는 것을 밝히고 있다. 이러한 사실은 해방 이후 문학가동맹이 민족문학 건설을 위해 아동을 범주에 포함시켰으며 나아가서 아동에 대한 인식을 동심 동일화의 인식과 다른 편에 서 있음을 확인할 수 있다. 그러나 아동에 대한 이러한 일 방향적인 인식은 문학가동맹의 창작 지침에 따른 것이기도 하지만 개별 작가들의 아동에 대한 인식은 혼돈스럽기만 했다. 이들 계급주의 진영의 작가들은 1947년 전까지 좌·우익의 아동잡지를 가리지 않고 많은 동시를 발표한다.[24] 따라서 이들 작가의 작품을 통해서 그들의 사고를 호출한 아동에 대한

---

23) 『별나라』 편집은 계몽기에는 송영, 목적의식기에는 박세영, 투쟁기에는 임화가 각각 맡았다.
24) 박세영은 『주간소학생』 제1호(1946. 2.)에 「넉마전」을, 신고송은 『주간소학생』 제10호 (1946. 4.)에 「우리 집 감나무」, 『주간소학생』 제18호(1946. 6.)에 「굴렁쇠」 등의 동요를 발표한다.

담론이 무엇이었는지를 분석해 보기로 한다. 이러한 작품들로 『아동 문학』에 실린 이병철의 「목맨 송아지」, 『새동무』에 실린 신고송의 「아버지」, 박아지의 「팔월 보름날」, 『별나라』 속간호에 실린 박세영 의 「무궁화」, 박아지의 「별나라 동무」, 박석정의 「일본 간 언니」, 이 주홍의 「어린 병사의 노래」 등에 구체적으로 나타나고 있다.

이병철은 문학가동맹의 맹원으로서 문학가동맹의 창작 지침인 진 보적 리얼리즘에 호출되어 해방 이후 본격적으로 작품을 쓴 '문학의 신세대' 작가이나 그의 동시는 전혀 밝혀진 바가 없다.[25] 그러나 해 방기에 발간된 잡지에 3편의 동시가 발표되었음을 확인할 수 있다. 이 3편의 동시로 이병철의 아동문학 전모를 밝히는 것은 힘든 일이 다. 그러나 일제의 잔재와 봉건적 잔재를 청산하고 진보적 민주주의 를 건설한다는 남로당의 정치적 이념에 충실했던 그는 "죄다 잎 떨 어진 썩다리 나무, 벌레 먹은 뿌리로 땅을 버티고 선 나무"에 "고삐 매인 송아지가 있다"[26]고 그 당시를 표현하고 있다.

죄다 잎 떨어진 썩다리 나무여
벌레 먹은 뿌리로 땅을 버티고선 나무여

너의 좀내 나는 그늘 밑에
아직도 고삐 매힌 송아지가 있다

---

25) 이병철에 대해서는 조두섭에 의해서 그 연보가 구체적으로 정리되었다.; 조두섭, 「간주간성 의 공동체적 삶의 탐색」, 『대구·경북 근대문인 연구』, 태학사, 1999. 그러나 아동문학 관련 사실은 여기에 빠져 있다. 이병철은 『아동문학』(1947. 7)에 「목매인 송아지」, 『새싹』 창간호 (1946)에 「복동아 정순아」, 『어린이 나라』(1949. 5)에 「별」 등의 동요·동시를 발표하였다.
26) 이병철, 「목맨 송아지」, 『아동문학』, 제3호(속간 1호), 동지사 아동원, 1947. 7.

송아지는 저어기 푸른 들판에 뛰노는

여늬 송아지들이 부러워서

엄메—엄메…… 울고 있구나

—이병철, 「목맨 송아지」[27] 전문

이 동시는 카프 작가들의 작품에서처럼 선동적이지는 않으나 현실의 모순을 바탕으로 하고 있다. 이는 아동을 방치하지 않으려는 문학가동맹의 사회적 의무[28]를 그대로 따른 것으로 보인다. 즉 문학가동맹의 창작 지침인 진보적 리얼리즘의 인민성으로 아동을 보고 있다. 이 인민성은 해방 공간에서 노동자, 농민, 소시민, 진보적 지식인 등이 갖고 있는 진보적 변혁성을 지칭하는 역사적 개념이다.[29] 아동에 대한 이러한 시각은 그들의 대중화 노선의 일환이었으며, 따라서 아동을 진보적 변혁의 전위에 세우려는 의도로 보인다.

---

27) 『아동문학』 제3호, 1947. 7.

28) 문학가동맹으로 결성된 이후 열린 '제1회 전국문학자대회'에서 "아동문학과 농민문학의 육성과 발전을 위하여 특별한 방침을 작성·실행할 것"을 밝히고 있다. 이후 특수위원회로서 아동문학위원회가 결성된다. 그리고 이러한 원칙에 의해서 대중화운동의 논의가 구체화된다. 민중을 비문화적인 상태에서 해방시키는 것이 문화 활동의 중요한 하나의 역할로 인식한다. 이러한 관점에서 김남천은 과학 보급, 미신 타파, 문맹 퇴치의 계몽 육성 사업을 강조한다. 임규찬, 「8·15직후 미군정기 문학운동에서의 대중화 문제」, 『해방공간의 문학 운동과 문학의 현실인식』, 1992, 한울, p.76~84. 그들의 기관지인 『아동문학』은 아동에 대한 이러한 문맹의 이념의 실천으로 보인다. 따라서 그들의 임무는 어린이가 실제에 있어서 문자 그대로의 천사적인 인간이 될 수 있을, 사회의 탐구에 관한 의욕과 정열을 개발하는 데 치중하는 것이었다. 송완순, 「아동문학의 천사주의」, 『아동문화』 창간호, 1948. 11. p.27~28. 『아동문학』은 정부 수립 이후 주요 집필자인 임화, 김남천, 이태준의 월북으로 인해 종간되나 성인을 대상으로 하는 아동잡지인 『아동문화』(1948)를 발행했다가 이후 대상을 어린이로 바꾸어 『어린이 나라』(1949)를 발행한다. 그 편집인은 이종성이며 동시 부문의 주요 필자로는 정지용, 윤복진 등이 있다.

29) 임규찬, 「8·15직후 미군정기 문학운동에서의 대중화 문제」, 『해방공간의 문학 운동과 문학의 현실인식』, 한울, 1992, p.75. 진보적 리얼리즘은 민족문학을 위한 창작 방법론인데, 민족문학은 노동자 계급의 이념을 기초로 한 인민성의 문학이다. 임화는 노동자 계급을 중심으로 한 인민문학이 노동자 계급에만 한정되는 것이 아니라 차츰 노동자, 농민, 진보적 지식인에게로 확산되어 민족 전체 문학이 될 수 있다고 말하고 있다.

작년 겨울 모진 바람 불든 아침에

명예스런 징용이라 속혀 가면서

우리집엔 농사까지 못짓게 하고

종놈갖이 일본으로 다리고가서

편지마다 고생고생 하신다더니

그 후에는 소식조차 끈어젓지요

공장마다 공습이라 당햇다는데

우리언니 혼자만이 무사할까요

귀막히게 밉살스런 일본나라가

애걸복걸 빌어가며 항복을 하고

우리조선 독립되어 만세불으며

언니언니 생각사록 울고만십네

—박석정, 「일본 간 언니」[30] 전문

해방이 되고 나면 우리나라 병정으로 돌아올 것을 기대하고 오빠를 기다렸지만 아무런 소식이 없는 현실에 안타까움을 느끼는 동심은 해방을 단순한 감격만으로 노래한 것과 구별된다. 이는 해방을 맞이하는 동심적 담론 구성체가 다르기 때문이다. 동일화의 동시가 동심적 담론으로 세계를 제대로 읽어내지 못했다면, 반동화의 시적 사유에서도 역시 동심을 투쟁심으로 연결짓고 있을 뿐 시대적 갈등과 함께 시적 화자의 동심적 대응은 부재한 상태이다. 오히려 이는 동심

---

30) 『별나라』 속간 1호, 1945. 12.

을 지나치게 성숙한 어린이로 이해한 나머지 이데올로기적인 문제나 현실의 모순을 어른의 입장에서 무산계급의 계급적 투쟁의식을 대변하고 있을 뿐 어린이들의 체험과는 거리가 있다 할 수 있다.

계급진영에서는 해방기의 사회적 모순에 대한 원인을 밝히고 그에 대해서 어린이들로 하여금 문학가동맹의 이데올로기인 '무산계급의 해방'을 주입시키려 했다. 따라서 이들에게 해방은 단순한 감격을 넘어선다. 신고송은 "거리마다 태극기 쏟아지던 날 아버지가 주고 간 붉은 기폭을 높이 높이 달고서" 아버지를 기다리는 어린이를 통해 아버지가 하는 일을 이해시키고 있다. 이처럼 해방의 기쁨과 감격 뒤에는 감옥에서 나오는 아버지를 맞이하는 투사의 아들로서의 정서가 강조되고 있다.

> 눈바람이 사납든 겨울 밤중에
> 아버지는 오셨다 또 떠나셨지
> 십년동안 못 뵈온 아버지 얼골
> 자나깨나 그리며 살아 왔었지
>
> 거리마다 태극기 쏟아지는 날
> 아버지는 오셨다 또 떠나셨지
> 아버지가 주고간 붉은 기폭을
> 높이높이 달고서 또 기다리지

—신고송, 「아버지」[31] 전문

---

31) 『새동무』 제2호, 1946. 3.

만호 장안이

떠나갈 듯

만세 만세들

부르든 날

수없이 많은 태극기 태극기

거리 거리에

넘치는 날

어머니를 따라

몇 번이나 가보든

그 무거운 감옥문이

슬며시 열리든 날

어머니 품속에서

옛말같이 듣고

사진에서만 보든 아버지

처음으로 만나든 날

—박아지, 「팔월 보름날」[32] 전문

    이들 동시는 단순한 해방의 감격만 노래하는 동시와는 다른 면을
보인다. 해방이 되었지만 마냥 즐겁고 기쁜 것만이 아니다. 해방의
감격과 아울러 해야 할 일이 남았음을 암시하고 있다. 즉 징용 간 오

---

32) 『새동무』 제2호, 1946. 3.

빠가 무사히 돌아오기를 기다리는 걱정스러운 현실과 일본의 항복이 미국의 공습에 의해서 이루어진 사실을 알고 나서 무사히 살아 있는지 그리고 언제 돌아올지 등에 대한 걱정이 더 앞서는 현실이다. 엄홍섭의 「거짓말 까치」에서는 "오늘도 마주막차 지내만 가네"라는 아쉬움 속에 아침마다 찾아와서 짖는 까치의 울음소리가 더 마음을 졸이게 하여 급기야는 "오지 마라 짓지 마라 거짓말 까치"라고 화풀이를 하는 동심을 나타내고 있다.

오늘도 마당가에
까치짓네
깍깍깍깍 깍깍깍깍
까치가 짓네
병정나간 우리오빠
도라오려나

편지 한 장 안부치고
소식 없드니
우리나라 병정 되어
도라오려나
씩씩하게 총칼 메고
도라오려나

오빠친군 모두모두
도라왔는데
우리오빠 무슨 일로

안도라오나
오늘도 마주막차
지내만가네

깍깍깍깍 까치는
거짓말 까치
날마다 날마다
거짓말 까치
오지마라 짓지마라
거짓말 까치

—엄흥섭, 「거짓말 까치」[33] 전문

이처럼 해방으로 인해 또 다른 걱정을 안고 있는 동심은 박석정의 「일본 간 언니」에서도 마찬가지이다. "공장마다 공습이라 당했다는데 우리 언니 혼자만이 무사할까요"라는 걱정은 시적 화자인 어린이가 해방이 완전하지 않음을 알고 있다는 전제에서 가능한 표현이다. 아울러 화자는 일본에 대한 적대감과 해방의 기쁨이 서로 교차하고 있다. "귀 막히게 밉살스런 일본나라가 애걸복걸 빌어가며 항복을 하고 우리조선 독립되어 만세" 부르는 모습은 일본의 패망에 대한 쾌감을 느끼면서도 개인적으로는 징용 끌려간 언니의 안부가 궁금해 안절부절 못하는 모습을 그리고 있다. 이러한 해방의 기쁨과 걱정의 교차는 새로운 문제의식을 요구하기에 이른다.

---

33) 『별나라』 속간 2호, 1946. 2.

뒷동산에 핀 꽃은 흰빛 무궁화
개울 앞에 핀 꽃은 보라 무궁화
피고피고 또 피여 수를 놋나니
금수강산 삼천리 아름답고나

하로새에 사꾸란 다떠러저도
숲풀속의 귀뜰이 울 때마저도
피고피고 또피는 우리 무궁화
씩씩하게 버더날 우리 땅 일세

꽃피여선 그날일 간직을 하고
꽃은 저도 천만년 씨를 남기는

거룩하다 무궁환 조국의 마음
만세만세 만만세 무궁화 동산

―박세영 「무궁화」³⁴⁾ 전문

무궁화와 사쿠라를 대조적으로 인용한 박세영의 동시 「무궁화」에
서 무궁화는 해방의 빛으로 금수강산을 화려하게 수놓는 끊임없는
환희와 강한 생명력으로 상징되고 있다. 여기서 해방을 맞은 조선의
어린이와 민족혼이 활짝 피기를 기대하고 있는 시인의 의지를 읽을
수 있다. 하루 사이에 사쿠라는 다 떨어져도 무궁화는 씩씩하게 뻗어
나갈 새로운 사회 건설의 땀방울이 된다. 그래서 꽃이 피었을 때는

---

34) 『별나라』 속간 1호, 1945. 12.

그날 일을 간직하는 것은 주어진 현실을 제대로 파악하는 현실적인 어린이를, 꽃이 지고 나면 씨를 남기는 무궁화는 해방의 의미와 민족의 혼을 간직하는 의식 있는 어린이를 묘사하고 있다. 이 씨는 조국의 마음을 상징하며 박세영의 입장에서 조국의 마음은 새로운 사회 건설의 의지라 볼 수 있다. 이처럼 해방 직후의 상황과 조국의 현실을 아동들에게 알리고 나아가서는 문제를 해결하기 위해서 어린이 투사로 거듭날 것을 강요하기에 이른다.

이 나라 어린동무 조선의 동무
골목골목 달려 나와 한데 모여라
싹잎같은 귀염둥이 나라의 아들
우리는 자라난다 아침 햇볕에

빛나는 깃발이 퍼득이는 곳
나라는 팔랑팔랑 오라 손 친다
세계의 동무들과 어깨를 겨눠
씩씩하게 걸어간다 귀여운 병사

다음 세상 떠메고 갈 무거운 부탁
일터가 기다린다 어서 배우자
자유를 좋아하는 정의의 아들
우리는 나아간다 어린 돌격대

—이주홍, 「어린 병사의 노래」[35] 전문

---

35) 『별나라』 속간 1호, 1945. 12.

이주홍의 「어린 병사의 노래」에 이르면 어린이들에게 '다음 세상 떠메고 갈 무거운 부탁'을 하게 된다. 즉 돌격대가 되어 세계의 어린 이들과 함께 어깨 나란히 나아가기를 당부하고 있다. 싹잎 같은 귀염 둥이지만 빛나는 깃발에 펄럭이는 혁명의 현장으로 나오기를 기대하 고 있다. 여기서는 시적 주체로서의 어린이는 보이지 않고 어른의 목 소리만 들릴 뿐이다. 현실의 모순에 대한 이해와 그로 인한 갈등이 없는 일방적인 부르짖음만 있을 뿐이다. 그래서 3연에서는 새로운 세상의 일터가 기다리고 있음을 강조하고 있다. 이런 투사로서의 의 지는 영웅주의로 어린이들에게 다가가고 있다. 즉 감옥 안에 갇혀 있 는 오빠를 의젓하게 기다리며 마치 동화책 속의 왕자처럼 생각하는 시적 화자는 투사로서의 어린이에 대한 막연한 동경을 하게 한다. 다 음의 「도마도」에 잘 나타나고 있다.

오빠가 오시면 도마도 드리려고
뜰앞에 심은 낡에 열매가 붉어졌네.

저녁상 치운뒤 어머니도 말없을 때
고요한 뜰앞에 새빨간 도마도들.

언제나 오시려나 언제나 오시려나
날마다 안타까이 기다려 지우는 해.

오시면 드리려고 심었던 나무에
탐스런 열매만 빨갛게 익었는데

높은성 그 안에 문마자 닫아걸고

애기책 왕자처럼 앉아게실 우리오빠.

잘 있다 오세요 잘 있다 오세요.

기다려 질 때마다 도마도 가꿉니다.

—이원수, 「도마도」[36] 전문

「도마도」에서도 역시 극심한 이데올로기의 대립 속에서 감옥에 가 있는 오빠의 모습을 '높은 성안에서 문을 걸고 동화책 속의 왕자처럼 앉아 있다'고 의젓하고 망설이지 않는 동심을 표현했다. 이원수는 이처럼 어렵고 힘든 현실을 겪어 가는 아동들의 모습을 그대로 동시에 반영했고 그 속에서 도피하는 동심이나 나약한 동심이 아니라 적극적으로 이겨내거나 오히려 멀리 떠난 아버지를 위로하는 성숙된 동심을 표현하고 있다. 이런 영웅적인 시각은 1930년대 후반의 카프 작가들처럼 직접적인 구호는 없지만 어린이들을 혁명의 대열에 동참할 것을 은근히 기대하고 있다. 즉 오빠가 감옥에 가 있는 현실임에도 가족간에 한 치의 흔들림도 없다. 그러면서 '오시면 드리려고' 토마토를 심어 가꾸고 있는 시적 화자 역시 투사의 기질을 가진 담담한 어린이이다. 사회 변혁을 위한 의식 교육과 아울러 지식을 얻기를 바라는 마음은 해방기 어느 동시인이든 마찬가지였을 것이다. 그러나 이러한 작품들의 시적 사유는 아동을 일제와 봉건 잔재의 청산과 진보적 민주주의 건설의 한 축으로 이해하면서 시인의 관념 속에 아동을 가두게 되는 문제를 안고 있다.

---

36) 『아동문화』 제1집, 1948. 11.

1948년 11월에 창간된 『아동문화』 제1집.

　해방기 아동문단은 일반 문단에서처럼 이념적 대립으로 맞선 것이 아니었다. 해방기의 아동문단은 크게 보면 봉건 잔재의 청산과 일제 잔재의 청산 그리고 문맹 퇴치와 한글 보급이라는 것으로 이해할 수 있다. 이런 상황에서 진작부터 아동문학인으로 활동하지 않은 사람들도 해방 이후에는 동시와 동화 그리고 역사, 과학의 이야기를 발표하게 된다. 이런 아동문단의 특이한 현상은 좌우를 막론하고 아동 잡지에 글을 게재하게 된다. 이런 상황은 계급진영의 동심천사주의에 대한 부정적인 시각과 그 극복 의지에 대해서 쉽게 공감했다고 볼 수 있다. 따라서 이 시기 동시인들은 동심천사주의의 극복 방법으로서 또는 이데올로기의 추수로서 사회 현실을 대상으로 고발하는 반동일적인 동시를 쓴 것으로 보인다. 이는 동심을 통한 세계 인식의 시적 사유라기보다는 사회적인 분위기와 문단의 분위기에 휩싸여 시인의 정체성과는 관계없이 관념적으로 창작했기 때문으로 보인다. 따라서 이 시기에는 해방 전 좌익진영의 작가들(박아지, 신고송 등)조차도 유물사관에 입각한 무산계급의 투쟁적인 의욕이나 기존의 질서를 부정하는 적극성을 띠지 못하고 있다. 그러나 이들은 작품에서의 적극성은 다소 약하지만 스스로 이론적으로나 방향성만큼은 적극성을 띠고 있었다. 즉 그들의 계급적 의지가 약화된 것이 아니라 해방기의 어린이들에게 적대감과 부정적인 이미지를 없애고 점차적인 접근을 하고자 한 지극히 의도적인 행동으로 판단된다. 이러한 예는 당시 계급주의 진영에서 출간한 잡지의 산문에 나타난 동심천사주의에 대한 거부의 논리에서 확인할 수 있다. 따라서 윤석중 등 이데올로기적인 성향이 다른 작가도 그들의 잡지에 작품을 발표하게 된다. 이는 문학가동맹의 대중화 작업의 일환과 함께 아동에게 급진적이고 적대적인 감정을 보이지 않으려는 의도가 있다고 볼 수 있다. 문학가동맹은 그들의 이데올로기적 목표를 향해서 이미 많이 알려진 아동문학 작가의 작품을 통해서 어린이에게 친근감 있게 다가가는 전략적 접근으로 보이고 있다.

2. 계몽적 동심의 세계화

1) 해방에 대한 기대와 계몽

해방의 기쁨을 표현한 것은 민족진영이나 계급진영이나 동일하지만 이데올로기의 영향으로 약간의 차이를 띠고 있다. 민족진영에서는 우리말을 찾은 기쁨에 마냥 감격하였기에 아이들이 활기차게 뛰어노는 모습을 동시의 소재로 많이 선정하여 아동의 심리를 통해서 감격스러운 장면을 평면적으로 나열하고 있다. 이런 동시의 사유 구조는 시인의 관점에서 동심을 끌고 가려는 경향 때문에 시적 화자가 어린이와 대등한 관계에 있지 않다. 따라서 동심을 통해서 세계를 읽은 역동성이 없다는 한계를 지닐 수밖에 없다. 그러나 계급주의 진영에서는 해방을 감격적인 순간으로만 이해하지는 않고 있다. 이들은 해방의 본질적인 의미에 대해서 좀더 구체적으로 접근하고 있음을 볼 수 있다. 즉 해방의 기쁨을 나열식으로 펼친 것이 아니라 잃어버린 말과 함께 삶의 공간(집과 공장)을 찾은 것으로 구체화되고 있다. 그러나 양 진영 모두 해방의 감격을 노래하면서 어린이들에 대한 기대와 계몽적인 시각을 가지고 있었다.

이러한 경향은 당시 양 진영에서 발간된 어린이 잡지의 특징에서 확인할 수 있다. 민족진영의 잡지인 『소학생』, 『아동』, 『어린이』, 『새싹』, 『소년』 등은 교양, 교훈물, 동요, 글짓기 법 등을 통한 한글 보급에 앞장섰다. 특히 윤석중이 주간으로 있던 『소학생』은 한글 보급에 각별한 신경을 기울였다. 이는 다음 글에서 쉽게 짐작할 수 있다.

조선말과 조선 글을 모르는 사람이 있으면 단 한 자라도 깨쳐 줍시다. 제 나라 말과 글을 모르는 사람이 많기로는 아마 조선이 세계에서 제일일 것입니다.[37]

왜 조선 글이 그렇게 어려운가, 그것은 일본 시대에 조선 글을 못 쓰게 하고 일본글만 가르쳤기 때문에 조선 글이 까다롭고 힘 드는 글로만 보이는 것이다. 남의 나라의 종노릇이란 이처럼 두려운 것이다.[38]

---

37) 『주간 소학생』 제22호, 「이번 여름에 지키자 이 열 가지」, 1946. 7, p.7.
38) 『주간 소학생』 제24호, 「만들고 나서」, 1946. 9, p.12.

그러나 계급진영에서 나온 잡지인 『새동무』, 『아동문학』, 『별나라』 등은 우리말의 중요성과 함께 과학과 역사에 대한 중요성을 강조하고 이와 관련된 내용을 담고 있다. 특히 『새동무』는 '과학교육 잡지'라는 부제를 달고 있다. 『별나라』는 '3대 강좌'라는 기획물로 역사 강좌, 지리 강좌, 한글 강좌를 수록하고 있다. 여기서 역사 강좌는 송완순이 조상의 유래와 사회상을 이야기식으로 정리하였다. 지리 강좌는 김도태가 쓴 글인데 자연 지리의 특징이라기보다는 오히려 역사에 가까운 내용이다. 즉 아름다운 우리 강산을 일본이 뺏었다는 반일감정을 담고 있다. 한글 강좌는 우리말과 글이라는 제목으로 우리말의 내력에 대해서 조선어학회의 김병제가 집필하였다. 이들의 한글에 대한 인식은 민족진영의 그것에 비해 결코 부족하지 않았다. 예를 들어 『별나라』는 1946년 12월 23일에 '해방 기념 동요·동화회'를 여는 등 적극성을 보였다. 이러한 사실은 당시 계급진영에서 아동의 사회적 기능을 중시한 점과 어린이들에게 중요하게 생각한 것이 무엇인가를 짐작케 한다. 한글과 역사의식의 중요성을 계몽하는 것이 당시의 중대 과제였음을 알 수 있다. 따라서 계급진영이든 민족진영이든 한글의 중요성과 역사의 올바른 교육에 대한 인식을 같이했던 것을 알 수 있다. 계급진영에서는 과학을 강조하는데 이는 『별나라』지도 마찬가지다. '이과 이야기'라는 별도의 코너를 마련하여 과학의 중요성을 나타내고 있다. 이처럼 이들 잡지에서는 이데올로기의 강요보다는 과학 발달의 중요성과 반일 감정을 극복하고자 하는 역사의식의 강조 그리고 해방의 감격을 전달하고 있을 뿐이다. 다만 당시의 사회적인 분위기를 전달하는 좌담회 등에서 소련군을 '붉은 군대'라고 칭하는 등 계급적이고 투쟁적인 용어를 직접 사용하고 있다는 점이 민족진영의 잡지와의 차이이다. 그러나 1920년대 후반의 카프기처럼 선전선동적인 내용보다는 소련군에 대한 적대적인 감정을 바꾸기 위해 친근하게 어린이들에게 다가가려는 의도가 다분히 엿보인다. 아울러 동시의 경향에 대해서는 기존의 서정적인 소재인 '꿈' 등의 반사회적인 성격을 비판하고 있다. 이는 다음 글에서 확인할 수 있다.

> 달 따러 가는 이야기, 꿈을 읊는 노래는 오늘날에는 하마 적합하지 않은 사탕발람의 글발입니다. 차차로 자리가 잡혀가는 아동문학은 민주주의 새 터전에서 굳건히 자라갈 여러분의 길잡이 동무일 것입니다.[39]

먼저 민족진영의 계몽적 성격부터 살펴보기로 하자. 해방 이후 민족주의 진영에서 가장 빠르게 움직인 작가로 윤석중을 들 수 있다. 그는 해방을 환희 그 자체로 인식했으며 무엇보다도 우리말을 쓰게 된 것에 해방의 가장 큰 의미를 두었다. 그래서 우리말의 아름다움을 되살리는 데 많은 노력을 기울였다. 그는 '녹이 쓸어버린 우리글을 다시 다듬어서 제대로 쓰게 하는 일보다 더 급한 일'[40]이 없다고 생각했다. 그래서 조선아동문화협회를 만들고 『주간 소학생』[41]이라는 잡지를 만들게 된다. 이 잡지는 해방 이후 발간된 최초의 아동잡지이다. 이런 그의 우리말 회복에 대한 일련의 노력은 『소학생』의 구성에서도 알 수 있다. 한글 동화를 통해서 주체 의식을 확립하려고 시도함과 동시에 일제 잔재인 일본 말투의 어법을 우리말로 바르게 고쳐 주는 '우

---

39) 「꾸미고 나서」, 『아동문학』 속간 제1호, 1947. 7, p.69.
40) 윤석중, 「비 비람 속의 새싹들」, 『전집 22』, 1988, p.29.
41) 1945년 9월 조선아동문화협회를 출범시킨 윤석중은 1946년 2월 『주간 소학생』을 발간하게 된다. 이에 앞서 윤석중은 고려문화사에서 펴낸 『어린이 신문』의 편집동인으로 활동했다.

리말 도로 찾기' 등을 고정적으로 연재하였다. 그 외에도 '상 타기 한글 바로 쓰기', '소학생 독본' 등을 통해 우리말 보급에 앞장섰다. 이 때 그는 해방 이후 혼란스러운 정국을 벗어나서 희망을 제시하는 층은 어린이들뿐이라고 생각한다. "나라 땅이 두 동강이 나고, 남북과 좌우로 갈린 어른들이 서로 치고 받으며 싸움을 벌이고 있는 가운데, 평화스러운 내 나라 하늘 모습을 찾아낸 것은 한글을 새로 깨친 어린이"라며 '아협 어린이 글짓기'를 주관한다.[42] 이런 활동을 통해서 그는 일본 글을 물리치고 오래간만에 우리 글로 지은 어린이 글에도 생기가 돌기 시작했다[43]고 감격스러워한다. 이에 앞서 그는 1945년 9월 발표한 '아동문화선언문'에서 조선 어린이도 만국 어린이와 더불어 어깨동무를 하고, 역사의 바른 길을 힘차게 달리게 하라[44]고 외치고 있다. 이러한 정신을 이어 「어린이 노래」(1947. 1.)를 지었고 이 감격은 1947년 12월 14일에 한인현, 피아니스트 김천, 작곡가 윤극영, 정순철 등과 함께 '노래동무회'를 만든다. 그래서 동시에 곡을 붙여 많은 것을 노래로 전파하기도 한다. 이 노래동무회의 취지는 '항상 새로운 노래를 지어 바르게 불러 널리 퍼뜨림으로써, 우리나라를 깨끗하게, 환하게, 즐겁게'[45] 만드는 것이었다. 이런 공간의 설정은 그의 동시에 이상적인 공간으로 등장하게 된다. 윤석중은 해방으로 인해 잃었던 나라말을 되찾고 이를 통해서 어린이들에게 밝은 희망을 안겨 주고자 했던 것이다.

---

42) 이때 윤석중에 의해 뽑힌 글 중에는 박화목(박은종)의 「38도선」, 김종길의 「바다로 간 나비」 등이 있다.
43) 윤석중, 「명륜동 노래 예배당」, 앞의 책, p.52.
44) 「비바람 속의 새싹들」, 위의 책, p.41.
45) 「명륜동 노래 예배당」, 위의 책. p.65.

이 세상 어린이가
서로 손을 잡으면
노래하며 지구를
돌 수가 있다네.
씨 씨 씨 씨동무
새 나라의 우리
씨 씨 씨 씨동무
새 나라의 어린이
커다란 낙타라도
어린 맘을 지니면
조그만 바늘 구멍
지나갈 수 있다네.
씨 씨 씨 씨동무
새 나라의 우리
씨 씨 씨 씨동무
새 나라의 어린이

이 강산 어린이는
우린 나라 새싹들
비바람 치는 속에
무럭무럭 크거라.
씨 씨 씨 씨동무
새 나라의 우리
씨 씨 씨 씨동무
새 나라의 어린이

—윤석중, 「어린이 노래」 전문, 1947. 1.

그는 이 동시에서처럼 해방의 소용돌이 속에서도 무럭무럭 커가는 어린이를 보고 싶었던 것이다. 이러한 시인의 욕망은 새나라, 밝은 세상의 공간이 하나로 이어지는 감격을 어린이들에게 제시하고 있다. 이어서 그 속에서 무럭무럭 자라기를 기대하고 있다. 윤석중의 동심은 바로 여기에 있었던 것이다. 이런 아동에 대한 열정은 계몽과 교화의 대상이 될 뿐이었다. 이러한 의식의 이면에는 계급적인 이데올로기 속으로 휘말리는 어린이를 보호하려는 극히 민족주의적인 모성이 있었다. 새 나라는 윤석중이 지향하는 이상적인 나라이다. 어디에서도 해방 이후의 이데올로기의 갈등과 봉건 모순, 가난 등의 흔적을 찾을 수 없다. 이러한 윤석중의 동요를 박경용은 모든 내용이 초현실적인 요소에 의한 현실도피의식에 기초한 것이라 지적하고 있다.[46] 그러나 이는 현실을 외면했다기보다는 역설적으로 밝은 나라 새 나라 건설을 위한 의지를 담고 있다고 볼 수 있다. 즉 그는 밝음 지향적 시어의 사용을 통해서 우리말의 아름다움을 살림과 동시에 아동들에게 용기를 주려는 복합적인 의도를 가졌다고 볼 수 있다.

1946년 『주간 소학생』 제3호에 발표한 그의 동시 「앞으로 앞으로」에서 감격에 찬 흥분된 목소리로 '앞으로 앞으로'를 연거푸 외치고 있다. 이 동시는 2음보의 경쾌한 리듬과 함께 희망찬 당부를 하고 있다. 어린이 동무들뿐만 아니라 소, 말, 바둑이, 잠자리, 나비, 해, 달, 구름까지 함께 '나란히 발을 맞추어' '한 눈 팔지 말고 앞으로' 나아가길 기대하고 있다. 윤석중은 모든 공간에서 희망을 찾고 있다.

동무 동무 우리 동무 앞으로 앞으로

---

46) 이재철, 앞의 책, p.222.

나란히 발을 맞춰 앞으로 앞으로.

한 눈을 팔지 말고 앞으로 앞으로.

소도 말도 바둑이도 앞으로 앞으로.

잠자리도 나비도 앞으로 앞으로.

해도 달도 구름도 앞으로 앞으로.

—윤석중, 「앞으로 앞으로 1」⁴⁷⁾ 전문

이처럼 어린이들에게 친근한 시어와 3·4조의 익숙한 리듬을 통해서 신나게 앞으로 나아가는 힘찬 아동을 그려내고 아동들에게 용기를 주고 있다. 환희로 맞은 해방이 기대에 미치지 못한 현실을 두고 윤석중은 '어린이'에게 다음 세대의 기대를 걸었으며 이들만은 희망적인 세상에서 자라게 하고 싶었던 것이다.

이런 기대와 의지는 계급진영의 잡지에도 그의 동시를 발표하게 한다. 이러한 사실은 해방기 아동문단이 계급적으로 큰 대립이 없었음을 확인할 수 있다. 다만 어린이에 대한 인식에 있어 방정환의 동심천사주의로부터 벗어나고자 하는 반동일적 욕망이 더 컸음을 알 수 있다. 이는 송완순에 의한 윤석중의 평가에서 확인할 수 있다. 송완순은 계급주의 진영의 아동에 대한 이해는 방정환의 천사적인 아동에 대한 지나친 거부에서 출발했음을 분명히 한다. 즉 방정환의 천사 주의적 동심은 어린이들의 구체적인 생활을 있는 그대로 표현하여 인식시키지 않고, 또한 보다 나은 가르침을 주는 쪽으로 추진하는 것이 아니었다는 지적이다. 가난과 억압 등 모순으로 가득 찬 현실을

---

47) 『주간 소학생』 제3호, 1946. 2.

보여주는 것이 도리어 해롭다고 생각하여 어린이들이 알지도 못하고 알 필요도 없는 호사스러운 꿈을 압도적으로 제공함으로써 그 호의가 역효과가 나게 하고 있다고 방정환을 비판하고 있다.[48] 이에 비해서 윤석중이 방정환의 애제자이지만 어린이를 보는 관점이 다름을 인정하고 있다. 즉 윤석중은 방정환처럼 환상적이지 않다는 것이다. 그는 될 수 있는 데까지 현실에 집착하려고 하였고 일시적이기는 하지만 유행적인 경향성까지 띤 적이 있었다고 평하고 있다.[49] 이러한 윤석중에 대한 평가는 해방 이후 좌우를 막론하고 그가 아동잡지에 동시를 발표한 이유이기도 하다. 1946년 발행된 『새동무』에도 윤석중의 동시가 발표가 되는데 앞에서도 밝힌 바와 같이 해방을 환희의 기쁨이 넘치는 공간으로 묘사하고 있다. 이 잡지에 실린 그의 동시 「우리 동무」를 살펴보면 도로 찾은 산과 강이 감격에 춤을 추고 하늘의 별과 시냇가의 자갈돌까지 어린이들과 친구가 되어 천년만년 이어질 것이라는 기대로 부풀어 있다.

산 산 무슨 산
도루 찾은 백두산
강 강 무슨 강
춤을 추는 두만강

---

48) 송완순, 「아동문학의 천사주의」, 『아동문화』 제1집, 1948. 11. 동지사 아동원, p.28~29. 여기서 송완순은 "방 씨의 민족주의의 현실 인식은 다분히 로맨티크한 센티멘탈리즘에 의거하였다. 그리하여 그것은 현실의 어린이의 참담 혹독한 생활 실상에 대하여 느낀 바의 민족적이자 인도적인 의분을, 적극적인 투쟁에로 발전시키지를 못하고 소극적 무저항에 머물게 하였으며 이것이 갱진일보(更進一步)하여 자기가 비관시하는 부정적 현실에서 어린이를 격리시키어 관념상으로나마 혹종(或種)의 행복감을 주려는 의욕으로 말미암아 천사주의를 결과한 것이다. 따라서 방 씨의 순수를 자부한 천사주의에는 불순수한 현실에서 빚어진 눈물이 너무도 많았다. 눈물과 한숨을 통해서 지어지는 웃음의 천사주의, 이것이 방 씨의 아동사상의 특징이었다."라고 방정환의 천사주의에 대해서 비판하고 있다.
49) 위의 책.

동무 동무 우리 동무
천년 동무 만년동무

별 별 무슨 별
하늘에서 노는 별
돌 돌 무슨 돌
시냇가에 자갈돌
동무 동무 우리 동무
일천 동무 일만 동무

—윤석중, 「우리 동무」[50] 전문

이 동시는 동요적인 율격 속에서 리듬을 간직하고 있어 더 신명나게 느껴진다. 여전히 어린이는 천진스런 대상이고 즐겁게 노는 속에서 희망을 찾으려는 윤석중의 동심에의 동일적인 세계관을 읽을 수 있다. 우소의 동시 「춤」도 이와 같은 맥락에서 이해할 수 있다.

바람바람 휘바람
꽃들꽃들 춤추고
펄렁거리는 태극기에
비둘기도 춤추네

울 어머니 콧노래
어린애기도 춤추고

---

50) 『새동무』 제2호, 1946. 3.

우리나라 찾었다고
할아버지도 춤추네

—우소, 「춤」[51] 전문

　펄렁거리는 태극기의 물결 속에서 꽃도 비둘기도 우리 어머니도
아기도 나아가서는 할아버지까지 기쁨의 춤을 추고 있다. 아직까지
도 나라를 찾은 감격에만 젖어 있는 모습뿐이다. 해방과 더불어 우리
글을 사용할 수 있다는 감격과 함께 오직 어린이들만이 희망이라는
동심주의적 사고가 지배적이었던 것이 사실이다. 이처럼 윤석중의
「우리 동무」와 우소의 「춤」은 산과 강을 도로 찾은 기쁨에 넘쳐 있는
신나는 아동의 모습만을 그리고 있다. 그러나 해방의 기쁨을 노래한
또 다른 작품으로 김원룡의 「새봄맞이」를 들 수 있다.

눈보라가 산 넘어 가니
제비가 강남서 오고
잔디밭이 파아래지니
봄 향기 마을에 퍼진다.

산새 꽃 보고 울어 즐기면
범나비 너울 너울 따라 춤추고
초동의 피리 소리 들에 울리면
밭 갈던 농부도 흥에 잠긴다.

---

51) 『새동무』 제2호, 1946. 3.

조선의 아가야 모두 나와서

해방된 이 땅의 새 봄을 맞자

시들었던 풀 잎도 봄 비 마시니

파아랗게 눈 뜨고 하늘을 보고,

수수깨비 울타리 산 골 집에도

노곤한 봄볕은 찾아서 가니

설음 많은 조선의 애기 꽃에도

춤추는 벌 나비 떼 찾아오리라.

―김원룡, 「새봄맞이」[52] 전문

해방의 기쁨이 아동의 즐거움에 그치지 않고 그동안 일제에 의해서 얼어붙었던 사회 전반에 걸쳐서 나타나고 있다. 해방을 새봄으로 비유하면서 생동하는 모습을 그리고 있다. 이 가운데서 어린 아기들도 나와서 봄을 맞을 것을 노래하고 있다. 그러나 이러한 감격과 기쁨의 전달은 처해진 현실을 피해 가는 문제를 안고 있다. 이는 윤석중을 비롯한 민족진영의 작가에게 국한된 사고는 아니었다.

해방의 감격과 우리말의 사용을 주제로 한 계몽적인 동시를 발표하기는 계급진영의 작가들도 마찬가지이다. 그러나 이들은 해방의 감격에만 머물지 않고 해방으로 인해 새롭게 나타난 문제를 제기하고 징용에 끌려간 형제가 돌아오지 못할 것을 걱정하는 등 민족진영의 해방에 대한 인식과 차이를 나타내고 있다.

---

52) 『새동무』 제7호, 1947. 4.

돌을 돌을 골라내자
맑은 물로 살랑살랑 돌을 돌을 골라내자.

돌을 돌을 골라내자
조리로 살랑살랑 돌을 돌을 골라내자

한 알 두 알 세 알 돌두 돌두 많구나
욕심쟁이 쌀장수가 돌을 섞어 팔았다.

말을 말을 골라내자
나도 명심 너도 명심 말을 말을 골라내자.

한 말 두 말 세 말 일본말이 많구나
우리말을 없애자구 저희 말을 뿌렸다.

─윤복진, 「돌을 돌을 골라내자」[53] 전문

「돌을 돌을 골라내자」는 쌀에 섞여 있는 돌과 우리말에 숨어 있는 일본말을 골라내자는 구호성을 띠고 있다. 쌀 속에 섞여 있는 돌은 욕심쟁이 쌀장사가 돌을 섞어 팔았기 때문이라 표현하고 있다. 이는 우리말 속에 한 말 두 말 일본말이 숨어 있는 까닭은 일본이 우리말을 없애고 저희들 말의 씨를 뿌렸기 때문이라는 인식과 대구를 이룬다. 맑은 물과 조리로 돌을 고르듯이 명심하여 우리말 속에 있는 일본 말을 골라내야 한다는 것이다. 이러한 해방 이후의 경향은 정치적

---

53) 《중앙신문》 1945. 12. 13.; 윤복진, 원종찬 엮음, 『꽃초롱 별초롱』, 창비, 1995. 재인용.

격동기 속에서 일제 잔재를 청산하는 것에 큰 비중을 둔 다른 시인과
구별되지 않는다. 그러나 다음 동시에서는 봉건적 요소의 청산을 다
루고 있어 해방을 감격으로만 이해한 윤석중과 차별적이다.

하나이다 하나
한 사람도 빠짐없이

둘이다 둘
둘―둘―두루 뭉쳐서

셋이다 셋
세우자 새나라를 세우자

넷이다 넷
네 갈래로 갈라지지 말고

다섯이다 다섯
다들 한데 모이고 모이자

여섯이다 여섯
여자라고 빼지 말고

일곱이다 일곱
일치하게 생각하자

여덟이다 여덟

여럿이들 모이는데

아홉이다 아홉

아이들도 한몫 들어

열이다 열

열심히 새나라를 세우자.

—윤복진, 「새 나라를 세우자」[54] 전문

위의 동시 「새 나라를 세우자」에서는 동요의 리듬에 맞추어서 아이들이 흥얼거림이 나타나고 있다. 각 연의 1행은 후렴구처럼 노래 말을 연상하게 하고 2행에서 시인의 의지가 들어 있다. 해방 정국의 혼란스러운 모습과 그 속에서 아이, 어른 할 것 없이 새 나라 건설에 동참해야 한다는 당위가 들어 있다. 특히 여자도 빠지면 안 된다는 발상은 그의 계급적 의식이 반봉건 청산의 이념과 함께 들어 있는 부분이다. 이 동시에서 리듬이 주는 효과는 경쾌함과 아울러 동참하는 기쁨과 설렘 그리고 희망적인 기대를 가지게 하고 있다. 새 나라 건설에 '한 사람도 빠짐없이' 나와 '다들 한데 모이자'고 노래하고 있다. 해방기의 어수선한 사회 인식을 벗어나고 있다. 이 새 나라 건설에는 남녀노소 누구 한 사람도 빠지지 않아야 됨을 강조하며 기대에 찬 모습을 보이고 있다. 그러나 어린이 스스로 움직이는 주체적 모습은 없고 어른이 아이를 달래는 목소리가 너무 강하다. 시적 화자인

---

54) 《자유신문》, 1946. 1. 1.; 위의 책, 재인용.

아동의 모습은 보이지 않고 일제 잔재의 청산과 새 나라 건설의 기대
를 전래동요적인 리듬과 아이들의 이야기로 구성하고 있을 뿐이다.

　　　어제까지 이로하니
　　　읽으라든 우리 엄마
　　　오늘붙어 가갸거겨
　　　어서어서 배호래요

　　　문에 부튼 창씨문패
　　　띄어던진 우리아빠
　　　새로써서 부치면서
　　　정말성명 이거래요

　　　찝흐렷든 누나 얼골
　　　벙글벙글 웃으면서
　　　우리공장 되였다고
　　　종종거름 달려가요

―윤효봉, 「우리 집 노래」[55] 전문

　　그러나 이러한 사정은 윤효봉에서는 좀더 구체적으로 나타난다.
「우리 집 노래」는 해방의 기쁨을 찾는 공간적인 장소가 우리말을 찾
은 것, 그리고 '창씨문패' 뜯어내고 아빠 이름을 찾은 것, 그리고 '우
리 공장'을 되찾은 것에 감격하고 있다. 같은 잡지에 실렸고 해방의

---

55) 『별나라』 속간 1호, 1945. 12.

감격이라는 같은 주제로 동시를 썼지만 현실을 바라보는 시각의 차이는 크다. 이러한 사실은 펄럭이는 깃발 아래서 휘파람을 불며 마냥 즐거워하는 모습과는 다르다. 즉 우리말과 이름을 찾았다는 것은 잃어버린 민족혼을 찾았다는 시대적 의미로 읽을 수 있다. 이러한 인식은 해방의 본질적인 의미를 이해하고 있다는 것이다. 또 잃어버린 사업장(공장)을 되찾은 노동자의 기쁨을 담고 있다. 생활의 터전을 되찾은 기쁨 속에는 노동자의 의지가 들어 있다. 이런 동시는 윤석중의 「사라진 일본기」처럼 해방의 현상을 나열식으로 단순하게 반영한 것과도 차이가 있다.

일본기를 보면
일본말이 생각난다

일본기를 보면
전쟁이 생각난다

일본기를 보면
거짓말이 생각난다

팔월십오일
일본이 손을 든 날
일본기는 흰기가 되어
아주 영영 사라졌다.

—윤석중, 「사라진 일본기」[56] 전문

해방의 기쁨을 표현한 것은 동일하지만 이데올로기의 영향으로 약
간의 차이를 띠고 있다. 민족진영에서는 우리말을 찾은 기쁨에 마냥
감격하였기에 아이들이 활기차게 뛰어노는 모습을 동시의 소재로 많
이 선정하여 아동의 심리를 통해서 감격스러운 장면을 평면적으로
나열하고 있다. 이런 동시의 사유 구조는 동심을 통해서 세계를 읽은
것이 아니라 어린이라는 미숙한 존재의 말과 행동, 생각을 동심으로
이해한 동심 동일화의 문제임과 더불어 동시를 통한 세계 인식의 사
유까지는 나아가지 못한 한계를 지적할 수 있다. 그러나 계급주의 진
영에서는 이보다 좀더 구체적인 해방의 본질에 접근하고 있음을 볼
수 있다. 즉 해방의 기쁨을 나열식으로 펼친 것이 아니라 윤효봉의
동시에서 보듯이 해방은 잃어버린 말과 삶의 공간(집과 공장)을 찾은
것으로 구체화되고 있다.

2) 어린이에 대한 기대와 계몽

어린이에 대한 기대도 민족주의 진영이나 계급주의 진영 모두 동
일하다고 볼 수 있다. 즉 새 나라 건설에 대한 부담과 함께 국어 정화
작업, 친일부일 협력자에 대한 처단 등의 자각이 일어났다. 그러나
두 단체는 동심에 대한 접근에서 분명한 차이를 보이고 있다. 앞에서
도 언급했지만 계급진영은 이데올로기를 강제하기보다는 잘 알려진
작가 등을 통해서 조심스럽게 어린이들에게 다가간 것으로 확인된
다. 이는 앞서 밝힌 송완순의 윤석중에 대한 평가에서도 확인한 사실
이다. 즉 윤석중이 당위적 동심을 주장하며 우리말의 교육과 계몽에

---

56) 『별나라』 속간 2호, 1945. 12.

집중했다면, 계급주의 진영에서는 어린이들에게 읽을거리를 제공하고 또 사회인으로 성장할 수 있도록 하는 교육 자료의 공급을 강조하고 있다. 민족주의 진영에서는 한글의 보급과 교육을 개인적인 무지의 차원을 벗어나 새 나라의 주인이 될 것을 염두에 두었다면, 계급 진영에서는 어린이들의 정신적·지적 능력을 키워 혁명적인 사회 분위기를 점차 인식시키려는 의도를 가지고 있었다. 따라서 계급진영에서는 구체적인 방법을 제시하고 있다. 이들은 학교 교과서 외의 읽을거리를 보급하자는 주장을 제기한다. 즉 교과서가 가지는 한계인 어린이 생활과 유리되는 내용 등을 보완하고 흥미를 주어 아동문화의 향상을 꾀하자는 주장이다. 이런 주장은 자연스럽게 움츠리기만 하던 아동문단에 대한 비판과 반성으로 이어지고 있다. 또 당시 많이 출간되고 있는 아동잡지 등이 과연 어린이들에게 유익한 자료인가 하는 반성을 하기도 한다. 이들이 이러한 잡지 등 교육 자료를 통해서 어린이들에게 전달하고자 했던 것이 무엇인가. 해방 이후 출간된 작품들이 현실을 담지 못한 구작이었다는 반성과 함께 새로 쓴 작품이라 하더라도 그 내용에 아동의 생활이 빠져 있다는 지적이다. 이런 것에 대한 새로운 인식이 계급주의 작가들의 고민이었고 이는 앞에서 밝힌 것처럼 방정환의 천사주의 동심에 대한 거부를 넘어서는 인식이었다고 볼 수 있다. 아울러 이들이 추구하는 계급주의적인 세계관의 반영은 아이들을 혁명가로 만들기보다는 인간이 살아가는 생활을 알도록 한다는 생각이었다. 이런 경향은 동시의 내용에 있어서도 자연스레 현실의 모순을 지적하고 문학가동맹의 혁명적인 분위기를 계몽하는 내용이었다. 이러한 논의 가운데서 이원수는 당시의 동시(동요)가 어떤 기발한 모티프와 거기에 말만 붙이면 좋은 작품처럼 되는 것에 대해서 우려와 비판을 했다.[57] 먼저 계급진영의 아동에 대한 기대와 접근을 살펴보면 다음과 같다.

아가야 우리아기 고이 잠드네
창밖엔 개나리꽃 그림자 끼네
자랑도 빛도 없이 맺은 내 사랑
네 얼굴 달빛 되어 방에 어리네

아가야 우리아기 고이 잠드네
머언 산 숲 속에 새도 잠드네
가난도 서러움도 없는 새 세상
네 얼굴 꽃이 되어 들에 퍼지네

아가야 우리아기 고이 잠드네
어두운 거리마다 바람도 자네
괴롭던 형제들의 한숨도지고
새나라 우리나라 샛별이어라

—박찬모, 「자장가」[58] 전문

　박찬모의 자장가는 윤석중의 자장가류의 동시와 분명하게 구분이
된다. 윤석중의 것에 잘 자는 아기의 예쁜 모습과 무럭무럭 자람에

---

57) 이원수 외, 「아동문화를 말하는 좌담회」, 『아동문화』 제1집, 동지사 아동원, 1948. 11. 10.
p.48~49. 이 좌담회는 김원룡, 양미림, 이원수, 정인택, 홍은순, 김용환 등이 참석하여 해
방 이후의 아동문화계 동향, 아동문단의 침체 타개를 위한 방안, 국민학교와 선생님과 아동
문화, 창작동화와 동요동시의 방향, 동화(童話)와 동요의 다른 점, 해방후 아동 작가들의
동향, 동화와 만화의 구별, 바른 아동서적 출판, 유치원과 그림 동화 등의 주제에 대해서 이
야기를 나누었다. 이 좌담회 중에 이원수는 해방 후의 작품이 뚜렷한 것이 없다며 "어떤 기
발한 상을 붙들어서 거기다 말을 붙이면 그것이 좋은 작품이라는 경향"에 대해서 비판했다.
58) 『아동문학』 제3호, 1947. 7.

대한 모성애적인 사랑이 들어 있는 반면, 박찬모의 것에는 잠자는 아기의 모습에서 가난한 현실을 읽어내는 남성적인 포부를 읽을 수 있다. 그는 '자랑도 빛도 없이 맺은' 인연으로 잠자는 아기의 모습을 보면서 '가난도 서러움도 없는 세상'의 들판에 꽃이 되어 퍼지기를 기대하면서 '괴롭던 형제들의 한숨'을 뒤로 하고 '새나라 우리나라' 샛별이 되기를 바라고 있다. 이 동시는 악보까지 곁들이고 있으며 '일영에게 주는 노래'라는 부제를 달고 있다. 그러나 문학가동맹의 반파쇼 투쟁에 대한 내용을 노골적으로 드러내지는 않고 있다. 이러한 분위기는 제국주의 문화 지배 잔재의 청산을 위해 가장 집중적으로 주력할 곳이 아동문학[59]이라 강조한 문학가동맹의 기관지인 『아동문학』에 발표한 이들의 동시에 일반적으로 나타나는 경향이다. 문학가동맹의 부지부장이었던 조벽암의 「자꾸자꾸 자랍니다」에서도 시계, 기차, 냇물 등에 어린이를 비유하면서 잠들어서도 우쭉우쭉 자란다는 평범한 사실을 노래하고 있다.

시계는 자꾸 자꾸 간답니다
대낮에도 똑딱 똑딱
밤중에도 똑딱 똑딱

기차는 자꾸 자꾸 달립니다
아침에도 푸파 푸파
저녁에도 푸파 푸파

---

59) 임규찬, 「8·15 직후 미군정기 문학운동에서의 대중화 문제」, 『해방공간의 문학운동과 문학의 현실 인식』, 한울, 1992, p.80.

냇물은 자꾸 자꾸 흐릅니다

자갈 위도 도란 도란

모래 위도 도란 도란

우리는 자꾸 자꾸 자랍니다

깨어서도 우쭉 우쭉

잠들어도 우쭉 우쭉

—조벽암, 「자꾸 자꾸 자랍니다」[60] 전문

이처럼 계급주의 진영의 아동에 대한 기대와 인식은 민족주의 진영과 색다른 점을 찾을 수 없다. 이는 어린이를 사회 구성원으로서 건강하게 자라기를 바라는 문학가동맹의 기대와 함께 혁명적인 사회 분위기를 점차적으로 인식시키려는 노력으로 보인다. 해방의 과제인 일제와 봉건적 잔재를 청산하고 새로운 사회를 건설하려는 목표를 달성하기 위해서는 어린이에 대한 이해와 접근이 매우 조심스러운 것이 사실이었다. 이는 당시의 소련군에 대한 부정적인 반응을 애써 잠재우려 한 대목에서도 분명히 확인할 수 있다. 즉 혁명과 투쟁 일변도의 접근은 오히려 어린이들의 반감을 살 수 있다는 우려를 한 것도 사실로 보인다. 그러나 어린이를 순진성과 천진성에만 두지 않고 나름대로 판단을 할 수 있는 성숙한 모습으로 파악했다는 점은 분명한 차이라 할 수 있다. 이러한 시적 사유는 동심 동일화에서 탈주하여 동심보다는 의식을 중심에 둔 반동일적 대응이다. 이는 어린이를 끌고 가는 어른의 주관적 관념성에 의존하여 어린이들의 꿈과 현실

---

60) 『아동문학』 제3호, 1947. 7.

을 어른의 생각으로 강요하는 문제가 있다.

(전략) 제일 강한 일본군을 무찌르고 쏘련군이 상륙을 했으니 쏘련군은 아마 일본군보다 더 신병정인가 보다. (중략) 평숙아 쏘련군이라니 러시아 사람만 있는 줄 알지마라. 나는 처음에는 그러게만 생각했더니 들어온 쏘련군 중에는 우리 조선 사람이 많이 있었다. 이 조선 사람 붉은 군대는 일즉이 조선안에 일본놈들의 압박 밑에서 살기를 꺼려해서 시베리아로 연해주로 또는 북만으로 흘러갔다가 소련에서 행복한 생활을 하고 있는 사람들의 아들이다. 이 사람들은 서부전선에서 독일군을 뭇질러 큰 공을 세우고 이번에 다시 일본을 뭇질르기 위해서 동쪽으로 온 젊은 영웅들이다. (중략) 이렇듯 조선에를, 제 손으로 일본놈을 뭇질르고 들어왔으니 얼마나 기뿌겠느냐. 어떤 이는 우리들을 껴안고 말도 못하고 울기만 하고 어떤 이는 우리들 뺨에다 입을 열 번 스무 번 맛춰주드라. 러시아사람 병정들도 친절하고 자미있는 사람들이 많었다. 노래도 잘하고 춤도 잘 추었다. '일본놈들 압박 밑에 얼마나 굶주렸나'하며 우리들의 지난날을 동정하고 일본군의 창고를 헐어 쌀을 나눠 주었다. 붉은 군대 참 씩씩하고 훌륭한 병정이다. 이 사람들은 우리 조선의 노동자 농민을 구하기 위해서 우리 조선을 해방해준 고마운 사람들이다. (하략)[61]

계급진영에서는 일제 잔재 청산과 새로운 국가 건설에 소련을 중심으로 사회주의를 염두에 두었음이 분명하다. 이기영은 어린이에 대한 그들의 기대는 나라를 세우는 데 어린이들도 큰 임무가 있다고 강조한다. 이를 위해서 한효는 어린이들 스스로의 깨달음을 강조하

---

61) 신고송, 「少年 日記文, 平世와 平淑이」, 『별나라』 속간 제2호, 별나라사, 1946. 2, p.34~
    37.

고 있지만 이기영은 좀더 구체적이다. 그는 우선 "소년들이 똑바른 길로 나아가는 데는 두 가지 계단이" 있다고 하며 그 첫째는 "(소년들이) 지금 곧 나아갈 수 있도록 그들의 발 앞을 더럽혀 놓은 일본 제국주의 잔재를 철저히 소탕해 줄 것," 그리고 두 번째는 "그들의 나아가는 방향을 아주 성의 있게 가르쳐 줄 것"[62]을 주장하고 있다. 이런 인식하에 아동문학인의 자세는 일제의 잔재 소탕을 위한 일환으로 일본에 대한 적개심을 일으키도록 구체적인 실체[63]를 가르칠 것을 강조하고 있다. 이런 내용으로 시와 동요를 지어서 학교로 보내고 이를 교재로 삼아야 한다는 것이다. 따라서 아동 잡지는 어린이들의 교재가 된다는 생각으로 아주 건설적이고 지도적인 내용을 담아 어린이들에게 좋은 글을 읽혀야 함을 아동문학가들은 명심해야 한다고 강조한다. 그래서 좀더 쉬운 글로 어린이들에게 다가갈 것을 요구하고 있다. 한편 국가가 어린이들에게 무엇을 기대하는지를 스스로 깨닫기를 기대하고 있다. 이러한 내용을 요약하면 계급주의 진영에서도 어린이들이 좌우의 대립 속에서 직접적인 투쟁의 대열에 나서는 투사적 어린이를 바라지 않음은 분명하다. 다만 조심스럽게 붉은 군대에 대한 이미지를 바꾸어 나가고 아울러 일제 잔재를 청산하기 위해서 일제의 만행을 고발하고 나아가서는 친일파의 허위를 고발하는 정도의 내용으로 창작을 요구했던 것으로 생각된다. 즉 문학가동맹의 어린이에 대한 시각은 어린이들이 아무것도 모르는 존재가 아니라 어른들의 행동과 사회적인 분위기를 스스로 파악할 수 있는 판단을 가진 존재로 인식하고 있었다. 이를 바탕으로 계급적인 사상을 아

---

62) 이기영, 한설야, 한효, 홍구의 좌담회, 「새동무 돌림얘기 모임」, 『새동무』 제2호, 신문화사, 1946. 4. p.14~17.
63) 이기영은 그 구체적인 내용으로 공출을 내지 않아서 잡혀간 아버지나 징병 거부로 인해서 그들의 형을 모질게 매질하는 등의 예를 제시하고 있다. 위의 책.

주 조심스럽게 계몽해 나간 것으로 파악된다. 이는 동심주의에 대한 반동일화 동심으로 이해할 수 있다. 즉 어린이의 존재를 지나차게 어른스러움으로만 인정했지 어린이 특유의 천진성이나 현실적인 어린이가 겪는 갈등이 없다는 것이다. 해방의 깃발이 나부끼는 마당에서 달음박질하는 밝은 어린이의 모습을 그린 김용호의 「새동무」는 이제 지난날의 좋지 않은 이미지를 벗어 버리고 새롭게 태어나는 어린이를 기대하고 있다. 싸움쟁이, 게으름뱅이, 울음뱅이에서 날쌘 아이, 웃는 아이, 사이좋은 새동무가 되어 해방의 새로운 터전에서 자라기를 기대하고 있다.

둥둥 북치고 마당에서 뛰놀자
우리나라 기빨이 펄펄 날린다
어제는 싸흠쟁이 오늘은 착한애
너와 나는 의좋은 새동무란다

짝—짝—나누어 달름박질 해보자
뒤떨어저 오는건 아—옹—못난이
어제는 게름방이 오늘은 날랜새
너와 나는 정다운 새동무란다

꽁—꽁—뭉처서 함께 모여 나가자
무서울 것 무어냐 으—앙—호랑이
어제는 을음뱅이 오날은 웃는애
너와 나는 씩씩한 새동무란다

—김용호, 「새동무」 전문, 『새동무』 제2호, 1946. 3.

박아지의 「별나라 동무」도 마찬가지이다. 잊었던 말과 글을 찾아서 그 기쁨을 이어 가자는 호소를 하고 있다. 그래서 언니들이 보았던 『별나라』를 통해서 새조선의 일꾼이 되기를 기대하고 있다. 이런 동시가 악보와 함께 잡지의 첫머리에 나온 이유는 잡지 『별나라』의 창간 목적과 의지를 읽을 수 있다. 이는 이주홍이 「어린 병사의 노래」에서 어린이들에게 다음 세상을 떠맡고 갈 무거운 부탁을 한 것과 유사하다 하겠다.

해방된 조선의
동무들아
니젓든 말과 글
차저보자
기쁨에 넘치는
방방곡곡
가―갸 배움이
랑랑하다.

언니들 보혓든
별나라에
씩씩한 어린이
다모히자
새날의 새조선
일꾼들은
오늘의 별나라
동무로세

―박아지, 「별나라 동무」[64] 전문

햇볕이 쨍 쨍

연잎사귀 쌩 쌩

7월의 연못가에는

동그란 연잎에서

쌩이가 쌩이가

낮잠이 들었다냐.

잉어가 잉어가

동그래미를 그린다야

"잉어야 잉어야"

동그래미만 그리지 말구

가갸 거겨 글씨도

써 봐라야.

—이종성, 「7월의 연못가」[65] 전문

　계급진영에서 서둘러 해야 할 일은 어린이들의 배움과 일터에서
일하는 모습의 강조였다. 이를 통해서 새 나라 건설에 어린이들을 필
요로 하고 있다는 것을 알려 주는 것이었다. 이는 잡지 『별나라』의
편집 의도에서도 분명히 드러난다. 엄흥섭은 '참된 무산 계급의 해
방을' 이야기하면서 『별나라』가 발행되었음을 강조하고 있다.[66] 민족
주의 진영에서의 교육과 계몽 의식은 잊었던 우리말을 찾는 기쁨과

---

64) 『별나라』 속간 1호, 1945. 12.
65) 『새동무』 제9호, 1947. 7.
66) 엄흥섭, 「별나라의 걸어온 길」, 『별나라』 속간 제1호, 1946. 2, p.10.

이를 사용하는 어린이다움의 행복감에 한정되어 있지만 계급진영에
서는 이 우리말의 익힘은 새 나라 건설에 필요한 수단이 되고 있음을
강조한 것을 확인할 수 있다.

> 꼬—부러진 새달이
> 나는 좋아요
> 밤—새밤새 자라서
> 동그레지네
> (후렴)씩씩하게 자라라
> 우리 동무야
> 자랄줄만 아러라
> 모든 동무야
>
> 뽀—주룩한 새싹이
> 나는 귀여워
> 날—로날로 자라서
> 푸르러지네

—박아지, 「새 달」[67] 전문

이처럼 어린이에 대한 계급진영의 기대는 사뭇 현실적이고 구체적
이었다. 그래서 '둥근달보다는 꼬부러진 새 달'을 더 좋아하고 이들
이 점점 계몽되고 의식화되어 '자꾸 자라나서 둥근 달이' 되어갈 것
을 믿고 있다. 즉 부유하고 천사 같은 어린이들이 아닌 억압 속에서

---

67) 『별나라』 속간 제2호, 1946. 2.

태어난 무산계급의 아이들이 모두 씩씩하게 자라기를 기대하는 시인의 의지가 들어 있다. 마찬가지 논리로 뾰족한 새싹이 점점 푸르러지는 것에서도 어린이가 자라는 희망을 상징하고 있으며, 여리고 귀여운 새싹이 성숙한 잎으로 변해 가는 과정을 시적 화자는 부러워하고 있다.

그러나 이러한 인식은 민족진영에서의 어린이에 대한 인식과는 엄격한 구분이 된다. 계급적 계몽의 다른 축에 민족주의적 사회 계몽적인 동시를 들 수 있다. 이들은 계급성을 바탕으로 사회 변혁을 바라는 것이 아니라 동일화 동심에 대한 거부로 나타난 또 다른 한 변형으로 볼 수 있다. 즉 아동을 교육시키고 가르치고자 하는 반이데올로기적 계몽 의식을 강하게 나타내고 있다. 이러한 사회 계몽의식은 현실 사회의 모순을 계급적 시각이 아닌 다른 측면에서 보고 있을 뿐 계급적 동심에 대응하려는 전략은 아니다. 단순히 일제의 압박에 대한 설움을 노래하며 민족의 얼과 우리말과 글을 되찾기 위한 운동을 전개하고 있다. 이런 측면에서 고찰하면 윤석중의 동시는 이데올로기로부터 아동을 보호하려는 의도에서 순수 동심을 표면화했다고 볼 수 있다. 이는 어린이들이 불행한 현실과 계급 이데올로기 속으로 내몰리는 것을 방지하고 따뜻한 어머니의 품으로 안으려는 작가의 어린이 보호 본능과 계몽적인 시각이 앞섰다고 볼 수 있다. 이외에 박목월, 김원룡, 임원호, 이응창 등도 나름대로의 사회 계몽적인 세계관으로 동시를 발표하고 있다.

일본놈 아이들은

공부를 한대요

어디보자 다시 보자

공부를 한대요

일본놈 아이들은

낙제를 하며는

한반동무 모여서

때려 준대요

왜 공부 않했느냐

때려 준대요

동무여 우리는

공부를 하자

두주먹 꼭쥐고

공부를 하자

입빨 깨 물며

어디 해보자

일본놈 아이들이

암만 하여도

하여도 하여도 못따를 만큼

두 주먹 꼭 쥐고

공부를 하자

서로서로 일러주며

도아 주면서

여러분 비단 일본놈 아이들뿐 아니라

우리는 세계 어느 나라 아이들보다

『주간 소학생』 제21~30호 합본과 『아동』 제3호.

> 못지지 않게 노력을 합시다
>
> —박영종, 「공부를 하자」[68] 전문

이들 동시의 주제는 대부분이 교육의 중요성을 강조한 것 등이다. 교육의 중요성을 강조하기에 급급한 나머지 시적인 가치가 없이 산문투로 전개되고 있다. 또 그 내용이 직접적인 것 외에도 일본에 대한 감정이 노골적으로 드러나고 있다. 오직 공부를 해야 하는 이유가 일본을 이기기 위해서임을 강조하고 있다. 이러한 교육의 당위를 전개하는 데 있어 아동의 시각도 아니고 아동의 목소리도 아니라는 것이 문제이다. 이 반동일화의 동시는 늘 어른의 관념이 어린이들에게

---

68) 『아동』 제3호. 1946. 6.

강제되기 때문이다. 동심주의적인 귀여움을 벗어나고자 하는 강한 욕망은 오히려 동시의 재미를 잃게 하고 있다. 이런 일본에 대한 감정은 이 당시 계급진영의 작가에서 눈에 띄게 나타나는 부분이다.[69] 그러나 윤석중과 박목월 등의 민족주의적 작가들이 지나친 의욕에서 이와 같은 감정을 직접적으로 노출한 경우도 가끔 보인다.

김원룡의 「야학」은 '낮에 일하고 밤에 배워도' '청솔'가지처럼 뻗어나간다는 희망을 담고 있다. 가난한 현실과 힘든 생활 속에서도 야학을 다니는 시적 화자에게 용기를 심어 주거나 혹은 멀리 서울로 공부하러 간 친구에게 격려하는 내용이다. 여기서도 야학교에 모여드는 아이들에게서 희망을 발견하고 싶은 어른의 욕망이 그대로 동시에 나타나고 있다. 한편 임원호의 「서울 공부」에서 시적 화자는 가난한 현실 때문에 서울 공부가 아득하여 고향에 남아서 농사를 짓지만, 서울로 공부하러 간 친구에게는 '오직 올바른 길만 찾아라'는 당부를 하며 의지를 다지고 있다. 이러한 동시의 특징은 계급진영에서처럼 빈부의 차이나 계급간의 갈등은 없다. 다만 서로 주어진 현실을 그대로 받아들이고 각자의 위치에서 하는 일이 해방기의 재건과 가난을 이기는 방법임을 계몽하고 있을 뿐이다.

저녁연기 변해서 어둠이 되면

텅 비었던 야학교엔

모여드는 아이들

아기도 다 자는데

글소리만 창창

마을 울린다.

낮에 일하고 밤에 배워도

그들은 청솔처럼 뻗어나간다.

눈 비처도 모여서 밤글 읽는

새 깜깜한 그 머리에 동이 터 간다.

—김원룡, 「야학」[70] 전문

고향 그리워

더러 마음 죄느냐?

변함없이 언제나 그러하단다

바람 속에 돋는 해, 지는 해

오직 올바른 길만 찾아라

서울 공부 떠난 동무야!

서울 공부는

아마득한 길이어서

오늘도 괭잇자루 움켜잡는다.

이 산골의 괭어린 일군은

날빛에 잇날 번득이노니

---

70) 『소년』 제4호. 1848. 11.

파내리라 땅속의 보배!

—임원호, 「서울 공부」[71] 전문

　이러한 계몽적 시각은 이응창[72]에서도 마찬가지 양상으로 나타난다. 이응창은 교육 못지않게 경제적인 생산을 중시하여 너도나도 공부만 하기를 강요하는 사회적인 분위기와는 다른 면을 보인다. 그래서 무작정 서울로 떠나는 것을 경계하고 농촌에 남아 땅을 일구는 일의 중요함을 나타내고 있다. 오히려 공부하러 간 친구가 잘못될까 걱정하는 화자는 친구에게 바른 길을 가라고 훈계하고 있다.

동무들은
시험 준비에 바쁜데
나도
한 달 뒤면 졸업을 한다.

(중략)

열두 마지기의 논과
닷 마지기의 논
이것이 우리 집의
전 재산이요

---

71) 『소년』 제7호, 1949. 2.
72) 이응창은 독립운동가의 외아들이라는 책임감을 의식한 듯 뚜렷한 국가관을 가지고 있어 해방 이후 사회 개혁적인 메시지를 동시에 담는다. 그의 초기 시에는 감상적이고 자연을 서정적으로 묘사하는 것이 많았으나 다섯 번째 동시집 『외갓집』(1945)부터는 많은 차이를 보이고 있다. 심후섭, 「이응창론 : 사회계몽 의식과 문학의 접목」, 『한국아동문학 작가 작품론』(후편), 서문당, 1991, p.510.

생명선인 것을…….

상급학교에

못 가도 좋다.

동무들이 오 년 뒤

중학을 나올 때

나는 한 사람의 농군이 되어

다섯 식구의

기둥이 돼야지.

―이응창, 「희망」⁷³⁾ 일부

이 동시에서는 작가의 개인적인 체험을 바탕으로 새 세상에 대한
열정과 아울러 절대적 동심에서 뛰쳐나와 그 반대편에서 동심을 찾
게 된다. 이러한 시적 사유는 자신만의 절대적 세계를 구축하여 아동
을 지속적인 훈육의 대상으로 인식하게 되는 점은 여타의 동시와 동
일하다. 그래서 해방의 과제 중의 하나이기도 한 새 나라 건설을 위
해서 어린이들이 학교에 가고 공부할 것을 강요한다. 이는 아동을 어
른과 분리시켜서 관념적인 아동을 발견하고 비현실적인 동심을 형성
할 수밖에 없다. 어른의 관념에 의해서 대상을 인식했기 때문에 시적
화자나 청자가 어린이일지라도 어린이의 사고와 정서를 구체화하지
못하는 한계를 지니고 있다. 즉 시인이 만들어 놓은 틀 속에 갇히게
된다는 것이다. 그의 반동일적 아동관은 다른 계몽적인 시각과 차이
를 보이는데 정치적 목적을 가진 계급진영의 계몽과 달리 어린이들

---

73) 『외갓집』. 1945.; 위의 책, p.511. 재인용.

『소년』 제4호와 제7호.

의 진로에 대한 고민을 담고 있다는 것이다. 이는 교사의 입장과 부모의 입장에서 어린이를 교육하려 하거나 계몽적인 경향을 띠고 있기에 가능한 것이지만, 눈여겨볼 사항은 당시의 사회적인 분위기에서 어린이들에게 공부를 강요하는 것에서 벗어나 농촌 생활에 대한 권유를 하고 있다는 것이다. 이 역시 오랜 교사 생활에서 나온 사회적 계몽의식으로 볼 수 있다. 당시는 이념적인 체제의 선택 못지않게 생산양식의 물적 토대를 재건하는 것도 중대한 과제 중의 하나였을 것이다. 따라서 모두 상급 학교에 진학하는 것만을 강요할 수 없다고 인식했기 때문이다. 즉 농촌의 재건도 중요한 몫을 차지했던 것이다. 즉 대상을 경험적 자아와 일치시켜 시인이 체험한 현실에 바탕해서 직접적인 방법으로 어린이들에게 제시했다는 점이 특이하다. 그러나 상급 학교 진학과 '한 사람의 농군'이 되기까지 동심적 발상이 아닌,

아동이 없는 상태에서 시인의 외침과 강요 그리고 찬양만 있다는 것이 문제가 된다.

계급진영에서는 끊임없는 사회 모순의 제기와 그것의 해결을 위해서 프롤레타리아 혁명이 가난을 비롯한 당대의 각종 모순을 해결할 것이라 계몽하였다. 이에 비해 민족진영에서는 개인적인 차원에서 현실을 극복하는 방법으로 교육을 제시한 것으로 보인다.

제5장 동심의 회감과 통전

제5장 동심의 회감과 통전

1. 자아와 세계의 발견과 동심의 회감

1) 어른과 아동의 상호 주체

아동이 객관적으로 존재하고 있다는 것은 자명한 일이다. 그러나 우리는 어른의 관념에 의해 '형성된 아동'을 보고 있다.[1] 즉 1920년 대에 방정환에 의해 발견된 '어린이'는 현실에 있는 진정한 어린이가 아닌 관념 속에서 사회적 욕망으로부터 추상되어 자리잡은 어린이였다. 방정환은 어린이 문화운동을 펼치는 과정에서 어른 속에 묻혀 인격적인 대우를 받지 못하는 어린이를 주체로 형성하기 위해서 대상을 반동일적으로 이해했으며, 이후 그는 '어린이'에 대한 인식

---

1) 가라타니 고진(柄谷行人), 『일본 근대문학의 기원』, 민음사, 1999, p.159.

을 동일자의 논리에 그대로 따르게 한 잘못을 범하고 있다. 어린이는 솔직하고 순수하며 무지하다는 인식 아래 어린이를 관념적으로 이해하고 교훈적인 접근을 하기에 이른다. 이런 아동에 대한 이해는 동심의 단순함을 바탕으로 나약한 어린이를 만들었다. 그래서 아동문학에서도 유아적 발상과 동심의 고립화 현상, 교훈적인 내용 등으로 제한되는 경우가 많았다. 근대 이후 전통적인 사회의 자본주의적 재편성 과정에서 '놀이와 일'의 분리는 '아이와 어른'의 분할을 초래했다. 그러나 권태응은 근대의 담론으로 나타난 '추상적인 아동'을 거부했다. 그래서 아이들의 천성에 부합하는 리듬과 내용으로 어른과 차이가 인정되는 아동을 시적 주체로 하고 있다.

어린이들은 어떤 상황 속에서도 거기에 맞는 놀이를 하게 마련이다. 특별한 놀이 기구가 없던 해방 직후 어린이들은 자연 자체가 놀이동산이었고 놀이 기구였다. 문제는 어린이들이 자연 속에서 논 것이 아니라 권태응이 자연 속에서 노는 어린이를 발견했다는 것이다. 시기적으로 어린이 사랑과 보호의 구호가 외쳐졌고, 해방된 조국의 앞날을 짊어질 기둥이라는 민족주의적 시각과 어린이도 현실의 고통과 계급적 갈등을 직시하고 모순의 해결을 위해서 프롤레타리아 투쟁의 전위에 나서야 한다는 이데올로기가 만연하던 때에 권태응이 골목골목 모여 노는 어린이를 발견한 것은 관찰 대상으로서 '대상화된 어린이'가 아니었다. 즉 권태응은 관념 속에 있는 설정된 어린이가 아니라 촌락 공동체 속 현실의 어린이 모습을 그렸다는 것이다. 이러한 어린이는 스스로 찾아낸 놀이를 통해서 자신들을 성장시키는 적극적인 아이들이다. 가라타니 고진의 말을 빌리지 않더라도 '관찰 대상으로서의 아이는 전통적인 생활 세계로부터 격리되고 추상된 존재'일 뿐이다. 그러나 아이와 어른의 미분할은 아이가 어른으로 성숙해 가는 '변신'의 연속적인 과정이며 따라서 '변신' 대신에 서서히 발전하고 성숙해 가는 '자기'가 있는 어린이이다.[2] 권태응은 바로 이런 연속선상에서 '자기'를 분명히 하는 아동을 노래한 것이다. 이러한 어린이에 대한 이해는 방정환의 천사적 아동에 대한 비판적 시각이며 해방 이후 동심의 담론 속에 의도적으로 은폐된 아동의 문제를 제기함으로서써 현실적인 아동상을 정립하려는 시인의 의도로 볼 수 있다. 즉 교육, 문학, 이데올로기 등으로 '은폐된 아동'에 대한 문제를 해소함으로써 사실로서 눈앞에 존재하는 아동을 역사성 속에서 찾고자 했던 것이다. 한편 자연 전체가 아이들의 놀이터라는 시적 발상과 구체적인 놀이의 이름을 동시에 그대로 나타냄으로 인해서 동심의 리얼리티를 더 강하게 했던 것이다.

풀밭에 놀때는
풀밭에 재밌고
삠빅 쏙쏙 찾아 뽑기
네잎 달린 크로바 찾아내기

모래밭에 놀때는
모래밭이 재밌고
두껍이 집짓기 꼰우 묻기
맨발 벗고 씨름하기 재주 넘기

---

2) 고진은 대상화되기 이전의 아동을 세 가지 특성으로 설명하고 있다. 첫째는 '돌보기'이다. 좀 더 자란 어린이는 자기보다 어린아이를 돌보면서 큰다는 것이다. 다음은 자치적인 행위나 스스로 생각해내고 고안한 놀이 방법에 의해서 논다는 것이다. 마지막은 어른의 흉내내기이다. 이는 어른의 옆에서 지켜보고 그 기분을 느낄 만한 일들을 따라서 흉내낸다는 것이다. 앞의 책, p.158~159.

돌밭에 놀때는

돌밭이 재밌고

공깃돌 비식돌 골라 갖기

장독대에 고여놀 예쁜 돌 찾기.

—권태응, 「풀밭에 놀 때는」[3] 전문

　인용 시에서 어린이들의 놀이 공간은 '풀밭', '모래밭', '돌밭' 등 생활공간에 흩어져 있는 자연 그대로이다. 이 속에서 어린이들이 가지고 노는 도구 역시 '뺌빅(풀)', '크로바', '돌멩이(비식, 공기, 밑받침 돌)' 등 자연의 일부이다. 이처럼 특별한 놀이 기구 없이 놀아도 어린이들은 노는 곳마다 동무만 있으면 모두 재미있는 것이다. 그래서 권태응의 이 동시에는 아무런 외침도 훈계도 없다. 다만 재미있게 노는 어린이들만 있을 뿐이다. 여기는 시적 화자가 어린이이며 어른의 목소리가 배제되어 있다. 또 아이들의 놀이가 놀이로 그치는 것이 아니라 생활 속에 있다는 것을 알 수 있다. 즉 '장독대를 고여 놓을 돌'을 찾는 것은 생활 속에 무엇이 필요한지를 구분할 수 있는 성숙된 어린이들이다. 이러한 놀이의 발견은 현실 속에서 일과 놀이가 분리되지 않은 아동의 모습이 구체화된 것이라 할 수 있다.[4] 이는 권태응이 어린이를 추상적으로 발견한 근대적 개념과는 달리 어린이를 하나의 인격체로 인정하는 가운데 차이성을 재발견했기에 가능했다.

　이 동시의 구조를 보면 각 연이 반복적으로 전개되고 있다. 즉 공

---

3) 『소학생』 제77호, 1950. 4.
4) 필립 아리에스에 의하면 어린이의 장남감은 어른들의 공정(工程)을 자기들에게 맞게 축소시켜 모방하려는 아이들의 경쟁심에서 비롯된 것들이었다. 그 예로 말이 교통의 주요 수단이었을 때 장난감 목마나 중세의 풍차를 모방한 바람개비 등을 들고 있다. 필립 아리에스, 문지영 역, 『아동의 탄생』, 새물결, 2003, p.140.

간만 바뀔 뿐 동일한 유형의 놀이를 제시함으로써 어린이들이 쉽게
상상할 수 있도록 되어 있다. 이런 반복적인 패턴으로 어린이들의 놀
이를 노래한 동시는 인용시 외에도「장마 비 개인 날」,「어린 고기
들」등이 있다. 한결같이 2연으로 되어 있으며 1연과 2연은 대구를
이루며 반복되어 있다. 아울러 시어의 반복적인 사용은 단순한 동심
을 그대로 옮겨 어른과 아이의 차이를 인정하고 있다.

[표 3] 해방기 잡지에 발표된 권태응의 동시[5]

주제	동시 제목	출처
새 나라	* 무럭무럭 자라고	소학생 68호, 1949. 6.
	* 한 밤 자곤	소학생 69호, 1949. 7.
	우리 동무	소학생 50호, 1947. 9.
	코록 코록 밤새도록	소학생 52호, 1947. 11.
	* 동네 앞길	진달래 3월호, 1949. 3.
자연과 농촌(농사일)	* 산골물	소학생 72호, 1949. 11.
	오리	소학생 47호, 1947. 6.
	* 두멧골 애들	소학생 76호, 1950. 3.
	* 미루낚에	소학생 56호, 1948. 4.
	고추잠자리	소학생 51호, 1947. 10.
	논밭으로	소학생 70호, 1949. 9.
	* 어린 보리 싹	소학생 74호, 1950. 1.
	감자 꽃	소학생 55호, 1948. 3.
	율무	소학생 62호, 1948. 11.
놀이	풀밭에 놀 때는	소학생 77호, 1950. 4.
	서울 구경	소학생 48호, 1947. 7.
	장마비 개인 날	소학생 59호, 1948. 7.
	어린 고기들	소학생 45호, 1947. 4.

5) *표는 해방 공간 잡지에 발표된 작품인데도 1995년 창작과비평사에서 출간한『감자꽃』에 실
리지 않은 작품들이다.

기타	땅감나무	소학생 46호, 1947. 5.
	고개 숙이고 오니까	소년 13호, 1949. 8.
	* 떠나 보고야	아동구락부, 1950. 1.

관념 속에 있는 어린이가 아닌 현실에 실재하는 어린이는 놀이 공간의 분리가 없다. 윤석중의 동시에 나타난 '놀이'는 놀이 자체의 묘사를 중심으로 밝게 뛰어 노는 아이들의 모습이었다. 윤석중은 해방기의 이데올로기로부터 탈출하기 위해서 의도적으로 분리된 공간, 즉 당위적 유토피아 공간에서의 아이들 놀이를 동시로 표현했다. 그러나 권태응의 동시는 아이들의 놀이 공간이 어른들의 일하는 생활 공간과 분리되지 않고 있다. 이 시기 농사일이라는 것이 어른의 입장에서 볼 때는 생계를 꾸리기 위한 생산의 개념이지만, 어린이들의 입장에서는 심부름하면서 노는 놀이 공간이다. 놀이터가 별도로 없는 농촌에서 아이들끼리만 일정한 공간에 모여 신나게 노는 일이란 극히 드문 현상이었다. 그래서 어린이들의 놀이 공간은 마당, 골목, 들판, 개울물 등 생활공간일 수밖에 없다. 그 옆에 있는 어른들은 농사일을 하기 마련이다.

이런 어른의 일하는 공간과 아이들의 놀이 공간이 같은 장소에서 일어나는 일을 사실적으로 묘사한 동시 「율무」는 율무를 타작하는 어른들 옆에서 튀어나온 율무를 줍는 동심을 잘 나타내고 있다. 즉 율무를 떠는 마당은 어른들에게는 일하는 공간이지만, 어린이들에게는 튀어나온 율무를 줍는 놀이 공간인 것이다.

율무를 떱니다

오돌돌돌

동네아기 모입니다

마당 그뜩

율무가 튑니다
오돌돌돌
아기들은 줍습니다
서로 먼점

율무를 주서다가
무엇 하나?
실에 꿰어 매달아
염주 놀지

—권태응, 「율무」[6] 전문

　율무를 타작하는 옆에서 튀어나온 율무를 줍고 실에 꿰는 아이들의 모습이 선명하다. 이처럼 일과 놀이의 혼재된 상태에서 어린이들이 노는 모습을 표현함은 어른의 시각에서 어린이를 분리하여 관찰하고 보호하려는 의도가 아니라 생활 속에서 사회 구성원인 인간으로 인정하는 가운데 어린이의 차이성을 인정하기에 가능한 것이다. 그래서 이데올로기의 장으로 몰고 가지 않는다. 이 동시는 매우 단순한 장면 처리를 하여 율무 타작을 하는 농사일을 아주 간결하게 순간 포착하고 있다. 이런 단순성은 아동의 심리적 특성을 바탕으로 한 시적 진실로 볼 수 있다. 특히 튀어나오는 율무를 먼저 줍겠다고 달려드는 모습이 보일 듯하게 묘사되어 있으며 그 율무를 실에 꿰어 염주

---

6) 『소학생』 제62호, 1948. 11.

를 만들어 노는 아이들의 뒷모습까지 상상할 수 있어 시적 긴장을 더해 준다. 이처럼 아이들의 천성에 부합하는 시적 상상력은 아동을 주체로 세우는 힘이 되는 것이다.

이러한 분위기를 한껏 살리기 위해서 권태응은 감각적인 이미지를 사용하고 있다. 「장마 비 개인 날」은 '새 빨간 봉선화'와 '잠자리 떠다니는 하늘'을 시각적으로 처리해서 빨간색과 파란색의 대비를 통해서 장마가 갠 이후의 맑은 날씨와 비가 개자마자 개울로 고기잡이 나가는 신나는 동심을 표현하고 있다.

> 인젠 장마 비
> 개었습니다.
> 잠자리도 좋아서
> 날라댑니다.
> 우리들은 고기잡이
> 개울갑니다.

—권태응, 「장마 비 개인 날」[7] 일부

이처럼 권태응은 관념적인 아동을 동시에 끌고 들어와 공감을 호소하는 것이 아니라 현실적이고 구체적 아동을 그대로 노출시키고 있다. 이러한 아동관은 윤석중이 시도한 현실의 개연성을 중심으로 한 '당위적 아동'과 구분되며 이원수의 현실 인식을 통한 미래를 기약하는 '주체적 아동'과도 차이가 있다. 한편 방정환의 지나친 사랑 속에 떠받들어지는 '천사적 아동'도 아니다. 이런 아동관은 시인의

---

7) 『소학생』 제59호, 1948. 7.

주관적 인식이 아니라 아동의 심리적인 특성을 고려한 현실의 아동
을 사실적으로 그려낸 객관적인 아동인 것이다. 이는 아동을 이데올
로기의 갈등과 계몽적인 훈육의 대상에서 구출하고자 한 동심의 비
동일적인 갈등이 있었기 때문에 가능하다.

　이는 '발견된 아동'의 특수성에 기초한 아동문학이 아닌 문학의 보
편성 속에서 진정한 아동을 위한 아동문학을 확립하기 위한 시인의
긴장이었다. 사실 '놀이와 노동'의 분할은 '아이와 어른'의 분할과
깊이 연관되어 있다. '아동의 발견'이라는 사태는 그것만 분리해서
보지 말고 전통적인 사회의 자본주의적 재편성의 일환으로 보아야
한다[8]는 가라타니 고진의 말은 아동을 어떻게 이데올로기로 묶고 있
는가에 대한 반성으로 생각된다. 권태응은 이처럼 당시의 계몽적인
분위기에 젖어 동심에 동일화되지 않고 현실에 있는 인간으로서의
아동을 찾기 위한 어른과 아동의 상호주체 구성을 위한 비동일화의
시적 사유를 했다고 볼 수 있다. 그래서 그는 동심을 주체로 설정할
수 있었던 것이다.

2) 사회 구성원으로서의 현실적 아동

　권태응의 동시에 나타나는 어린이는 자연의 모습, 일하는 사람의
모습, 식구들의 끼니나 농사일을 걱정하는 화자 등이다. 이 어린이들
은 현실의 불안한 상황을 어른들에게 듣거나 교육 받아서 아는 것이
아니라 어른들과 함께 생활하면서 그 속에서 심부름하고 어린 동생
돌보기 등을 통해서 스스로 철이 들어가는 것이다. 따라서 부패하고

---

8) 가라타니 고진, 앞의 책, p.161.

권태응 동시집 『감자꽃』(유종호 엮음,
창비, 1995).

가난한 현실에 울분을 토하기보다는 아이에서 어른으로 변신해 가는
과정 속에서 보고 자라는 어린이들이다. 즉 어른과 아이가 같은 공간
에서 함께 생활하면서 공동체 의식을 키우고 어른의 흉내 내기를 통
해서 현실에 적응하는 준비를 하는 어린이를 동시의 주체로 설정하
고 있다.

동네엔 누가 사나.
(사람들이 살지 누가 살어.)

아니 아니 사람 말고 누가 사나.
(소에 개에 돼지 닭 모두 살지.)

그럼 그럼 그 밖엔 또 없나.

(가만 있자 옳지 새도 쥐도 살지.)

그러면 언제부터 동네 생겼나.

그리고 사람 짐승 같이 사나.

—권태응, 「동네엔 누가 사나」[9] 전문, 1950.

동네가 있는 곳엔

공동 샘이 파 있고,

물 이는 색시 뒤엔

신둥이도 딸지요.

동네가 있는 곳엔

미루남구 서 있고,

커다란 남구 위엔

까치집도 있지요.

동네가 있는 곳엔

조무래기 있구요,

조무래기 노는 곳엔

노래가 있지요.

—권태응, 「동네가 있는 곳엔」[10] 전문

---

9) 권태응, 유종호 엮음, 『감자꽃』, 창비, 1995. 재인용.

　　권태웅에게 있어 동네는 사람과 함께 소, 개, 돼지, 닭, 그리고 쥐도 새도 함께 사는 공간이다. 대상을 바라보는 시각이 동심의 단순함에 있다. 그러나 이 단순함 속에는 인간과 짐승이 함께 살아야 한다는 강한 공동체적 메시지가 들어 있다. 그러면서도 마지막 연에서 동네가 언제부터 생겼는지, 그리고 사람과 짐승이 함께 살아야 하는지와 같은 당연한 질문을 함으로써 과거에도 그러했고 또 앞으로도 그러할 것이라는 연속성을 암시하고 있다. 이러한 질문은 「동네가 있는 곳엔」에 오면 이제 아이들의 놀이 속으로 깊숙이 들어오게 된다. 어린이들의 공간과 어른의 공간이 분리되어 따로 있는 것이 아니라 생활 속에 함께하고 있다. 이처럼 권태웅은 단순함을 강조한 가운데 아이들의 세계에 그대로 들어와 있다. 동네는 사람들의 생명줄인 공동 샘이 있고 그 속에서 부지런히 일하는 물 긷는 색시가 있으며 신둥이(강아지)도 미루나무도 까치집도 있다. 이들이 하나의 공동체를 이루어 살아가는 생활이 있다. 이 가운데 조무래기(아이들)가 있고 그들의 놀이와 노래가 동네에 있는 것이다. 즉 그는 동네(사회)를 구성하는 요소 중에 어린이가 있음을 분명히 하고 있다. 이러한 아이들은 스스로를 돌보며 커 간다.

　　아가야 울지 마라 시장 참어라.

---

10) 이오덕, 『농사꾼 아이들의 노래』, 소년한길, 2001, p.41. 재인용. 권태웅은 1948년 글벗집에서 작품집 『감자꽃』을 출간했다. 그리고 1995년 유종호에 의해 창작과비평사에서 1947~1948년 사이에 쓴 작품 28편과 1949년에 쓴 작품 17편 그리고 1950년에 쓴 작품 19편을 추가해서 새롭게 『감자꽃』을 냈다. 그러나 그의 미탈고 작품집이 8권이 있는 것으로 이재철에 의해 확인되었다. 1947년의 『송아지』(46편), 『우리 시골』(44편), 『어린 나무꾼』(36편), 『하늘과 바다』(45편), 1948년의 『물동우』(30편), 『우리 동무』(37편), 1949년의 『작품』(69편), 1950년의 『또와 또』(59편)가 있다. ; 이재철, 「해방공간의 비판적 리얼리즘」, 『아름다운 길』 제43호, 대구아동문학회, 2001, p.123. 인용한 동시는 당시의 잡지와 『감자꽃』에서는 발표되지 않은 것으로 보인다.

저녁할 때 다 됐으니 엄마 오겠지.

퉁퉁 부른 두통 젖 갖고 오겠지.

(중략)

아가야 울지 마라 들어 보아라.

쓰로라미 노래 소리 맑고 곱구나.

한참만 더 참으면 엄마 오겠지.

—권태응, 「아가야 울지 마라」[11] 일부

들에 나간 엄마를 대신해서 동생을 돌보는 시적 화자는 어른과 어린이의 이분법적인 구분에 의한 비현실적인 어린이가 아니라 생활에 존재하는 현실적인 어린이이다. 연령으로는 시적 화자도 어린이이지만 나보다 어린 동생 앞에서는 '돌보기'를 하는 성숙된 어린이인 것이다. 이는 자아 중심적인 사고에서 벗어나 탈중심적 단계의 아동이다. 상대의 입장을 고려하여 말의 속도나 목소리를 조정할 줄 아는 아동의 모습이다. 이런 모습은 방정환의 구분에 의해 설정된 어린이의 관점에서는 도저히 있을 수 없는 어린이이다. 그의 이러한 현실 인식은 일과 놀이의 구분이 없는 삶의 공간에서 사회의 구성원으로 자리잡아 가는 아이들을 만나게 된다. 바쁜 농사철에는 어린이들을 따로 놀게 할 수 없는 현실이고 보면, 아이들은 그들 스스로 어른의 농사일을 도우며 놀이 방법을 찾을 수밖에 없다. 어른의 일을 거들면서 그 일감은 곧 아이들에게는 놀이감이 되는 것이다. 참깨를 터는

---

11) 이오덕, 위의 책, p.28~29. 재인용.

막대기가 벼 멍석에 뛰어드는 닭을 쫓기도 하고 대추를 따는 도구도 된다. 늘려 있는 농사일은 자연히 아이들에게 자질구레한 심부름거리이게 마련이고 이때마다 아이들은 일을 일로서 하는 것이 아니라 놀이 반 일 반으로 행하기 마련이다. 이런 속에서 어린이들은 그들 스스로 놀이법을 생각하여 노래말을 붙이기도 하고 게임의 법칙을 만들어내기도 한다. 어린이들의 놀이는 어른들의 공정(工程)을 자기들에게 맞게 축소시켜 모방하려는 아이들의 경쟁심에서 비롯된 것이다. 이러한 어린이들은 공동체의 질서를 자연스럽게 익혀 가며 순간순간의 상황에 대처하게 된다. 현실 속에 존재하는 어린이는 이처럼 매사에 적극성을 띠고 살아가는 어린이들이라는 것이 권태응의 아동관이다. 자아가 타자에 포섭되지 않고 유아적 인식으로 보호받기를 바라지도 않는 아동의 주체가 형성되고 있다. 이는 현실의 아동을 외면한 채 어른의 관념으로 아동을 설정해 놓고 거기에 맞는 동심을 중심으로 한 아동문학과 분명히 구분되는 점이다. 당시의 많은 작가들은 실재는 존재하지 않는 비현실의 추상적인 아동을 노래하였는데, 이러한 동심관은 아동을 지극히 수동적이고 무능력한 아이로 만들었으며 철부지 아이를 양산했다는 비판을 면하기 어렵다.

송아지 몰고 오다가
고삐를 노쳤지요.

송아지가 따라오고
아해가 쫓아오고,
누가 먼점 집에 오나
뜀뛰기 내기지요.

누가 이길까 껑충껑충

누가 이길까 타닥타닥.

송아지는 오다 말고 풀을 뜯고

아해는 웃으면서 헐레벌떡.

─권태응, 「송아지와 아해」[12] 전문, 1947.

송아지를 놓친 돌발적인 상황에 처한 시적 화자는 전혀 당황하는 기색 없이 송아지와 한판 달리기 시합(놀이)으로 장면 전환을 꾀하고 있다. 이는 가공된 구석도 없고 단지 있는 그대로의 어린이와 그들의 놀이를 관찰한 시인의 통찰력의 결과로 볼 수 있다. 여기서 시적 화자는 당당한 어린이이며 이런 일을 처음 당하는 서툰 어린이가 아니다. 늘 송아지를 몰고 다니며 이미 여러 차례 고삐를 놓친 경험이 있고 그때마다 스스로 해결하는 방법을 알고 있는 어린이인 것이다. 이 어린이는 무조건 예찬되는 천사적 아동이 아니며 방임되는 아동도 아니다. 그는 스스로 맞닥뜨린 현실을 극복하는 아동인 것이다. 동시 「율무」에서 율무를 타작하는 일터 주변에 맴돌던 아이들은 다음 동시 「김장밭」에서는 일터 속으로 깊숙이 들어오는 아동으로 변해 있다.

김장밭으로 우리 식구들

모두 모두 나왔지요.

---

12) 권태응, 유종호 엮음, 『감자꽃』, 창비, 1995. 재인용.

바둑이까지.

배추 밑동 자르기.
겉대 발리기.
아기들은 삼태미로 "영차 영치기"

배추밭 옆에는
무도 싱싱.
씨래기 자르기, 무 날르기.
짤막한 가을 해 바로지는 해.
이삭군도 다같이 바쁩니다.

—권태응, 「김장밭」[13] 전문

　바쁜 농사철이어서 바둑이까지 따라 나온 김장밭에서 아이들은 저마다 할 일이 있다. 힘든 농사일을 짜증스럽게 생각하는 것이 아니라 짧은 가을 해에 비해서 할 일이 많다는 것을 어린이 스스로 터득하는 성숙된 모습을 보이고 있다. 따라서 이 동시에는 매우 바쁜 농사일이 잘 시각화되어 나타나고 있다. 이러한 모습은 어린이들이 농경 사회의 공동체적인 삶을 배우는 계기를 나타내고 있다. 이는 어린이를 보호의 대상으로 인식하고 어린이의 자율적인 행동이나 사고보다는 어른에 의해 많은 가치를 날것으로 주입하려는 계몽주의적 시각과는 엄청나게 차이를 보이고 있다. 공동으로 노동력이 투입되어야 하는 농사일의 특징은 아버지에게 많은 부분을 물어야 한다. 이는 어른과

---

13) 이오덕, 앞의 책, p.32. 재인용.

아이의 구분을 하지 않고 아이들은
어른의 흉내를 내고 또 어른은 장
차 해야 할 일을 아이들에게 의도
적으로 노출하거나 묵인했다고 볼
수 있다. 이러한 어린이들의 어른
흉내 내기는 사회를 배우는 과정이
며 아이에서 어른으로 '변신'되는
과정인 것이다. 권태응은 바로 이
러한 아동을 보았으며 이를 고스란
히 동시에 담고 있다.

시인 권태응.

　어른들이 "새 세상 짓는 새 살림
집/장단 맞춰 즐겁게 터를 다질" 때 그 옆에는 "수수팥떡 콩볶이도
나올게다/졸려움도 잊고서 뛰노는 애들"[14]이 권태응에게는 늘 있는
것이다. 이런 시인의 인식은 어른과 아동, 일과 놀이의 구분을 짓고
그 속에서 아동을 찾으려 한 것이 아니라 "동네가 있는 곳엔/조모래
기 있구요/조모래기 노는 곳엔/노래가" 있다는 생각에 이르게 한다.
바로 이 점이 해방기의 이데올로기의 호출에 응답하지 않고 동심을
주체적으로 세운 것이라 볼 수 있다.

　우리 식구 모두다
　논밭으로
　춥기 전에 곡식 걷기
　논밭으로

____

14) 권태응, 「집터」, 이오덕, 같은 책, p.38. 재인용.

날만 새면 바뻐요

논밭으로

우리 식구 모두 다

논밭으로

삽작문만 닫아 놓고

논밭으로

송아지도 어미 따라

논밭으로

―권태응, 「논밭으로」[15] 전문

이는 시적 화자인 농촌 아이의 눈에 비친 바쁜 가을걷이의 풍경이다. '삽작문만 닫아 놓고' 그냥 논밭으로 나가 버린 어른의 행동을 문제 삼기보다 그렇다는 분위기를 전해 주고 있다. 그러면서 '송아지도 어미 따라 논밭으로' 간 사실에서 어린이는 빈집의 쓸쓸함을 느끼기보다는 무척이나 바쁜 농사일을 이해하고 있다. 이처럼 그는 주관적인 경험을 바탕으로 해서 농촌 생활을 나타내는 데 객관성을 얻고 있으며 그 속에 대처하는 적극적인 어린이인 동시에 가족의 구성원으로서 할 일이 분명히 주어진 아동을 그려내고 있다. 바로 이런 점이 권태응 동시의 특징이다. 즉 세계로부터 고립된 채 비밀스런 동심을 구축하려는 의도가 아니라 세계 속에 노출된 상태에서 있는 그대로의 아동을 그려냈다고 볼 수 있다. 그는 해방기의 이데올로기에 동일화되지도 않고 또 훈육의 대상으로 여기지도 않는다는 데서 객관

---

15) 『소학생』 제70호, 1949. 9.

적인 동심을 찾았다고 볼 수 있다. 이처럼 권태응은 그의 동시에서 해방 이후의 농촌 생활을 중심으로 그 속에서 생활하고 노는 아이들의 생생한 모습을 담고 있다. 이는 해방기의 이념의 혼란에서 벗어나 권태응 나름대로의 아동에 대한 이해를 고집했기에 가능했다고 볼 수 있다. 이는 윤석중이 계급적 이데올로기에서 벗어나려고 한 반동일적 양상의 현실 대응과 구별된다.

한편 권태응의 동시는 문체에서도 독특함이 나타나는데 서술시의 특징이라 할 수 있는 이야기가 들어 있다. 서술시(narrative poem)는 이야기를 노래한 것, 그러니까 이야기 시이다. 이러한 서술시는 인간적인 행위나 삶의 모습을 통하여 인간적인 의미와 감정을 표현한다. 이러한 서술시의 미학적 장점은 리얼리티를 확보한다는 것이다. 즉 행위나 사건을 묘사함으로써 삶의 장면들을 리얼하게 반영하여 서사적인 흥미와 아울러 삶 자체의 관심을 융합시킨다.[16] 그래서 어른과 어린이가 상호 소통이 가능한 상상력을 불러오게 된다. 여기에는 어른의 사고가 강요되는 잔소리가 없으며 어린이를 고립시키지도 않는다. 한 사회 구성원으로 어른과 함께 존재하는 어린이가 재현되고 있는 것이다. 이처럼 권태응은 현실의 어린이들 놀이(행위)를 이야기식으로 서술함으로써 리얼리티를 확보했다 할 수 있다. 권태응에게 있어 동심은 관찰의 대상이 아니라 함께 생활하는 현실이었다. 즉 어린이들의 놀이와 그들의 입을 통해서 현실을 보이는 대로 노래한 것이다.

이야기식의 전개는 어른이 아이에게 들려주는 이야기 형식과 아이들의 독백 형식으로 구분할 수 있다. 차분한 어조로 하는 이러한 이야기적인 요소는 객관성을 확보할 수 있는 장점이 있다. 화자의 감정

---

16) 김준오, 『시론』, 삼지원, 2002, pp.91~102.

을 반영하면서도 행위(어린이들의 놀이나 일)의 진술을 통해서 객관성
을 확보하고 있다.

다 저녁때 배 고파서
고개 숙이고 오니까,
들판에 나가시던 언니가 보고
"얘 너 선생님께
걱정 들었구나!"

다 저녁때 배 고파서
고개 숙이고 오니까,
동넷샘 앞에서 누나가 보고
"얘 너 동무하고 / 쌈 했구나!"

다 저녁때 배 고파서
고개 숙이고 오니까,
삽작문 밖에서 아버지가 보고
"얘 너 어디가
아픈가 보구나!"

북에서 밥짓던 어머니가 보고
"얘 너 몹시
시장한가 보구나!"

—권태응, 「고개 숙이고 오니까」[17] 전문

『소년』 제13호.

  아이들이 고개를 숙이고 시무룩한 표정으로 올 때는 나름대로 이유가 있는데, 그 이유들을 하나하나 언니, 누나, 아버지, 어머니가 다 물어 보고 있다. 그러나 정작 지금 화자의 심정을 알아낸 것은 어머니뿐이다. 어머니는 자식의 행동 변화에 대한 원인을 금방 눈치로 알아낸다. 관찰자의 입장에 선 작가는 어머니의 입을 통해서 동심을 읽고 있다. 어른의 목소리가 아이를 교육시키거나 이끌어 가려는 강제가 있는 반동일적 동시와는 다른 차원에서 오히려 고민에 빠져 있는 어린이를 이해하고 있다. 이렇게 그의 동시는 사물의 감각적인 이미지의 표현보다는 행위나 사건을 이야기식으로 묘사함으로써 생활의 장면들을 리얼하게 반영하여 서사적 흥미와 아동의 심리를 융합시키고 있다.

  이외에도 어른이 아이에게 들려 주는 형식의 동시로는 「무럭무럭

17) 『소년』 제13호, 1949. 8.

자라고」,「한 밤 자곤」,「두멧골 애들」,「서울 구경」 등이 있으며, 어린이 혼잣말인 독백 형식의 동시는「논밭으로」,「산골 물」,「어린 고기들」,「장마 비 개인 날」 등이 있다. 권태응은 체험에 근거한 주관적인 현실성과 정치적·사회적 동기에 근거한 객관적인 현실성을 함께 동시로 표현하고 있다. 이처럼 체험에 의한 동시의 발표는 당 시대의 아동과 그대로 하나가 되었다고 볼 수 있다. 그래서 그의 동시에는 아동을 대상으로 계몽적이거나 선동적이지 않고 사회의 구성원인 현실적인 존재의 아동을 대상으로 동심을 이해했다고 볼 수 있다. 권태응은 관찰자의 입장에서 아동을 보고 동시를 쓴 것이 아니라 함께 놀아 주는 친구의 입장에서 때로는 어떤 사실을 들려 주는 부모의 입장에서 아이들과 함께 호흡했다고 볼 수 있다.

2. 자아와 세계의 소멸과 동심의 통전

1) 새 나라 희망 속의 역동적인 동심

해방은 어린이들에게도 분명히 신나는 일이었을 것이다. 특히 무엇보다도 우리말을 자유롭게 쓸 수 있다는 것이 그것이다. 따라서 일제 잔재를 청산하고 새로운 나라의 건설은 비단 일반 문단의 일만은 아니었다. 아동문단에서는 우리말의 보급 운동과 함께 어린이들에게 희망을 안겨 주려는 노력이 이어졌다. 이러한 아이들에 대한 기대는 해방된 조국에서 누구나 생각할 수 있는 일이었다. 그러나 해방된 지가 몇 해가 되어도 기대한 세상이 될 가능성이 희박했다. 가난과 혼란은 계속되었다. 이에 늘 아이들과 같이 놀던 권태응은 불안의식을 느꼈는지도 모른다. 그러나 그는 소극적으로 안주하는 염세적인 태도는 보이지 않고 미래 지향적이며 역동적인 아동을 주체로 하고 있다. 다음 동시에서는 해방 이후의 정국에 대해서 다소 객관적인 현실 판단을 하게 된다.

　　　누덕 옷은 입고
　　　나물 죽은 먹어도,

　　　동무 동무 우리 동무
　　　기운 난다 불끈.

　　　두 주먹 힘껏 쥐고
　　　노래 노래 부르며
　　　살기 좋은 새 나라
　　　새로 다시 꿈 꾼다.

　　　점심 밥 못 싸고
　　　월사금은 밀려도,

　　　동무 동무 우리 동무
　　　정다웁다 다 같이.

　　　어깨동무 굳게 짜고
　　　노래 노래 부르며

살기 좋은 새 나라

새로 다시 찾는다.

―권태응, 「우리 동무」[18] 전문

　이 동시는 해방의 막연한 감격과 기쁨에서 벗어나 혼란스러운 현실을 그대로 보여주고 있다. 시적 화자는 기대한 세상이 오지 않자 '새로 다시 살기 좋은 새 나라'를 찾고 있다. 권태응은 어린이들이 동무끼리 두 주먹 불끈 쥐고 어깨동무 굳게 짜고 노래 부르기를 희망한다. 잔뜩 기대한 해방이 몰고 온 가난 속에서 어린이들은 '누덕옷은 입고 나물죽은 먹지만' 동무와 함께 있으며 '월사금은 밀려도' '살기 좋은 새 나라'를 찾는 것에 대한 희망을 버리지 않고 있다. 이 동시는 크게 두 문단으로 나눌 수 있다. 1연부터 4연까지를 하나의 한 문단, 그리고 5연부터 8연까지를 또 한 문단으로 나누고 보면, 그의 동시 특유의 대칭적인 구조를 볼 수 있다. 그래서 ①1연―5연, ②2연―6연, ③3연―7연, ④4연―8연이 짝을 이루고 있다. ①은 가난한 현실적 배경을, ②는 그 속에 함께 있는 동무들, ③은 어려움을 이겨내고자 하는 의지와 용기를, ④는 안정된 새 나라를 제시하고 있다. 한편 각 연의 반복적인 패턴은 단순한 시어의 반복과는 차이가 있다. 이러한 반복적인 패턴은 어린이들에게 앞으로 일어날 일(사건)에 대한 상상을 가능하게 하며 주어진 문제를 스스로 극복할 수 있는 길을 열어 주고 있다. ①에서 가난한 현실을 맞이한 어린이는 '나물 죽'을 먹고 '월사금'이 밀리는 내적 갈등은 있지만 겉으로는 전혀 개의치 않는 어린이를 볼 수 있다. 이런 갈등은

―――――――――

18) 『소학생』 제50호, 1947. 9.

②에서 해소된다. 동무들과 함께 기운을 내고 정답게 의지하는 가운데 가난한 현실을 극복하는 어린이이다. 이러한 의지는 ③에서 구체화되어 '두 주먹 힘껏 쥐고' '어깨동무 굳게 짜고' 당당하게 맞서고 있다. 이 동시는 현실을 역동적으로 받아들이는 어린이들이 친구들과 함께 문제를 해결하고자 하는 힘이 있다. 여기에는 동일화 동시에서 나타나는 동심의 고립화도 없고 반동일화 동시에서 나타나는 어른의 강요도 없다. 그래서 ④에 오면 꿈꾸었던 새 나라를 다시 찾게 된다. 이는 어른에 끌려가서 사회 현상을 비판적으로 보는 투사적 어린이도 아니며, 관념에 머문 나약한 동심도 아니다. 어린이들의 현실과 꿈을 역동적으로 구성하는 주체적인 동심이 있다. 따라서 같은 시기의 다른 동시들이 의성어와 의태어의 반복으로 언어 유희적이라는 비판을 받는 것에 비해, 권태응의 동시는 대치를 이용한 구조의 반복으로 이를 벗어나면서 어린이들 속으로 들어간 것이다.

1947년의 그의 미발표 동요집 『송아지』 머리말에서 그는 "조마로운 마음에서 새나라 여러 동무들이 무럭무럭 자라나갈 것을 정성껏 빌겠"[19]다고 했다. 결핵을 앓고 있어 여러 해 요양 중에 있으면서도 해방을 맞은 어린이들이 새 나라에서 밝게 자랐으면 하는 기대를 저버리지 않고 있다. 그래서 그는 '좋은 일을 많이 하고는 싶으면서도 마음뿐'이라는 미안함과 자기의 의지를 실현할 수 없는 개인적인 한계에 대해서 미련을 간직하였던 것으로 보인다. 이것이 어린이를 보다 더 객관적으로 이해하는 계기가 되었다고 본다.

---

19) 이오덕, 『농사꾼 아이들의 노래』, 소년한길, 2001, p.408~409. 권태응은 손수 쓴 동요집 8권을 남겼는데 그 중 1947년에 정리한 『우리 시골』과 『어린 나뭇꾼』을 제외한 나머지 6권에는 각 동요집마다 머리말을 달아 놓았다. 이 부분은 동요집 『송아지』의 머리말이다.

권태응의 동시는 시적 화자가 모두 어린이이다. 그런데 이 어린이의 목소리는 두 가지로 나눌 수 있다. 그 하나는 청자로서의 어린이이고, 다른 하나는 독백의 퍼소나이다. 대개 어른이 들려 주는 이야기를 듣는 어린이는 화자인 어른에게 자기의 생각과 꿈을 맞추려 하거나 어른의 생각대로 수정하려는 경향이 많다. 그러나 권태응의 동시에서는 화자가 어른이지만 일방의 강요나 설득은 없다. 늘 어린이 청자를 중심에 두고 있다. 농촌의 토속적인 분위기 속에서 소박한 언어로 전달되는 어른의 목소리는 결코 계몽적이지 않다. 오히려 세심한 배려와 어린이들을 이해하는 마음이 들어 있다. 여기서 우리는 해방기의 이념에서 벗어나 객관적 아동을 대상으로 동시를 쓰려는 시인의 의지를 읽을 수 있다. 이는 이데올로기로 얼룩진 현실에서 벗어나 '새 나라'의 희망 속에서 건강한 객관적인 동심을 표현하고자 한 시인의 의지로 볼 수 있다.

이러한 시적 사유 구조는 작가의 선언이나 외침보다는 현실을 주체적으로 느끼는 아동을 나타냈기에 가능한 것이다. '어깨동무 굳게 짜고 노래 노래 부르며' 아이들이 기다리는 미래는 비장미는 없지만 소극적으로 안주하거나 염세적이지도 않다. 오히려 미래 지향적이며 낙관적이다.

아침 때면 활기스런 동네 앞길.
학교로 일터로 나가는 길.
힘에 찹니다, 기쁩니다.

저녁 때면 다정스런 동네 앞길.
모두들 집으로 돌아오는 길.

포근합니다, 즐겁습니다.

―권태응, 「동네 앞길」[20] 전문 .

위의 동시에서 어느 부분에서도 해방 정국의 혼란스런 양상을 읽을 수 없다. 또 가난과 불행의 모습도 보이지 않는다. 아침 출근길이 즐겁고 저녁 퇴근길이 보람되기만 하다. 이러한 현실 인식은 해방에 대한 기대를 지나치게 한 시인의 독백으로 볼 수 있다. 이러한 낙관적인 미래에 대한 기대는 당면한 현실적 문제를 새롭게 구성하려는 갈등으로 이어진다. 즉 파편적인 현실의 리얼리티를 그대로 인정하는 환유가 아닌 세계와 자아를 통합적으로 구성하려는 상호 구성적인 세계 인식의 전략이다. 즉 어린이들에게 현실을 은폐하거나 계몽적으로 전유하는 것이 아니라 세계와 자아의 상호 관계성 속에서 어린이들을 주체로 세우려는 시적 전략으로 볼 수 있다. 권태응은 이 당시 "병은 자꾸 늘어가구 셈은 자꾸 줄어들고 각오는 한 바이지만 한심타 않을 수 없다"[21]고 심경을 밝히고 있다. 병의 악화로 인해서 "다 귀찮다. 그러나 어찌하랴!" 할 정도로 지쳐 있었다. 이런 가운데서도 활기찬 출근길과 포근한 퇴근길을 노래한 것은 새 나라에 대한 기대만은 버리지 않았으며 그 속에서 동심을 매개항으로 세상과 소통하고 싶었던 것이다.

문제는 이러한 새 나라에 대한 희망을 담은 동시가 해방이 되자마자 나온 것이 아니라 3년 정도 지나서 발표되었다는 것이다. 그는 1948년도에 엮은 동요집 『우리 동무』에서 다음과 같이 해방 이후의 심정을 토로하고 있다.

---

20) 『진달래』 3월호, 상문당, 1949. 3.
21) 권태응이 1949년에 손수 쓴 동시집 『작품』의 머리말. 위의 책, p.414. 재인용.

　8·15를 네 번째 마지했지만 아즉도 밤은 완전히 밝질 못한 듯합니다. 38선이 없어지고 우리의 참된 나라가 서는 날, 어린 동무들도 증말로 활발스리 뛰놀고 노래하고 공부할 수 있을 것입니다. 지내간 날이 너머나도 슬프고 가엾든 이 나라의 새싹들……. 이를 씩씩하게 무럭무럭 길러 키워 아름다운 꽃을 맘껏 피게 해 줄 것은 오로지 어른들의 중대한 책임일 것입니다. (중략) 끝으로 하로 빨리 남북 통일의 참된 나라가 서고 즐겁게 살 수 있는 자유의 날이 오기만 손꼽아 기다리겠습니다.[22]

　이로 미루어 볼 때 권태응은 해방의 환희와 기대를 끝까지 포기하지 않고 어린이들 스스로 어깨동무하고 새 나라를 찾기를 간절히 염원했다. 그는 해가 갈수록 혼란스러운 정국이 계속되는 것에 대해서 어린이들에게 미안함을 표시하고 있다. 그래서 "남북통일의 참된 나라가 서고 즐겁게 살 수 있는 자유의 날이 오기만 손꼽아 기다리"는 안타까운 심정을 나타내고 있다. 바로 이러한 시인의 현실 인식이 아동을 계몽의 대상으로 보지도 않고 또 나약한 아동으로 인식하지도 않았던 것이다. 그는 주어진 공간 안에서 뛰놀고 노래하고 공부하는 어린이를 기대했던 것이다. 이런 새 나라가 오지 않는 것에 대한 시인의 반성이 1950년에 「우리가 어른이 되면」이란 동시에 나타난다.

　우리가 어서 자라
　어른이 되면
　지금 어른 부끄럽게
　만들 터예요.

---

22) 위의 책.

같은 형제 동포끼리

총칼질커녕

서로 모두 정다웁게

살아갈래요.

우리가 어서 자라

어른이 되면

지금 어른 부러웁게

해놀 터예요.

38선 업애치고

삼천만 겨레

세계 각국 누비며

뻗어 갈래요.

—권태응, 「우리가 어른이 되면」[23] 전문, 1949.

이처럼 권태응은 말년에는 '마이신'으로 시간적 위안을 삼을 정도
의 극한적인 건강 속에서 그가 기대한 새 나라의 비전을 잃었던 안타
까움을 동심을 빌려 어른들에게 메시지를 던지고 있다. 이는 어른이
어린이를 대상으로 훈육하는 것이 아니라 어린이가 그들의 눈에 비
친 현실의 모순 속에서 현실 극복의 의지를 다짐으로써 어른들에게
메시지를 던지고 있다.

---

23) 권태응, 유종호 엮음, 『감자꽃』, 창비, 1995. 재인용.

2) 현실의 구체성과 주체적 아동

동일화와 반동일화의 동시는 둘 다 시인이 장치한 절대적인 목소리로 어린이를 끌고 가려는 강제가 있다. 그러나 비동일화 동시는 어린이들의 생각으로 길을 가도록 만들어 주며, 시인은 시적 화자와 속삭이는 또 하나의 어린이가 된다. 이러한 비동일화 동시 속에는 시적 화자인 어린이가 현실과 부딪치면서 갈등과 해소의 과정이 녹아 있다. 즉 하나의 대상을 단성적(單聲的)으로 이해하는 것이 아니라 다성성(多聲性)에 의해서, 부분을 보는 것이 아니라 전체를 보는 시각이 들어 있다.

권태응보다 앞서 아동의 주체성을 강조하면서 비동일적인 동심을 주체로 구성하는 갈등과 고민을 한 대표적인 작가로 이원수가 있다. 그는 해방을 새로운 사회 건설을 위한 이데올로기 대립의 장으로 이해했다. 해방이 되면 자유롭고 복된 세상이 됨직도 하건만 그가 본 현실은 그렇지 못했다. 따라서 그는 해방의 감격이나 즐거운 노래보다는 어려운 생활 속에서 자라는 아이들의 모습을 통해서 미래에 대한 의지를 나타내려 했다. 즉 해방 전에 쓴 그의 동시가 일제의 억압으로 인한 암울한 현실을 보여주는 데 그치고 시적 화자인 어린이들은 현실을 수용하는 소극적인 태도를 보인 것과는 달리 이 시기에는 망설임이나 주저함 없이 현실을 극복하고자 하는 의지를 담고 있다.

그는 해방 이후 프롤레타리아문화건설의 이념적 전통성과 사상적 선명성을 내세우며 이기영, 한설야, 한효, 송영 등이 조선문학건설본부(1945. 8.)에서 탈퇴하여 만든 조선프롤레타리아문학동맹(1945. 12.)에 가입한다. 이후 그는 조선문학건설본부와 조선프롤레타리아문학동맹이 통합하여 새로 결성한 조선문학가동맹(1946. 2. 8.)에 참여한다. 좌익문인 단체로 분명하게 성격을 드러낸 문학가동맹은 일제 잔재의 청산과 봉건적 잔재 청산을 표방하였다.[24] 따라서 아동문학에서도 무산계급의 이데올로기를 강조하게 된다. 그러나 이원수는 문학가동맹의 구성원이면서도 그의 동시가 이러한 문학가동맹의 이데올로기에 휩쓸리지 않고 일정한 방향을 가졌다. 그것은 동심이라는 확고한 아동관 때문이다.

즉 그가 가지고 있었던 동심은 어린이들을 계급주의 이데올로기에 내몰리지 않게 하는 '주체로서의 아동관'이었다. 이러한 그의 사유 구조는 해방 공간에서 그려낸 작품에 고스란히 반영되어 있을 뿐 아니라 그를 다른 아동문학가들과 구별짓는 요인이 된다. 즉 해방기의 이원수의 동시는 당시의 유희적인 동시와 구별되고 또 문학가동맹의 중심에 있던 계급주의 동시와도 구별된다.

이원수는 방정환의 동심주의 문학관에 대해서 '아동을 천사와 같은 것으로 보고 현실 사회와는 격리시켜 놓고 노래하'는 것은 아동을 대상화한 것으로서 아동 자신의 눈을 중시하는 '주체로서의 아동관'과는 다르다고 지적하고 있다.[25] 그는 1920년대에 방정환이 아이들을 너무나 단순하게 보아 아이들의 현실적 존재 가치를 거세해 버리고 '동심 존중이나 아동을 천사와 같은 것으로 보고 현실 사회와는 격리'시킨 점을 동심천사주의라면서 비현실성을 비판하였다. 그리고 아동 자신의 눈을 중시하는 '주체로서의 아동관'을 강조하였다.[26]

흔히 우리들은 귀엽기 그지없는 어린이들의 언행에 미소 짓는다. 그리

---

24) 이재철, 앞의 책. p.330.
25) 이원수, 「아동문학 입문」, 『전집 28』, 웅진, 1988, pp.103~104.
26) 위의 책, p.115.

고 그러한 것을 여실히 나타낸 작품을 귀여운 것으로 보고 즐거움을 느끼기도 한다. 그러나 그것은 아동의 모습을 보는 어른의 마음이요, 아동들의 마음은 아니다. 우리가 찬탄하는 귀여움은 아동들 자신에게는 지극히 평범한 것이요 당연한 것이므로 거기서 어떤 미소를 느끼게까지 되지는 않는 것이다. 이를테면 그러한 미는 성인을 위한 것이지 아동 독자를 위한 것이 아니라는 말이다. 이러한 사실을 고려치 않고 유소년의 재롱이나 언동에 반해서 그러한 것을 잘 표현한 작품을 높이 평가하는 경향은 확실히 아동 문학의 본성을 망각한 것이라 아니 할 수 없다. 그것은 아동 문학이라는 이름 아래 어른들의 잠깐 즐겨 보는 비아동 문학이라고도 할 수 있을는지 모르겠다.[27]

위의 인용에서 보듯이 이원수는 동심천사주의 작품 경향이 갖는 낡은 아동관의 문제점을 들어, 아동문학의 급선무는 '아동의 재인식'이라 강조한다.

아동의 재인식, 이것이야말로 급선무다. 아동은 장님이요, 귀머거리며, 앉은뱅이가 아니며, 비록 자기의 느낌이나 생각을 성인들처럼 잘 나타내지 못하는 바가 있다 해도 그들은 직감으로 느끼는 우수한 힘을 가지고 있다는 것을 알아야 하겠다. 그리고 그들을 울타리 안에 가두고, 희락만을 맛보이는 일이 장래의 정신적 약자를 만들게 되고 혹은 비뚤어진 난폭자를 만들게 되기 쉽다는 위험성을 깨달아야 한다.[28]

또한 그는 "동심이란 것을 편협하게 평가하여 아동 자체를 실사회

27) 「아동문학 프롬나아드」, 위의 책. 1988. p.215.
28) 「한국의 아동문학」, 『전집 29』, 웅진, 1988. p.225.

에서 분리하려 하거나 혹은 아동의 소박한 사고와 범위 좁은 생활권에 구애되어 깊이 파고들어야 할 세계가 없는 것처럼 착각하거나, 데모크라틱하고 자유로운 아동의 성장을 위하는 일보다는 논의하지 않고 어른의 말을 잘 듣는 복종·충효·예의적인 백성을 만들려고 하는 작가가 많다."[29]고 지적하면서 '동심의 존중'에 대해서도 분명한 정의를 내리고 있다.

> 동심 존중은 인간의 순박하고 자유스런 생활의 존중과도 통한다. 사회를 이루고 있는 주인이 성인이라 하여, 모든 일이 성인의 뜻에 따라 결정·운영된다 하여, 아동의 아름다운 정신이나 성스런 권리를 무시당해서는 안 되겠는데, 하물며 아동의 세계를 그려 아동 문학의 작품을 쓰는 아동문학가가 아동의 마음을 멸시하고 어른 앞에 굴복시키려 한다면, 이건 문학의 이름으로 아동의 세계를 더럽히고 해치는 결과가 될 것이다.[30]

이는 이원수가 아동을 타자로 인정하고 동일자의 논리에 환원되지 않는 아동을 주체적으로 설정했기 때문에 가능하다고 볼 수 있다. 아동문학은 아동의 특수성을 고려하여야 한다. 즉 아동은 어른들의 생각에서 빚어지고 어른들의 생각에 맞는 문학을 받아들일 단계에 있지 않고 또 문학을 이해하고 감상할 지적 준비도 되어 있지 않다. 따라서 아동문학은 아동들과 관계되는 소재나 그들이 이해할 수 있는 문장으로 표현하여야 한다. 즉 아동의 이해력이 어른의 그것과 차이가 있으므로 어린이들이 쉽게 이해할 수 있는 내용을 중심으로 해야 한다. 그러나 동시가 반드시 유아적인 상태나 아동의 심리 상태로 돌

---

29) 이원수, 「아동문학의 당면과제」, 위의 책, 1988. p.132.
30) 「아동문학의 방향」, 위의 책, 1988. p.177.

아가야 하는 것은 아니다. 사물을 동심으로 파악한다는 것은 그것이 반드시 어린이의 상태로 돌아가 시를 써야 한다는 것을 의미하지는 않는다. 동시는 적어도 어른이 뚜렷한 주제를 가지고 어린이들이 쉽게 이해할 수 있는 언어로 표현해야 하며, 어린이들의 삶을 중심으로 나타내야 한다. 그런데 대부분의 동시들이 어린이나 유아의 의식 상태를 말재주를 부려 흉내 내는 것으로 되어 있다.[31]

이원수는 "아동이 아직 어린 사람이라 하여 모든 괴로운 일, 어려운 일을 모르게 하고 행복하게만 해 주려는 어른의 마음은 고마운 것이기는 해도, 그것은 일종의 감상주의요, 또는 맹목적인 애정이다."라고 하며 현실 속에서의 아동에 대한 인식을 강조하였다. 따라서 이원수 동시에 나타나는 아동은 가족을 기다리고 해방된 조국이 안정되기를 기다리는 현실적인 아동들이다. 즉 배고프고 돈이 없어서 고생하는 아이들의 양상이 그대로 드러나 있다. 그러나 그 속에서 아동은 현실의 슬픔을 수동적으로 슬퍼하지만 않고 적극적으로 현실을 고발하고 용감하게 대응하며 미래에 대한 강한 기대를 하고 있다. 그래서 그의 동시에는 기다림, 가난, 분노 등과 함께 그 현실을 이겨내고자 하는 역동적인 동심이 들어 있다.

이처럼 이원수는 일제 강점기 때 방정환의 동심주의 문학관의 비판과 해방기 문학가동맹의 계급주의 문학관의 극복으로 동심에 대해서 균형 감각을 가진다. 즉 아동 스스로의 눈으로 현실을 바라보고 문제를 해결하려는 세계와의 역동적 관계 속에서 자신을 세우는 비동일화의 동심을 가운데에 두고 있다. 이것이 그가 끈질기게 고민한 '주체로서의 동심'이라고 볼 수 있다. 그는 해방기의 이데올로기 대

---

31) 이오덕, 『시정신과 유희정신』, 창비, 1997, p.177.

립 과정에서도 어느 한쪽으로 치우침이 없이 문학의 한가운데에 동심을 두고 있다. 그러면서 '아동에 대한 재인식'과 '주체로서의 아동'의 관점을 견지했던 것이다. 따라서 그의 동시에 나타나는 아동상은 감상적이고 소극적인 것이기보다는 정확한 현실 인식을 바탕으로 한 스스로 일어서는 아동의 모습을 볼 수 있다. 그것은 아동이 미성년이라 하여 가만히 앉혀 놓고 부모가 모든 것을 제공하고 보호하면 된다는 생활 방식과는 달리, 아동이 자력을 길러 정체성을 확립해 가는 과정이며, 그들의 이상을 찾기 위한 노력을 그리는 일이며, 현실 사회에 참여하고 있는 모습을 그리는 가운데 생겨나는 것이다.

해방 직후는 기존 이데올로기의 해체와 새로운 이데올로기의 구성이 동시에 이루어지는, 즉 주체를 재구성하는 상황이었다.[32] 이런 상황에 대해서 이원수는 "압제자는 갔으나 감시자가 더 많아진 조국의, 자리 잡혀지지 않은 질서 위에 이욕(利慾)에 눈이 시뻘개진 사람들, 이들이야말로 노예 근성을 가진 벼락 장군처럼 사방에서 큰 소리들을 치고, 또 권세와 재물을 쌓아 올리고 있었다."[33]고 표현하고 있다. 그러나 다른 한편에서는 이러한 현실과는 동떨어진 채 아동들의 생활과는 관계없이 동심지상주의와 천사주의 사상으로 즐겁게 노래하는 태도를 보이고 있다.

이러한 태도에 맞서 이원수는 아동들에게 기쁨을 주려면 현실 생활과 부합해야 하고 그러기 위해서는 아동 대중의 생활을 잘 알며, 또 그 아동 대중의 기분과 소망을 내 것과 같이 생각해야 한다[34]고 주장한다. 이원수는 해방 직후의 정치적·사상적 혼란 속에서 '감시

---

32) 조두섭, 「이병철의 삶과 시」, 『향토문학 연구』 제2호, 대구경북 향토문학 연구회, 1999, p.187.
33) 이원수, 「나의 문학 나의 청춘」, 『전집 30』, 웅진, 1988, p.255.
34) 「아동문학입문」, 앞의 책, p.55.

자가 더 많아진 조국'의 현실에서 자라는 '아동들의 형편을 보고 울분과 탄식'을 토했다. 해방 직후 또 다른 외세에 매달려 자기 욕심만을 채우려 하는 사람들에 의해 정국이 어지러워졌을 때, 이런 잘못된 사회 속에서 자라나는 불행한 어린이들을 그는 모른 척할 수가 없었다.

나뭇잎이 손짓하며
너를 부른다.
운동장 느티나무
가지마다 푸른 잎새
바람에 한들한들
너를 부른다.

(중략)

순희야
순희야,
양담배 알사탕
상자에 담아들고
학교엔 안나오고
한길로만 도느냐,
우리도 목메며
너를 부른다.

—이원수, 「너를 부른다」[35] 일부, 1946.

---

35) 『너를 부른다』. 창작과비평사. 1991. 재인용.

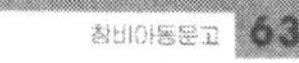

이원수의 생전 모습과 1991년 창비에서 재출간된 동시전집 『너를 부른다』.

　「너를 부른다」에서는 희망찬 해방을 맞이했으나 양담배와 알사탕을 들고 거리로 나오는 어린이를 매우 흥분된 목소리로 부르고 있다. 이는 해방기의 가난한 현실을 구체적으로 묘사하면서도 그 속에 순응하는 나약한 동심이 아닌 적극적으로 이겨내려는 의지를 담고 있다고 볼 수 있다. 이 동시는 계급주의 작가의 단순한 현실 고발과는 차이가 있다. 즉 앞에서 살펴본 김철수의 「담배 장수」는 학교에도 못 가고 담배 장사를 하는 현실을 고발하는 데 그치고 있다. 그러나 이 동시에는 가난한 현실 고발이라는 차원에서는 동일하지만 이것을 헤치고 나오는 아동의 적극적인 모습이 나타나 있다. "우리도 목메며 너를 부른다"라는 마지막 행은 어른에 의해서 이끌려 가는 반동일적 동심도 아니고 또 동심에 안주하는 동일화의 동심도 아니다. '한 길로 도는 순희'를 함께 부르는 시적 화자의 현실적인 대응이 있다. 그러면서도 계급적 영웅주의나 무산계급의 아동으로서 암울한 사회를 부정하는 선전·선동은 없다. 이것이 이원수가 말하는 주체적 아동인 것이다. 그는 시가 독자에게 즐거움을 준다는 것은 감정과 사상에서 남의 마음을 뜨겁게 해주거나 공감해 주는 데서 비롯할 일이지, 재미있는 얘기나 경쾌한 가락으로 될 일이 아니라는 생각을 했다.[36] 따라서 그는 해방 이후 자유롭고 복된 세상이 되지 못함을 안타까워하며 동심을 통해서 현실의 모순을 인식하고 그것을 받아들이고 극복하는 적극적인 시적 화자를 설정했다. 이러한 갈등이 있는 시적 화자를 주체로 한 동시가 「버들피리」, 「너를 부른다」, 「송화 날리는 날」, 「토마토」, 「밤중에」 등이다.

버들피리 불자
보리밭에서
동무 동무 나란히
서서 불자
작년 봄 이맘때는
양식 다 뺏기고

동네마다 굶는 사람
말 아니었지.

버들피리 불자
뒷산에 자는
지난봄에 죽은 애들
무덤에서 불자

---

36) 위의 책, p.230.

우리 동네 안에서도

어린애가 셋

꽁보리밥 나물 죽에

병 나 죽었지

버들피리 불자

보리밭에서

다같이 잘 사는 봄

오라고 불자.

—이원수, 「버들피리」[37] 전문, 1946.

해방된 그 이듬해에 맞이하는 봄을 노래한 동시 「버들피리」에서도 따뜻한 봄이 오지만 아이들은 즐겁지만은 않다. 이는 해방이 우리의 힘으로 된 완전한 해방이 아니라는 이원수의 현실 인식에서 나온 것이다. 그래서 희망의 새봄에 신나게 부는 버들피리가 아니라 지난봄에 '굶어 죽은' 친구들의 비극적인 상황에서 부는 슬픈 버들피리다. 이 동시 속에서도 아동은 좌절하지 않고 오히려 친구들 무덤 위에서 영혼을 달래며 '다 같이 잘 사는 봄'이 왔으면 하는 미래의 의지를 간절히 담고 있다. 봄이 와도 먹을 것이 없어 '동네마다 굶어죽는 사람'이 늘고 있는 암담한 현실을 시적 화자는 맞이하고 있다. 이런 가난의 악화는 '우리 동네 안에서도 어린이가 셋' '병나 죽'는 상황으로 이어진다. 그래서 시적 화자는 죽은 친구의 무덤 위에서 버들피리를 불어 그 혼을 달래고자 하는 적극성을 띠고 있다. 이러한 현실 극

---

37) 위의 책, 재인용.

복의 의지는 마지막 연에 오면 '다 같이 잘사는 봄'이 왔으면 하는 기대를 가지고 버들피리를 불 것을 제의하고 있다. 이처럼 가난과 모순된 현실의 문제를 아이들의 시각으로 바라보며 아이들의 목소리로 그 모순을 극복하고자 하는 성숙된 어린이의 모습이 주체로 동시에 들어 있다.

비는 개였지만 물이 불어서,
건너가는 이마다 옷 적시는 시냇물.
영차 영차 돌을 모아서
팔짝팔짝 딛고 가게 돌다리 놓자.

일 학년 귀남이도 울지 않고 건너고,
꼬부랑 할머니도 발 안 빼고 건너고,
밤이면 깡충깡충 산토끼도 건너네.
돌다리 놓자 놓자 꼬마 돌다리.

—이원수, 「돌다리」[38] 전문

위의 동시 「돌다리」에서 "비는 개였지만 물이 불어서/건너가는 이마다 옷 적시는 시냇물/영차 영차 돌을 모아서 돌다리 놓자 놓자 꼬마 돌다리"라며 돌다리를 놓는 아동의 모습을 볼 수 있다. 여기서 보는 바와 같이 그는 해방을 '비는 개었지만 물이 분' 시냇물에 비유를 했다. 그리고 옷을 적시는 불행한 현실 속에서 '영차 영차 돌을 모아서' '꼬마 돌다리'를 놓는 적극적인 아동을 중심에 두고 있다. 당시

---

38) 『주간 소학생』, 1946. 3. 18. 〈동요〉라는 표시가 있음.

문학가동맹의 이데올로기는 아동들에게 계급적인 모순과 현실을 고
발하는 그들의 이데올로기를 강요했다. 이에 대해서 이재철은 문학
가동맹의 아동상은 유물사관에 입각하여 모두가 무산계급 출신으로
생활 의욕에 불타고 기존 사회 질서를 부정하는 어른스런 아동[39]이
라 했지만 실은 무조건적인 부정만을 하는 아동상과는 다르다고 할
수 있다. 그러나 어른들의 목소리가 강제되는 현실임에는 틀림없다.
그래서 그는 생활 의욕에 불타는 역동적인 아동과 기존의 사회 질서
를 부정하는 투사적인 아동을 구분하고 있다. 이처럼 그는 해방을
'비는 개었지만 물이' 불은 시냇물에 비유했다. 그리고 그는 옷을 적
시는 불행한 현실을 극복하고 나오는 주체적인 동심을 시적 화자로
설정하고 있다. 동심으로 바라본 현실은 아동을 '사회의 한 분자'(구
성원)로 파악하게 된다. 이러한 이원수의 동심적 현실 인식은 생활
속의 감정을 현실과 끊을 수 없음을 확인할 수 있다. 즉 "아동이라고
해서 사회의 모든 사정과 동떨어진 사고와 감정에서 살 수 없다"는
생각에 이른다.[40]

출출출 물이 넘치는 모내는 논ㅅ가에서
우리는 비 맞으며 밥을 먹는다.
다 해진 삿갓 밑에 둘씩 셋씩 둘러앉아.
숟가락을 쥔 손등에도 비는 줄줄,
젖 달라고 보채다가
엄마 품에 들러붙은

---

39) 이재철, 앞의 책, p.330.
40) 이원수, 「동시의 경향」, 『아동문화』 제1집, 1948. 11., pp.94~95.

아가 네 등에도

비는 줄줄.

어머니는 비 맞으며

지줏댁 논에 모를 심고,

엄마를 찾아 젖먹이 내 동생은

예 와서 비를 맞고.

나는 어머니 곁에서 비 맞으며

점심을 먹는다.

비에 왼통 젖은 어머니, 아주머니들,

젖을 찾아온 아가,

점심밥을 같이 먹는 동무들,

비 맞는 이 자리를 잊지 말자. 잊지 말자.

순이, 돌이, 성길이 또 누구 누구,

우리는 다 씩씩한 농사ㅅ군의 아이들이다.

—이원수, 「비ㅅ속에서 먹는 점심」[41] 전문

1946년에 발표된 동시 「비ㅅ속에서 먹는 점심」은 비가 오는 가운데서도 지주 댁의 모내기를 하는 어머니, 아주머니들을 시적 화자가 바라보고 있다. 어머니는 "다 해진 삿갓 밑에 둘씩 셋씩 둘러앉아 숟가락을 쥔 손등에도 비가 줄줄" 흐르는 가운데 점심을 먹고 있다. 젖 달라고 보채던 아기의 등에도 비가 줄줄 흐르고 있다. 그런데도 엄마는 "비 맞으며 지줏댁 논에 모를 심고" 있다. 그러나 이원수는 문학

---

41) 『주간 소학생』 제22호. 1946. 7. 〈소년시〉로 표기되어 있음.

가동맹의 이데올로기대로 지주와 소작인의 계급 관계로 현실을 파악해서 투쟁적 선동을 하지 않고 '농사꾼의 아이들'이라는 사실을 잊지 말자고 외치고만 있다. 이는 아동들에게 가난하고 불행한 현실을 보여주지 않으려고 한 '동심천사주의' 아동관에서 완전히 벗어났다고 볼 수 있다. 또 한편으로는 가난한 현실을 계급적 대립으로만 파악하려는 측면에도 치우치지 않고 있다.

가난하고 불행한 현실을 리얼하게 어린이들에게도 보여주어야 한다는 측면에서는 그가 속한 문학가동맹의 이데올로기와 일치한다고 볼 수 있으나, 그 대응 방식에서는 그가 말하는 '주체로서의 아동'을 통해서 아동들이 스스로 느끼고 해결책을 찾기 위한 성숙된 사고를 유도하고 있다고 볼 수 있다. 그래서 불행한 현실을 이겨내기 위해서 지금 당장 투사의 위치에서 감정적인 폭발을 하는 것이 아니라 현실을 충분히 인식한 후 이를 극복할 수 있는 힘을 키우기를 바라는 주체적인 아동을 나타내고 있다.

찬바람이 제 아무리 많이 불어도
애기는 꼭, 밖에 나가 노올지.

"감기 들라 가지 마라" 할머니가 붙들면
고개를 잘래 잘래 도래질 하고
"아냐, 아냐, 감기 없쩌."

문 열고 내다보면 바람마저 밭길에
아, 우리 애기는 뛰어다니네.

떼지어 몰려가는 겨울바람 속으로

저기 우리 애기는 뛰어다니네.

—이원수, 「애기와 바람」[42] 전문

같은 해에 발표된 「애기와 바람」에 나타나는 아동은 냉혹한 현실도 아랑곳하지 않는 강인한 아동을 나타내고 있다. 그래서 '찬바람이 제 아무리 많이 불어도' '떼 지어 몰려가는 겨울바람 속으로' 아기는 감기도 걸리지 않고 뛰어 다닌다. 이원수에게 있어서 해방은 '비가 갠 시냇물'이나 '찬바람'이었다. 그는 이런 암울한 현실을 아동들에게도 그대로 보여주었고 이를 극복하고자 하는 의지와 이겨내는 아동의 모습을 나타냄으로써 아동을 객관적으로 인식했던 것이다. 아동이 객관적으로 존재한다는 것은 누구에게나 자명한 것이지만, 많은 아동문학가들은 어른의 입장에서만 생각하고 어린이의 입장에서는 생각하지 않는 오류를 범한 것이 사실이다. 이에 비해서 이원수의 아동관은 매우 현실적이었다.

아동의 세계를 현실적으로 이해하고 그들 역시 사회인의 일분자라는 것을 아는데서 그들의 생활 감정이 현실과 끊을 수 없는 관계를 가지고 있다는 것을 확인한다면 어찌 아동이라고 해서 사회의 모든 사정과 동떨어진 사고와 감정에서 살 수 있으며 더구나 인민 대중이 도탄에서 헤매고 있는데 아동만이 안일할 수 있으며 또 풍월을 노래하고만 있을 것인가?[43]

이처럼 이원수는 당시의 동시가 현실을 왜곡하거나 기피하는 것에

---

42) 『주간 소학생』 제32호, 1946. 11.
43) 이원수, 「동시의 경향」, 『아동문화』 제1집, 동지사아동원, 1948. 11. p.95.

대한 비판과 함께 이러한 원인을 지난 시기 동요시인들의 "자연송(自然頌)"의 영향임을 주장하며 동요시인의 현실 인식 파악의 부정확성을 비판하고 있다. 그러나 이러한 동요적인 한계를 극복하기 위한 그의 시적 사유는 계급적 현실 저항 또는 이데올로기적 반동일의 대응이 아니라는 것에 주목하여야 한다. 그는 "현실이니 생활이니 하는 것에서 지금 극도로 첨예한 사상적 대립의 관계 같은 것도 작품화하라는 요구까지 있는 듯이 이해할 분이 있을지 모르겠으나 그런 의미는 물론 아니다."[44]라고 분명히 하고 있다. 여기에서 우리는 이원수의 시적 사유를 분명히 확인할 수 있다. 즉 그는 아동을 사회의 구성원이 아닌 관념 속의 귀엽고 순수한 존재로 인식하는 것에서 벗어나 현실 속에서 사회 구성원의 하나로 인식하여 있는 그대로의 현실을 시적 형상화하여야 한다는 것이다. 그러나 이것은 계급적 접근이 아니다. '사회인으로서의 아동'을 바탕으로 아동문학의 방향성을 견지하고 있을 뿐이다. 이원수는 "시가 사회를 진실로의 향상을 꾀하는 역할까지 한다는" 점을 분명히 하고 있는데 이것이 그의 동시에서 역동적인 동심을 시적 주체로 세울 수 있는 힘이었다. 그래서 그는 구체적인 현실 인식과 주체적인 아동관을 형성할 수 있었다.

바람아,
빈 산과 들을 지나
차거운 강물처럼 내려오느냐.
우리들 벗은 종아리에 엷은
옷 속에

---

44) 이원수, 위의 글, pp.97~98.

　　너희들은 달려드느냐.

　　해마다 겨울이면

　　연을 날리며 너를 맞던 우리들,

　　이제 더러는 거리에 장사치 되어

　　바람 속에 가냘픈 소리 외치고

　　더러는 집안 걱정 논아가져

　　공부 대신 근심에 빠져있다.

　　차거운 바람아

　　너마저 나무 끝에 우지마라

　　우리를 휩싸고 소리소리 질러라.

　　자라는 우리 너희들과 싸우며

　　슬픔 속에서 봄맞이 준비해 가련다.

—이원수, 「바람에게」⁴⁵⁾ 전문

　　1948년 『소년』지에 발표된 이 동시는 해방을 맞고도 3년이 지났으나 아직도 찬바람이 '엷은 옷 속에' 달려드는 현실을 구체적으로 표현했다. '해마다 겨울이면 연을 날리며' 찬바람도 아랑곳하지 않던 우리들은 '이제 더러는 거리의 장사치가 되어' 또 '더러는 집안 걱정 때문에 공부 대신에 근심'을 하고 있다. 그러나 그 속의 아동은 '자라는 우리는 너희들과 싸우며 슬픔 속에서도 봄맞이 준비'를 하는 치열한 꿈을 가진 아동들이다.

---

45) 『소년』 제5호. 1948. 12. 이 동시에는 〈소년시〉라고 장르를 표시하고 있다.

내 연은 하늘에 놀고

나는 언덕에 논다

연은 가물가물 높이 떠서도

언덕에 서있는 내말 잘 듣고,

나는 단 한길을 날지 못해도

내 연과 함께 공중에 논다.

하늘에서 새 세상

내려다보면

집집마다 국기,

거리마다 애국가.

해 저물면 장안의 불이 또 좋아

저녁바람 추워도 연은 나른다.

—이원수, 「연」[46] 전문

송화 가루 날리는 날

하늘은 부우옇고

흐린 벼이건만

이마에 땀이 솟고

송사리 노는 물에

---

46) 『주간 소학생』 제34호, 1946. 12. 〈동요〉로 분류되어 있음.

노오란 송화 가루

나물 캐는 누나 머리에

노오란 송화 가루

말 없는 산과 산에

멀리 가는 바람 소리

엄한 산 밤길 떠난

아버지 행여 오시지 않나

송화 날리는 날

닭소리 바람소리

가신지 벌써 반년

만나 뵙진 못하여도

어머닌 밭을 매고

저희들은 잘 큽니다

못 오시는 아버지

염려 말고 잘 계시우

—이원수, 「송화 날리는 날」[47] 전문

동시 「연」에서는 '나는 단 한 길을 날지 못해도 연과 함께 공중'에 올라 '새 세상'을 내려다보며 '집집마다 국기, 거리마다 애국가'가 울려 퍼지는 벅찬 감동을 노래하고 있다. 그러나 현실은 저녁 바람같이 춥다. 이러한 희망적인 감동 속에 '저녁 바람 추워도' 나는 연은

---

47) 『아동문학』 제3호, 1947. 7.

1948년 12월에 발간된 『소년』 제5호.

역시 미래를 위한 강한 의지를 안고 난다고 볼 수 있다. 또 「송화 날리는 날」에서는 아버지가 떠나신 지 반년이 지나도록 만나지 못하는 그리움 속에서도 절망하지 않고 어머니와 함께 잘 크고 있다고 오히려 아버지를 위로하는 성숙된 동심이 들어 있다. 반년 전에 험한 산밤길 떠난 아버지는 해방기에 가난을 이기고자 돈벌이를 갔던지 아니면 새로운 혁명 국가를 건설하기 위해서 떠났는지 알 수 없는 상황이지만 시적 화자는 송홧가루가 날리는 따뜻한 봄날에 행여 오실까 하며 아버지를 그리워하고 있다. 그러나 이 동시의 화자는 매우 대견스럽게도 돌아오지 않는 아버지에 대한 그리움과 원망만을 가지고 있지 않다. "만나 뵙진 못하여도 어머니 밭을 매고 저희들 잘 큰"다고 오히려 아버지의 염려를 덜어 드리고 있다. 이러한 시적 시유는 이원수 특유의 동심관에서 비롯된다. 즉 이원수는 역동적인 아동관을 주장하면서 현실의 모순을 보여준 후 그 속에서 의지를 다지는 어린이의 모습을 그리고 있다.

　이처럼 이원수는 아동의 현실을 바라보는데 그것이 계급적, 민족적 모순과 무관한 것이 아니라고 파악하면서도 아동의 인격을 제약하는 봉건 모순(성인과 아동 사이의 모순)도 함께 주목하였던 것이다. 이러한 관점에서 그는 현실을 어른의 눈이 아닌 아동의 눈으로 대응하는 속에서 아동문학의 본질을 찾고자 했다. 이는 이원수가 말한 것처럼 아동문학을 "불우케 하는 원인과 싸우는 것을 그리는 문학"으로 보고 모순과 불합리로 가득 찬 현실을 동시에 반영함으로써 아동문학이 그동안 가지고 있던 동심천사주의에서 벗어나게 하는 계기가 되었다. 이러한 비동일화의 시적 사유는 일정한 방향으로 호출 표상 체계가 흐르고 있음을 볼 수 있다. 즉 당시 문학가동맹의 이데올로기에 호출당하면서도 다시 '주체로서의 동심'이 확고하게 자리하고 있다. 그의 작품을 항시 따라다닌 것은 바로 '주체로서의 아동'이었다. 즉 해방 공간에서 다른 작가들이 아동문학에도 성인 사회의 생활 감정을 그대로 노출시킨 것과는 달리 그는 동심을 중심담론으로 해서 아동의 현실을 작품 속에 그리고 있다. 그는 당시의 어렵고 괴로운 현실 속에서 이러한 두 가지의 타자로부터 호출되어 동시를 썼기 때문에 다른 아동문학가와는 구분된다 할 수 있다.

제6장 해방기 동시의 담론적 특징

제6장 해방기 동시의 담론적 특징

1. 동심의 재발견과 주체 관리

방정환의 동심천사주의는 아동을 주관적으로 인식하여 천사에 비유하거나 영웅으로 인식하는 경향이 있었다. 방정환은 착한 아이, 순수한 아이를 시적 주체로 설정해 놓고 이들의 내면 의식을 감상적이고 관념적으로 동시에 나타냈다. 그의 1920년대 동시 「형제별」은 해방 이후 『소학생』지에도 소개되었는데[1] 이 시적 분위기는 정답게 반짝이던 삼형제 별 중 하나가 갑자기 사라지게 되어 '남은 별이 둘이서 눈물'을 흘리는 감상주의에 빠져 있다. 이는 방정환이 당시의 불우한 환경에 있는 어린이를 위로하는 방법 중의 하나였다. 즉 그는

---

1) 날 저무는 하늘에 별이 삼형제,/빤짝빤짝 정답게 지내더니만,/웬일인지 별 하나 보이지 않고 /남은 별이 둘이서 눈물 흘린다.// ―방정환, 「형제별」 전문, 『주간 소학생』 제13호, 1946. 6, p.3.

아이들을 천사나 영웅적인 인물로 처리하여 그들의 순수한 마음을 감성적으로 자극하는 방법으로서 어린이를 설정하고 그들이 바라보는 세계를 표현했다. 이러한 경향은 아동을 눈물과 동정으로 바라보는 치명적인 한계를 지닐 수밖에 없다.

해방기 아동문학은 타성적 근대에 대한 반대급부로 민족의식과 민족주의적 시각에서 전개되었다. 민족진영의 대표격인 윤석중은 우리말을 되살리고자 하였다. 반면 계급진영의 대표적인 단체인 조선문학가동맹에서도 아동문학분과를 별도로 설치하여 아동 및 아동문학에 대한 새로운 개념을 정립하고자 시도하였다. 이런 관계로 아동에 대한 인식과 사회적 지위를 양 진영간에 상이하게 이해하는 결과를 가져왔다. 그러나 이러한 상이한 아동의 인식은 아동의 인격 존중이라는 새로운 사회적 자각으로 이어졌다. 즉 부모와 자식 간의 개인적인 어린이 사랑을 넘어 아동 전체를 하나의 독립된 인격체로 인정하고 사회 구성원으로 인정하기에 이른다. 이런 아동이 동시의 주체를 형성하였고, 시적 화자는 갈등 속에서 스스로 의지를 다지는 역동적인 동심으로 표현되었다. 이처럼 해방기는 특수한 시대적 상황 속에서 아동을 재발견한 시기였으며, 한편으로는 아동의 계몽을 통해서 미래 사회의 건설과 기대를 함께 지니고 있었던 시기였다. 여기서 아동의 재발견은 방정환이 어린이문화운동의 차원에서 어른과 아동을 구분지어 발견한 주관적이고 관념적인 아동에서 더 나아간 의미이다. 연령에 의한 단순한 구분과 그로 인한 차별적인 아동이 아니라 어른과의 차이성을 인정하며 아동의 권리를 인정하는 개념을 말한다. 이 시기는 천사주의적인 동심에서 벗어나 아동의 현실과 동심에 대한 모색이 다양한 각도에서 시도되었다고 할 수 있다. 이러한 아동의 인식이 해방기 동시의 주체를 구성하게 된다. 이는 개별 시인의 세계관의 변화라기보다는 담론을 중심으로 하는 차이성과 상호 텍스트성의 영향으로 동심이 구체화되었다고 볼 수 있다. 즉 해방기에 발표된 동시는 개인의 이데올로기 차원을 넘어서 동심을 표현했던 것으로 파악된다. 그러나 일부에서는 주변으로 밀려나 있던 아동의 발견이 아동의 성장 발전과 구체적인 생활을 응시하기보다는 오랜 구속에서 벗어나게 하여야 한다는 시인의 당위와 민족적 사명 등을 앞세우기도 하였다. 이러한 경향은 현실을 외면한 채 즐거운 노래로만 이어졌고 또 한편으로는 계몽과 훈육 중심이 되었다. 이러한 인식을 바탕으로 한 동시는 동심천사주의에 입각하여 현실 사회와 어린이를 격리시키는 결과를 초래한 것도 사실이다. 해방이라는 특수한 공간은 이런 동시에 대한 자각을 가져왔다. 이는 계급주의 작가의 아동문단 참여로 아동을 새롭게 인식하는 계기가 되었다. 아동의 현실과 내적 갈등을 동시의 주체로 설정하는 새로운 인식이 일어났던 것이다. 그래서 해방기는 이데올로기의 호출과 다른 방향에서 시적 주체가 형성되었다. 즉 한 시인의 이데올로기적 성향이 동시의 주체를 결정한 것이 아니라 동심을 어떻게 이해하느냐 하는 문제가 더 고민이었다. 어린이다움의 동심적 발상이 세계 표상과 정서 표출의 중심에 놓여 있느냐의 여부가 동시를 결정한다고 할 때 해방기는 이 동심적 발상이 무엇인가에 대한 고민이 그 어느 때보다 두드러졌던 시기로 볼 수 있다.

한편 이 시기는 정형시의 동요에서 벗어나 자유시로서의 동시의 외형적인 변화가 구체화된다. 이미 1930년대 후반부터 김영일, 박목월, 이원수 등에 의해 시작된 자유시로서의 동시는 이 시기에 오면 다양하게 전개된다. 특히 기성시인들의 아동문단 참여와 계급진영 작가들의 참여로 이러한 시적 형식의 변화는 더욱 무르익게 된다. 내적인 면에서도 전래동요의 집단적 놀이와 정서를 반영하던 것이 개별적인 정서를 바탕으로 하는 동시가 창작되었다. 해방기의 동시문학은 1920년대의 어린이 운동의 성격에서 벗어나고자 하는 노력과 함께 동심의 개념에 대한 논쟁이 치열했다. 동심이 주체가 되는 동시가 아니라 민족의 자각이나 추상적인 시인의 의지만이 있을 뿐이라는 인식이 자리잡혀 가고 있었다. 이는 전래동요에서 창작동요 그리고 창가로 이어져 해방 이후에 자리잡은 동시의 수준과 함께 어린이들에게 들려 주는 노래가 악보를 붙인 동요와 달리 문학으로서의 갈래를 분명히 했기에 가능하였다. 어쨌든 이 시기는 동심을 주체로 설정하는 고민이 이데올로기보다 앞섰던 것으로 보인다. 동시의 수준이나 동심에 대한 치열한 이론적 공방은 없었으나 주목받는 몇몇의 개성 있는 시인들과 계급진영의 작가들에 의해서 동시의 인식이 달라졌다. 다소 동심천사주의적인 경향을 지니고 있으나 이는 해방 이전과는 구분된다. 즉 아동의 현실과 동심에 대한 끊임없는 관심을 가지고 있었다. 그래서 동심천사주의에 대한 극복이 이루어지고 있는 단계이며 아울러 계몽적이고 교훈적인 동심이 새롭게 자리잡고 있는 것이 특색이다. 이와 함께 동심은 다양한 세계 인식의 한 틀로 자리잡게 되었다.

세계를 단순화하고 인격화하는 물활론적 동심의 단순성과 세계에 반응하는 정서적 단일성을 동심의 중심에 둔 동일화 동심의 형성이 그 첫 번째이다. 자아와 대상 간의 완전한 일치는 어린이가 보고 느끼는 동심을 동시의 주체로 설정하게 된다. 어른들이 보면 유치하기 짝이 없는 이야기이지만, 어린이들은 신비스럽고 경이롭게 여기는 것이 사실이다. 그래서 세계를 가라앉은 마음으로 단순화하는 세계 인식 방법이 물활론적 세계관이다. 이렇게 형성된 동심으로 대상을 바라보고 동시에 반영함으로써 뒤숭숭함을 없애고 아름다움만을 펼쳐 설레는 동심을 동시의 주체로 반영하였다. 그래서 해방전 전래동요의 영향이 그대로 남아 있기도 한다. 동시의 소재가 주로 어린이들의 놀이이고, 이 놀이 속에서 아동의 원초적인 심리가 그대로 반영되고 있다. 그러나 이러한 동심의 표현은 어린이의 심리를 단순 묘사하는 데 그치고 만다. 그래서 수동적이고 나약한 동심이 존재할 뿐이다. 즉 이 동일화의 동시는 늘 동심에 안주하는 한계를 지닐 수밖에 없다는 것이다. 그러나 이런 동일화의 과정은 동심천사주의적 사고와 동요적 수사를 넘어서려는 노력이 있었던 것이 사실이다. 현실을 기반으로 하지 않은 관념적인 동심이 주체가 되거나 아예 어린이가 배제된 동시는 없다는 것이다. 윤복진이나 윤석중이 놀이로 통하는 동심을 찾았다는 것은 일제 파시즘의 암울함을 극복하고 또 계급적 현실을 바탕으로 하는 아동의 생활과 욕구에서 벗어나고자 하는 해방기 시인의 의지로 볼 수 있다. 동심에 지나치게 동일화되었을 때 동시는 동일자의 목소리만 있는 관념적인 동시가 될 수밖에 없다. 이때 시적 화자는 수동적이 될 수밖에 없으며 어린이의 다양한 사고와 체험을 가로막고 오직 관념화된 방법으로 대상을 인식하도록 강요하게 된다. 이러한 문제를 극복하기 위해서 윤복진은 유토피아를 지향했던 것이다. 그래서 윤복진은 사람과 자연이 함께 하는 단순한 즐거움을 동심으로 잡고 있다. 이런 예는 윤복진의 「낡은 삿갓」, 「약물이 퐁 퐁 퐁」 등의 작품에서 확인할 수 있다. 이는 이오덕이 정의한 유희정신과는 다른 개념에서 이해할 수 있다. 호기심과 유혹을 이기지 못하고 스스로 결심한 약속도 지키지 못하는 동심, 그리고 지나고 나서 아쉬워하고 후회하는 동심은 현실 도피나 유희정신이 아니라 건강한 놀이 정신의 회복으로 보아야 한다. 리듬의 반복과 함께 유아적인 소리와 노래의 직접적인 전달이 중심이 되는 이 동일화 동심은 일제 강점기를 거치면서 잃어버린 아이들의 놀이와 밝은 웃음을 되찾은 성과로 인식할 수 있다. 한편 세계와 자아의 동화를 통해서 형성된 초현실적인 동심은 오히려 현실의 고뇌와 갈등을 극복하는 주체의 의지를 담고 있다. 이런 경향은 윤석중의 「달밤 1」, 「길 잃은 아기와 눈」 등의 작품에서 확인하였다. 그러나 이러한 세계 인식은 동심을 파악하는 시인의 상상력이 타자를 새롭게 구성하지 못한 채 동심 안에 머무는 한계를 지니고 있다는 비판을 받을 수 있다.

이러한 점을 치열하게 비판하고 나온 집단이 계급주의 작가들이었다. 이들의 동심에 대한 반동일적 대응은 어린이를 독자적인 존재로서 인정하지만 작품을 이데올로기의 번역물로 바라보려는 시각 때문에 사회의식을 지나치게 앞세우려는 경향이 있었다. 그래서 동심의 단순성과 직접성에서 벗어나 세계에 대응하는 시적 주체가 설정된다. 조선문학가동맹은 어린이를 계급적 인민의 범위에 포함시켰으며 민족이 처한 현실적 모순을 어린이들에게 알리고자 하였다. 이러한 동심의 인식은 아동의 순수성에 중심을 둔 동일화 담론에서 벗어난 반동일적 담론을 형성하게 된다. 이 반동일적 담론은 동시에서 해방의 감격만 전달할 수 없었으며 해방기의 여러 가지 사회 현실을 고발하고 모순을 폭로할 수밖에 없었다. 그러나 모순된 현실에 투쟁적인 모습으로 대처하는 아동을 찾을 수 없다. 또 선전·선동적인 내용도 없다. 그렇다고 동심의 순수성도 없다. 이처럼 동심과 무관하게 의식이 앞선 상태에서 폭로가 있을 뿐이다. 이런 경향의 동시들로 김철수의 「담배 장수」, 김상훈의 「종달새」, 송완순의 「나도 새나 되었으면」 등을 꼽을 수 있다. 여기서 문제는 주체적인 어린이가 시적 화자로 설정되는 것이 아니라 시인에 의해 주어진 권리를 수용하는 어린이가 주체가 된다는 점이다. 계급진영에서 말하는 현실적 아동의 생활은 부르주아 아동의 공상적인 생활과 구분된다. 그들은 동심을 둘러싼 타자를 인식하고 관념에서 벗어나 구체적인 삶을 보고자 하였다. 즉 동심을 하나의 고정관념으로 이해하는 것이 아니라 이를 거부하며 세계를 인식하고자 하였다. 그래서 이들은 어린이들에게 현실에 대한 요구와 의식을 담고 있다. 이런 인식은 1920년대 후반 카프 작가에 나타난 지나친 현실 반영과 계급의식의 강요는 아니었다. 이는 경직된 계급의식에서 벗어나려는 의도와 함께 해방기의 사회적 분위기에 따라 어린이들에게 급격한 의식의 변화를 요구하지 않고 점진적인 계몽을 하려 했던 것으로 파악된다. 그러나 민족진영에서도 해방기의 가난한 현실을 고발하는 동시는 비슷하게 나타나고 있다. 윤동주의 「애기의 새벽」, 최영희의 「손톱」, 한동염의 「딱딱이 소리」 등이 이를 반증하고 있다. 하지만 계급진영의 현실 반영은 가난을 직접 고발하는 차원을 넘어 외세와 봉건 부르주아에 의한 구조적 모순임을 암시적으로 지적하고 있다는 점에서 차이가 있다. 한백곤의 「멀리멀리 가거라」, 박인범의 「양돼지」, 송완순의 「왜놈은 갔지만」 등이 좋은 예이다. 한편 반동일적 동심의 이해는 고난 극복의 영웅적인 어린이를 시적 주체로 생산하는 결과를 가져왔다. 계급진영에서는 해방기의 사회적 모순에 대한 원인을 밝히고 그에 대해서 어린이들로 하여금 문학가동맹의 이데올로기인 '무산계급의 해방'을 주입시키려 했다. 따라서 이들에게 해방은 단순한 감격을 넘어선 상태에서 해결해야 할 중대한 과제 중의 하나였음을 짐작할 수 있다. 이주홍의 「어린 병사의 노래」, 신고송의 「아버지」, 박아지의 「팔월 보름날」, 이원수의 「도마도」 등에서 이런 동심을 확인할 수 있다.

　동심의 반동일적 인식의 또 다른 한편에서는 교육과 계몽으로 어

린이들을 현실에 적응시키고자 하는 민족진영 작가들의 노력이 있었
다. 이들은 계급진영의 작가들이 사회 현실을 고발하고 계급적 의식
을 주입하려는 것과는 다른 측면에서 해방의 감격 속에서 희망적인
사회 분위기를 전달하고 교육을 통한 사회 적응력을 키울 것을 계몽
하고 있다. 이 반동일화의 동시는 어린이를 어린이로 인정하지 않은
가운데 어른과의 차이성을 없앰으로써 동심을 잃고 있는 문제가 있
다. 이 역시 동일화의 동심처럼 보호와 양육의 어린이만 존재할 뿐
주체적인 동심으로 이어지지 못했다는 생각이다. 즉 계급진영이든
민족진영이든 계몽적인 시각으로 세계를 인식한 나머지 어른의 목소
리만 남는 문제를 드러냈다.

　동시는 어린이의 단순성과 그들의 상상력을 통해서 세계를 인식하
는 동심을 시적 주체로 형성하여야 한다. 그런데 이 반동일화 동시는
이러한 과정이 없다. 계급진영에서는 동심의 단순성을 무시한 채 현
실의 모순을 드러내고 의식을 주입하려 했고, 민족진영에서는 교훈
을 남기려는 시인들의 의지만 강했다. 따라서 이 둘 다 아동을 주체
로 하는 동시가 되지 못하는 것은 당연하다 하겠다. 그러나 계급진영
의 동심에 대한 반동일적인 인식은 알게 모르게 민족진영에 영향을
미쳤으며, 따라서 동심천사주의에서 탈피하여 동심을 주체로 세우는
문제를 고민하게 하였다. 이 시기는 민족주의 진영의 자성과 계급주
의 진영의 아동관에 대한 인식의 차이로 인해 뚜렷하게 동심을 이해
하는 계기가 되었다. 이로써 동심천사주의에 대한 극복은 이루어진
듯하지만 교훈적인 메시지 전달과 어린이를 계몽하고 가르치려는 새
로운 문제를 안게 된다. 이런 경향의 동시는 계급주의 진영과 민족주
의 진영의 이념적인 차이가 없었다. 조벽암의 「자꾸 자꾸 자랍니다」,
김용호의 「새동무」, 박아지의 「별나라 동무」와 「새 달」, 박영종의

「공부를 하자」, 김원용의 「야학」, 이응창의 「희망」 등의 작품을 들 수 있다. 반동일화의 동시는 계급주의든 민족주의든 모두 동심에 대한 새로운 개념을 규정한 것은 분명하다. 따라서 양 진영 모두 현실의 가난을 고발하고 교육의 중요성을 계몽하였다. 그러나 계급진영에서는 가난한 현실 뒤에 있는 외세와 봉건 부르주아의 구조적 모순을 지적한 점에서 더 급진적인 경향을 띠었다고 볼 수 있다. 이러한 경향은 동시에 동심을 주체로 형성하지 못한 채 작은 주체에 의해 시적 퍼소나가 관리되는 문제를 낳게 된다.

아동문학은 아동의 정서를 반영하는 문학이기도 하지만 역으로 아동의 의식 상태를 결정하는 기능을 하기도 한다. 이런 면에서 아동문학의 특수성을 찾을 수 있다. 해방 직후의 정치적 혼란 양상이 민중의 지지 기반을 바탕으로 한 것이 아니라 외세와 제휴한 정치 집단이 권력을 장악하여 가는 상황이었고 이런 와중에서 제반 사항이 현실과 괴리될 수밖에 없었다. 아동문단에서는 일반 문단에서처럼 정치와 이데올로기 일변도의 치열한 대립이 없었으나 많은 부분 계급적인 성격을 띤 작가들에 의해서 자기비판적인 시각으로 아동문학을 읽었다는 것이 그 한계이다. 즉 계급적인 이데올로기 내에서의 아동문학의 논쟁이 있었을 뿐 다양한 시각에서 아동문학의 방향성을 논의하지 못했다는 것이다.

김남천은 문학의 교육적 임무를 강조하면서 문학이 계몽운동, 교육사업에 적극 참가할 것을 강조하였다. 그 한 예로 아동문학은 ① 정확한 지식과 새로운 경험과 바른 영웅주의를 가지고 우리 아동을 키우고, ②그들의 창조력을 계발하고 육성하여 장래 새로운 조선을 바르게 매고 나갈 역군들을 기르기 위하여는 바른 과학 지식과 옳은 경험과 리얼리즘과 로맨티시즘이 완전히 결합한 용감하고 재미있는 작품을 제작하여야 한다고 제시하였다.[2] 이러한 요구와 경향은 당시 발간된 아동잡지에 고스란히 반영되고 있다. 즉『아동문학』에서는 동요 동시와 함께 역사·문화사 이야기 등의 내용이 담겨 있고,『새동무』는 '과학교육 잡지'라는 부제를 달고 있으며 과학·역사·훈화의 내용을 담고 있다. 그리고『별나라』속간호는 한글·역사·지리강좌·이과 상식 등의 내용을 담고 있다. 한편 동맹의 아동문학 관련자는 신고송, 박세영, 송완순 등이었으며 이들은 실천적인 전위로서 대중에 접근하여 그 조직화를 위한 투쟁을 전개해야 한다는 실천의 문제를 중시하였다. 이들 동맹은 여운형의 장안파 중심의 노선을 견지하며 ①프롤레타리아 문학 건설, ②파시즘 문학, 부르주아 문학, 사회개량주의 문학 등 일체의 반동문학의 배제, ③국제프롤레타리아 문학운동의 촉진을 기함 등의 강령을 내건다. 이런 논쟁은 문학가동맹이 결성될 때까지 계속 이어진다. 이후 문학가동맹은 문건의 노선을 채택하고 민족주의 문학 건설의 목표를 뚜렷이 밝힌다. 그리고 문학가동맹은 운동의 기본 방향을 ①일본 제국주의 잔재 소탕 ②봉건주의 잔재 소탕 ③국수주의 배격 등을 제시한다. 아울러 기관지『문화전선』,『신문예』,『아동문학』을 발행한다.

달 따러 가는 이야기, 꿈을 읊는 노래는 오늘날에 하마 적합하지 않은 사탕발림의 글발입니다. 차차로 자리가 잡혀가는 아동문학은 민주주의 새 터전에서 굳건히 자라갈 여러분의 길잡이 동무일 것입니다.[3]

위의 인용문에서 보듯이 아동문학의 수준에 대해서 문학가동맹은

---

2) 김남천,「문학의 교육적 임무」,『문화전선』, 1945. 11.
3) 임원호,「꾸미고 나서」,『아동문학』, 조선문학가동맹 아동문학위원회, 1947. 7.

분명한 입장을 가지고 있다. 당시 어린이들의 놀이에서 나타나는 말이나 유아적인 행동을 표현함으로써 천진함을 나타내려는 동시에 대한 문제를 지적하고 있다. 이 잡지가 발표될 시기는 문학가동맹으로서는 문학 운동의 원칙이 수립되고 대중화 운동이 구체적으로 전개되는 시기이다. 한편 미군정에 의한 각종 언론 탄압 등 파쇼 진영의 대 탄압에 따라 많은 문화인들이 동요되고 때로 조직을 이탈하는 현상이 나타나는 시기이다. 따라서 이 시기는 반파쇼투쟁이 문학가동맹의 중심축이었으며 작가의 의식 개조 문제 등에 대한 논의가 본격화되는 시기였다.

이미 1946년 4월 『새동무』 사무실에서 이기영(민촌), 한설야, 한효, 홍구가 참석한 가운데 아동문화운동의 방향성에 대한 논의가 있었다. 여기서 민촌은 『새동무』나 『별나라』 등 아동잡지들이 일본 제국주의 잔재를 청산해야 함을 강조하고 있다. 아울러 아동문화운동을 소련식으로 전개할 것을 강조한다. 그는 실제 강원도에서는 부녀동맹과 유치원, 탁아소 등을 통해서 전개되고 있다고 소개하기도 한다. 이에 대해 한설야도 "어린이들은 생각이 참되고 순진하기 때문에 모든 것을 진리로" 받아들이기 때문에 일제 잔재의 청산이 무엇보다 시급함을 강조하고 있다. 이런 정황은 해방 이후 아동문단에서도 일제 잔재의 소탕을 가장 급선무로 잡았음을 알 수 있으며, 특히 아동을 순진한 존재로만 인식하는 것이 아니라 현실에 대한 판단을 스스로 할 수 있다고 보고 있음을 알 수 있다. 그래서 해방 이후의 가난한 현실과 일제 잔재 및 봉건적 모순에 대한 고발과 어린이에 대한 기대 등으로 계급의식을 강요하고 있다. 즉 이들 계급주의 작가들은 일본이 자기들의 군사력 부족에서 패인을 찾는 것이 비해, 그것이 아니라 제국주의적인 발상의 문제를 지적하고, 이를 어린이들에게 계몽하고자 하였다. 아울러 해방 공간이 좌·우 이데올로기 속에서 소련에 대한 인식을 긍정적으로 하게 하여 소련이 연합국임을 인식시키려는 노력을 보여주고 있다. 이는 이기영, 신고송 등이 잡지『별나라』에 쓴 글에서 확인할 수 있다.

(전략) 그런데 붉은 군대가 뜻밖에도 흉악하다는 소문이 떠도는 모양 같습니다. (중략) 붉은 군대는 오히려 너무도 사람이 좋고 친절하고 평민적이올시다. 그들은 착한 친절한 농민 같고 어린이처럼 천진난만합니다. 가까운 예를 말하면 우리나라 어린 동무들을 무척 사랑합니다. (중략) 왜놈들은 붉은 군대를 나쁘다 하야서 우리 조선민족의 통일전선을 방해하랴는 것이 근본 목적이였습니다. 또한 그 밖에는 8월15일 해방 뒤로 일본 놈에게 붙어 살든 친일파의 조선사람들이 반민족주의자로 몰려서 남조선으로 쫓겨 와서 제 잘못은 모르고 도리혀 소련을 나쁘게 선전하랴는 데서 나온 뜬소문이올시다. (중략) 이런 나쁜 선전은 우리나라를 해방식혀 준 련합국에게 죄스러운 일일 뿐 아니라 우리 민족이 통일전선을 어지럽게 해서 우리 건국사업을 일부러 방해하랴는 가장 나쁜 이요, 매국노의 하는 짓이라 아니할 수 없습니다. (하략)[4]

이 인용에서 보듯이 계급진영에서는 소련을 해방군으로 인식하고 있으며 친일파에 의한 의도적인 왜곡으로 어린이들이 소련군을 적대시하고 있음을 지적하고 있다. 이런 인식은 신고송도 마찬가지다. 그역시 소련은 '훌륭한 병정'이며 '조선을 해방시켜 준 고마운 사람들'이라고 말하고 있다. 그리고 더 나아가서 그 소련군 중에는 조선인의

---

4) 이기영, 「붉은 군대와 어린 동무」, 『별나라』 속간 제2호, 별나라사, 1946. 2, pp.16~19.

2세가 함께 있어 일제의 압박을 제 손으로 무찌르려고 들어왔다고 흥분을 감추지 못하고 있다.

　지금까지 해방 이후에도 계급주의적인 동시는 카프 시대처럼 어린이들을 선전 선동한 것처럼 생각한 사례가 많았으나 해방 이후 발간된 좌익 잡지의 사례에서는 이를 찾을 수 없다. 다만 그들의 중요한 정책 과제인 반봉건 친일 청산의 모순을 해결하기 위한 분위기를 어린이들에게 알리는 정도의 수준이었을 뿐이다. 그리고 아동을 독립된 존재로 인식하지 못한 탓에 시적 화자인 어린이가 모순을 해결하기 위한 적극성을 보이지도 않는다. 이는 문학가동맹의 대중화 일환으로 어린이를 운동의 주체로 끌어들여 혁명의 분위기를 고조시키고 정확한 사회 인식과 소련에 대한 좋지 않은 이미지의 개선, 그리고 혁명적 영웅주의를 가지고 아동문단에 접근한 것으로 보인다. 이에 대해 김남천은 아동문학이 바른 과학 지식과 옳은 경험과 리얼리즘과 로맨티시즘이 완전히 결합한 용감하고 재미있는 작품을 제작하여야 한다고 강조하였다. 이처럼 반동일화의 동시의 특징은 동시에 표상된 동심이 '동심적 발상'이 아니라 어른의 정신적 갈망으로 관념화된 세계와 민족적 정서의 투사라는 특징이 있다. 그래서 동심의 세계를 망각한 채 어린이들이 처한 현실을 왜곡하여 보여주고 있다. 다시 말하면 가난과 봉건적 잔재, 아동의 비인격적 대우 등에 대한 모순은 가리고 늘 해방의 감격 속에서 막연한 이상적인 공간만을 제시하고 있다는 것이다. 따라서 반동일화의 동심은 동일화의 휴머니즘적 동심과 함께 올바른 동심으로 이해할 수 없다. 즉 계급적 동심이나 계몽적 동심 둘 다 아동의 주체성을 인정하지 않는 오류를 범하고 있다는 것이다.

2. 동심의 차이성과 주체 분할

동심에 대한 반동일적 인식은 동심천사주의에서는 벗어났지만 여전히 동심이 시적 주체를 형성하지 못하는 한계가 있었다. 그래서 아동의 눈으로 보고 아동의 목소리를 강조하는 비동일화의 동심을 찾게 된다. 동심의 비동일적 인식은 어른과의 차이가 인정되는 아동이며, 세계를 갈등 속에서 변증법적으로 파악하여 본질에 접근하고자 하는 세계 인식 방법이다. 근대 이후 전통적인 사회의 자본주의적 재편성 과정에 나타난 '놀이와 일'의 분리는 '아이와 어른'의 분할을 초래했다. 그러나 우리는 현실의 어린이가 이러한 어린이가 아니라는 사실에 맞닥뜨리게 된다. 아동에 대한 이러한 인식은 사회인으로서의 아동을 중심으로 어른과의 차이성을 인정하는 가운데 적극적인 동심을 시적 주체로 세우게 된다.

관념 속에 있는 어린이가 아닌 현실에 실재하는 어린이는 놀이 공간의 분리가 없다. 비동일화의 동시는 관념적인 아동을 동시에 끌고 들어와 공감을 호소하는 것이 아니라 현실적이고 구체적 아동을 그대로 노출시키고 있다. 이러한 아동관은 윤석중이 시도한 현실의 개연성을 중심으로 한 '당위적 아동'과 구분되며, 방정환의 지나친 사랑 속에 떠받들어지는 '천사적 아동'과도 차이가 있다. 이런 아동관은 시인의 주관적 인식이 아니라 아동의 심리적인 특성을 고려한 현실의 아동을 사실적으로 그려낸 객관적인 아동인 것이다. 또 아동을 이데올로기의 갈등과 계몽적인 훈육의 대상에서 구출하고자 동심을 다원적으로 이해한 결과이기도 하다. 아울러 세계와 자아의 비동일적인 갈등 속에서 타자를 인정하는 가운데 주체를 분할하여 새로운 주체를 형성했기에 가능한 것이다. 어린이들은 현실의 불안한 상황을 어른들에게 듣거나 교육을 받아서 아는 것이 아니라 어른들과 함께 생활하면서 그 속에서 심부름하고 어린 동생 돌보기 등을 통해서 스스로 철이 들어가는 것이다. 즉 탈중심화의 과정을 통해서 세계를 인식하고 당당한 사회 구성원으로서의 권리를 찾게 된다는 것이다. 따라서 부패하고 가난한 현실에 울분을 토하는 아이를 주체로 만들기보다는 어른으로 변신해 가는 과정 속에서 보고 자라는 어린이들이 스스로 주체가 되는 과정에 있는 것이다. 즉 어른과 아이가 같은 공간에서 함께 생활하면서 공동체 의식을 키우고 어른의 흉내 내기를 통해서 현실에 적응하는 준비를 하는 어린이가 동시의 주체로 설정되고 있다. 동심에 대한 이러한 인식은 주어진 권리를 수동적으로 받아들이는 아동이 아니라 스스로 권리를 찾는 역동적인 아동을 그려내게 된다.

권태응의 「동네엔 누가 사나」, 「동네가 있는 곳엔」, 「아가야 울지 마라」, 「송아지와 아해」, 「김장밭」 등의 동시에서 사회 구성원으로서의 주체가 형성되는 어린이와 탈중심적인 자아의 성장으로 스스로 권리를 찾아가는 동심을 확인하였다. 이와 같은 동심은 현실의 모순을 인식하고 시적 화자가 내적 갈등을 겪으며 의지를 다지는 치열한 주체를 생산하게 된다. 권태응이 「우리 동무」에서 '누덕 옷을 입고 나물 죽'을 먹는 모순된 현실에서 '월사금이 밀리는' 갈등을 겪지만 '두 주먹 힘껏 쥐고' '어깨동무 굳게 짜'는 당당한 어린이를 주체로 세운 것이나 이원수가 '양담배'와 '알사탕'을 '상자에 담아들고' '한 길로만 도'는 순희를 목메어 부르는 것에서 이러한 주체를 확인할 수 있다. 이는 주체 분할을 통한 동심 세우기로 볼 수 있다. 이런 주체 분할은 아동과 어른의 차이성과 상호 관계성 속에서 동심을 새롭게 찾는 결과를 가져 왔다. 파편적인 현실의 리얼리티를 그대로 인정하는 환유가 아닌 세계와 자아를 통합적으로 구성하려는 상호 구성적인 세계 인식의 전략이다. 즉 어린이들에게 현실을 은폐하거나 계몽적으로 전유하는 것이 아니라 세계와 자아의 상호 관계성 속에서 어린이들을 주체로 세우려는 시적 전략으로 볼 수 있다. 동심의 비동일적 인식은 부분보다는 전체를 보는 세계 인식의 폭을 넓힐 수 있게 하였다. 이로써 사회의 여러 가지 모순에 가까이 접근할 수 있는 계기를 마련하였다. 이는 모순된 현실을 피상적으로 인식하고 보편적이고 단일적인 동심의 단순함에 의지하여 주체의 의지대로 계몽적으로 해결하는 것이 아니다. 문제의 본질적인 해결을 위해서 어린이들로 하여금 구조적인 모순을 인식하게 하고, 내적인 갈등을 통해서 문제의 심각성을 부각시키며 시적 주체를 형성하게 된다. 이러한 동심을 이원수는 '주체적 동심'으로 이해하였다. 구체적인 작품으로 이원수의 「버들피리」, 「비ㅅ속에서 먹는 점심」, 「애기와 바람」, 「바람에게」 등의 작품들이 있다. 그러나 이는 동시가 이상과 현실이 뒤엉키는 복잡한 세계의 정서를 반영하는 성인 시와 구별되어야 하며, 어린이의 단순 명쾌성을 그대로 유지해야 한다는 기본적인 과제가 다시 문제로 남는다.

권태응의 시적 사유는 방정환의 천사주의적인 아동에 대한 비판에서 비롯된다고 볼 수 있다. 방정환의 '어린이'는 지식인의 자의식에 의해 설정된 아동으로 현실을 살아가는 어린이가 아니라는 것이다. 이러한 아동에 대한 비판적인 시각은 그의 동시에 어른과 구분 없이 생활하는 어린이들의 모습을 담았고 나아가서는 일과 놀이의 혼재 속에서 어른으로 변화해 가는 객관적인 아동을 표현하게 된다.

권태응은 일과 놀이의 분리 이전의 자연에서 뛰어 노는 어린이를 대상으로 하였기에 어른의 농사일을 이해하는 현실적인 아동을 동시의 주체로 세울 수 있었다. 이러한 사유 방식은 기존의 단일 기제인 동심제일주의 관점에서 탈피하는 비동일적 사유 체계에서 비롯되었다고 볼 수 있다. 그의 동시에 나타나는 어린이의 모습은 스스로 놀이를 찾고 그 속에서 공동체 의식을 키운다. 그리고 어른의 흉내 내기를 통해서 현실 적응을 준비하는 어린이이다. "아가야 울지 마라 시장 참어라. 저녁 할 때 다 됐으니 엄마 오겠지. 퉁퉁 부른 두 통 젖 갖고 오겠지."라며 동생을 달래는 시적 화자는 역시 어린이이다. 그러나 들에 나간 엄마를 대신해서 동생을 돌보는 시적 화자는 어른과 어린이의 이분법적인 구분에 의해 발견된 어린이가 아니라 생활에 존재하는 현실적인(진정한) 어린이이다. 연령으로는 나(화자)도 어린이이지만 나보다 어린 동생 앞에서는 '돌보기'를 하는 성숙된 어린이로 나타난다. 이러한 모습은 방정환의 천사적인 어린이의 관점에서는 도저히 있을 수 없는 어린이이다. 권태응은 해방 공간의 이데올로기와 계몽적인 동심의 담론 속에서 현실에 존재하는 진정한 아동의 리얼리티를 확보했다고 볼 수 있다. 즉 권태응의 동시에 나타난 아동은 해방 정국의 이데올로기와 어린이 운동의 계몽적인 의식에 호출되는 것이 아니라 타자가 가지고 있는 차이성을 인정하여 주체로 설정하였다. 이러한 그의 사유는 「감자꽃」[5]에서 명확해진다. "자주꽃 핀 건 자주 감자/파보나 마나 자주 감자"라는 표현은 자연의 이치를 그대로 나타냈다고 할 수 있다. 그러나 이보다도 어린이를 자의식으로 발견하지 않고, 있는 그대로의 진정한 어린이를 나타내고자 하는 시인의 시적 사유에서 비롯된 표현이라 할 수 있다. 권태응은

---

5) 권태응, 「감자꽃」, 『소학생』 제55호, 아협, 1948. 3, p.6. 이재철은 이 동시를 일제 강점기의 창씨개명에 대한 저항이라고 해석하고 있으나 이는 지나친 논리의 비약으로 보인다. 권태응이 작품 활동을 시작한 것이 해방 이후이고 또 이 동시의 발표 연대가 1948년인 점으로 미루어 볼 때 우선 시기적인 거리가 너무 멀다.

유학 시절 체험한 저항 의식으로[6] 해방 이후 근대를 그대로 받아들이는 것이 아니라 역동적으로 재구성하고자 했다. 결핵을 앓고 있는 가운데 아동문학가로서 그가 할 수 있었던 것은 근대와 함께 발견된 관념적 아동에서 벗어나 실제 아동의 모습을 찾는 것이었는지도 모른다. 이는 그의 해방에 대한 기대와도 관련이 있다. 해방은 어린이들보다는 어른들의 생활을 바꾸는 중요한 계기였음이 분명했다. 그래서 권태응은 해방의 희망 속에서 동심을 찾고자 했다. 새롭게 조국을 건설하고 생산 현장으로 돌아가고자 하는 국민들의 기대는 권태응에게도 마찬가지였다. 그래서 어린이들도 어른과 함께 해방의 공간을 맞는 것일 뿐이라 생각했다. 이는 어린이를 보호의 대상으로 인식하여 어린이의 자율적인 행동이나 사고를 제한하거나 어른에 의한 많은 가치를 날것으로 주입하려는 계몽주의적 시각과 차이가 있다. 따라서 권태응의 동시는 해방의 소용돌이 속에서 어린이의 특성과 상호 변별성을 중심으로 현실 생활 속에 있는 진정한 어린이를 찾아내어 동심을 주체로 형성한 경우로 볼 수 있다.

한편 이원수는 당시 문학가동맹이 호출한 계급주의적인 아동관에 영향을 받은 것은 사실이지만 그의 '주체로서의 아동관'[7]으로 당시 아동이 처한 현실을 올바로 바라보고자 했다. 이로써 그의 동시에는 현실 극복의 의지가 시적 화자에 의해 구체적으로 형상화된다. 불행한 현실에 대한 실천적인 어린이의 대응은 들어 있지 않으나 기대에 못 미치는 해방기의 현실적 좌절을 작가 자신의 분노에 찬 목소리로 나타내고 있다. 그의 목소리는 아이들의 마음속으로 고스란히 스며

---

6) 이오덕, 『농사꾼 아이들의 노래』, 소년한길, 2001.
7) 이원수, 「아동문학 입문」, 『전집 28』, 웅진, 1988, pp.103~104. 어린이들을 계급주의 이데올로기에 내몰리지 않게 하려는 아동관이다.

들어 모순되고 비관적인 현실 속에서 아동 스스로 정체성을 찾고자 했다. 그리고 희망을 가지고 모순된 현실을 극복하는 성숙된 어린이의 모습으로 나타난다. 이러한 그의 인식이 해방기의 절대적 동심이나 관념적 동심과는 다른 동심의 재발견을 가능하게 했던 것이다. 이 점에서 이원수 동시는 해방기 이데올로기의 호출에 일방적으로 동일화되지 않고 세계와의 갈등 속에서 주체를 구성하는 비동일화 과정으로 이해된다.

이처럼 해방기의 동시인은 개별적인 정치적 성향과는 달리 동심을 어떻게 이해하여야 하는가, 그리고 동시의 시적 주체를 어떻게 형성하고 관리하여야 하는가 등에 대한 끊임없는 고민을 하였다고 볼 수 있다. 따라서 작가별로 뚜렷한 이념과 신념을 가진 경우는 찾기 드물지만 나름대로 해방기의 과제를 충실히 해결하려는 의지가 엿보인다. 이러한 의지는 수많은 아동잡지의 출간으로 이어졌고 많은 작가들이 그들의 개인적인 성향과 전혀 다른 유형의 작품을 발표하기도 한다. 이는 기성 문단이 치열한 이데올로기 대립 속에서 민족문학의 수립을 모색한 것과 대조적이라 할 수 있다.

이상에서 살펴본 것처럼 해방기 동시문학은 동심을 중심으로 하는 내적 성숙이 정형률의 제한된 시야에서 자유시로 넓혀졌다. 이로써 동시의 시적 수준을 한 차원 끌어 올렸다고 할 수 있다. 이는 동심에 대한 다양한 담론을 통해서 동심에 다가가려 한 해방기 시인들의 노력의 결과이다. 내용면에서도 과거 전래동요의 언어 반복과 노래 중심의 리듬에서 벗어났다. 그러나 지금까지 동시를 언어유희적이라 평한 것은 전래동요와 근대동요 그리고 동시를 구분하지 않은 채 논의한 결과라 여겨진다. 한편 동심을 단일적으로 이해한 결과이기도 하다. 1970년대 후반에 이오덕은[8] 전래동요의 반복성, 말놀이, 집단적 정서의 반영 등이 나타난 동요를 대상으로 언어 유희적이라는 비판을 가했다. 그러나 이는 리얼리즘을 염두에 둔 채 '일하는 어린이'만을 시적 주체로 형성해야 동시가 된다는 식의 또 다른 독선에 빠지고 만다. 해방기의 동시 중에서도 전래동요의 흔적을 엿볼 수 있는 부분이 있으나 이는 어디까지나 해방기 동시문학의 전체적인 문제가 아니라 한 부분으로 이해하여 구분하는 것이 마땅하다 하겠다. 이오덕이 말하는 유희정신의 동요적인 동시는 이 범주에서 제외하고 논의해야 한다. 이러한 구분이 없는 관계로 그는 방정환의 천사주의적 동심과 동심주의를 혼동하였고, 또 동심은 획일적이고 단일하며 보편적인 것으로 여기는 오류를 범하고 있다.

3. 동심의 다원적 형상화

푸코가 제기하는 담론 분석은 하나의 기표에 대립되는 다양한 기의의 관계를 파악하는 것이다. 동심을 담론으로 설정한 이 연구는 미흡하나마 동심의 다양한 차이를 밝히는 결과를 가져 왔다. 즉 그동안 동심을 보편적이고 동질적인 수준에서 취급하여 이해하던 논의에서 벗어나 동심을 피상적인 의미와 본래적 의미의 대립으로 다양한 동심과 뚜렷한 차이를 확인하였다. 이를 바탕으로 동심에 대한 이해를 요약하면 첫째는 동심 동일화의 세계관으로 일관하는 경우이다. 이 경우에 윤복진의 유토피아 지향의 동시와 권태응의 단순성을 바탕으

---

8) 이오덕은 윤석중의 동시를 수난당한 민족의 어린이 모습이 아니라 어린이의 귀여움에 집착한 나머지 언어유희적인 표현으로 비현실적인 아동을 표현했다고 비판했다. 이오덕, 『시정신과 유희정신』, 창비, 1996.

로 하는 물활론적 아동관 중심의 동시, 그리고 윤석중의 휴머니즘적 동시를 들 수 있다. 우선 윤복진의 경우를 살펴보면, 그는 정치적 성향과는 다른 측면에서 동시를 발표하고 있다. 그는 1925년『어린이』지에 동요가 당선된 이후 줄곧 율문 중심의 노래와 같은 동요를 발표한다. 해방 이후 발간한 그의 동시집『꽃초롱 별초롱』의 제목에서 엿볼 수 있듯이 반복되는 언어를 통해서 밝고 경쾌한 동시를 쓰고 있다. 그의 동시는 어린이들간의 놀이나 엄마와 아기의 대화에서 나타나는 말을 동시에 옮김으로써 아이들의 놀이를 얼른 연상할 수 있다. 또 그의 동시에는 전체적으로 자연적 질서에 동화되는 천진한 동심이 담겨 있다. 그의 이러한 시적 사유는 어릴 때부터 몸에 밴 기독교적인 낙원사상, 즉 세계와 자아의 동일성을 지향하는 서정이 현실의 냉철함과 함께 존재했기 때문으로 보인다. 그래서 이데올로기와 기독교의 낙원사상이 상호 역동적인 구성을 통해서 주체를 형성했다고 볼 수 있다. 그는 해방 직후 정치 이데올로기에 편승하는 듯하지만 서정성 짙은 동심의 주체를 형성했다고 볼 수 있다. 즉 윤복진은 자연과 일치하는 아동을 통해서 순수 동심을 나타냈다. 윤복진의 순수 동심은 동심을 유토피아적 세계로 인식하고 세계와 동심이 황홀한 만남을 지향하고 있다. 그의 서정성 짙은 동시는 근원적인 세계에 대한 유토피아적 갈망으로 볼 수 있다. 이는 동심이 지니는 물활론적 세계와 그로부터 출발하는 생명의 믿음에서 나타난다고 볼 수 있다. 그러나 그가 살고 있는 현실은 이렇게 행복한 공간이 아니었다. 여기서 그는 현실의 이데올로기와 갈등을 빚게 된다. 그가 현실과 문학 공간을 넘나들면서 동시(同時)에 꿈꾸었던 기독교적인 낙원은 사회주의 이념의 평등한 세상과 맥이 닿아 있는 것이다. 그의 이 유토피아 지향은 현실적으로 계급적인 실천의 문제를 고민하게 만든다. 즉 그는 현실적인 이념의 달성을 위한 이데아적인 공간으로 낙원을 염두에 두었으며, 이러한 낙원사상과 현실의 이념이 달성되는 공간을 순수한 동심의 세계로 인식했던 것이다. 이처럼 윤복진에게 동심은 근원적인 본질이 항상 상위의 개념으로 자리하고 있는 동일화의 시적 사유로 설명할 수 있다. 이런 측면에서 윤복진을 이해하면 그가 문학가동맹의 이데올로기에 동화된 것은 근원적인 유토피아의 동심적인 세상을 실현하기 위한 방법으로 볼 수 있다. 즉 그는 기독교적 낙원과 현실 정치의 이데올로기가 같은 공간에서 새로운 담론으로, 즉 기의가 기표를 옮긴 운명에 처하게 된다. 그는 해방 이후 조선문학가동맹의 중앙집행위원회 서기국 아동문학부 사무장에 선임되면서 "일체의 봉건적 요소를 배제하고 새로운 길로"라고 외친다.[9] 또 "일체의 비과학적 사상을 배격하고 새로운 사상과 과학의 길로 우리 아동관을 새로이 하자"라고 외친다. 하지만 그의 동시는 여전히 맑은 동요이며 1949년 아동예술원에서 펴낸 첫 동시집 『꽃초롱 별초롱』에서는 이러한 이데올로기에 호출된 작품은 눈에 띄지 않는다.

봉건시대와 그 전시대에서 천대만 받아오던 아동을, 인간 이상의 인간으로 떠받쳐 현실의 아동을 선녀나 천사로 숭상하려던 시대도 있었다. 나도 그러한 과오를 범한 사람의 한 사람이다. (중략) 아동을 초시간적, 초공간적인 존재처럼 신앙하여, 현실의 아동을 우상화시켜 구가하는 근대 낭만주의자의 동심지상주의 내지 천사주의의 아동관은 더욱 불법하고, 부당한 것이다. (중략) 아동은 어디까지나 현실의 인간이다. 우리네 성인과 마찬가지로 현실 안에 살고 현실 안에 생활하는 인간이다. 그저 이전

---

9) 조두섭, 앞의 책, pp.112~113.

의 인간으로서 나날이 시시각각으로 생장하는 어린 인간이다. 미래할 세
계의 새로운 인간이요, 닥쳐오는 새 시대의 주인공이다.[10]

이러한 그의 발문을 통해서 알 수 있듯이 그는 천사적 동심주의를
거부하고 있다. 윤복진은 해방 이후는 문학가동맹의 구성원으로서
이데올로기의 호출을 받았으나 문학가동맹의 담론을 동일자의 논리
로 단순 재생산하지 않는다.[11] 그 무렵 계급진영에서는 아동문학을
"달 따러 가는 이야기, 꿈을 읊는 노래는 오늘날에 하마 적합하지 않
은 사탕발림의 글발"[12]로 이해하고 있다. 이러한 인식은 송완순에 의

---

10) 윤복진, 「발문」, 『꽃초롱 별초롱』, 아동문예 예술원, 1949, pp.120~121. ; 원종찬, 「동요시
인 윤복진의 작품 세계」, 『아동문학과 비평정신』, 창작과비평사, 2001, p.306에서 재인용.
11) 윤복진은 이념과 동심 사이에서 누구보다도 고뇌를 많이 한 작가로 생각할 수 있다. 해방
이후 나온 그의 동시집 『꽃초롱 별초롱』의 서정적인 분위기와 달리 일간지 등에 발표한 동
시는 계급적인 의식과 함께 동심에 대한 고민이 누구보다 컸던 것으로 나타난다. 그는 등단
후 처음에는 『어린이』지를 중심으로 작품을 발표하면서 대구에서 윤석중과 함께 '기쁨사'
회원으로 대구 카나리아회를 주재한다. 이후 그의 동시는 일간지를 중심으로 발표되는데
주로 동아일보, 중외일보, 조선일보, 시대일보 등에 작품을 발표한다. 시대일보(1926)에
「잠자는 미륵님」, 동아일보(1927)에 「풋대추」, 조선일보(1928)에 「고향집」, 「꽃씨 심으자」,
중외일보(1929)에 「할아버지 안경」, 「쿵당당 달마중 가자」, 조선일보(1930)에 「스무하루
밤」, 중외일보(1930)에 「중중 때때중」, 「쪽도리 꽃」, 「송아지 팔러 가는 집」, 동아일보
(1930)에 「영감 영감 야 보소 에라 이놈 침줄까」, 「가을바람이지」, 동아일보(1931)에 「양양
범버궁」, 동아일보(1932)에 「누나 생각」, 「바람이 솔솔 책장을 넘긴다」 등을 발표한다. 그
러나 1930년대에 발표한 몇 편의 동시에서는 초기와 다른 면모를 보이고 있다. 지금까지 알
고 있던 경쾌한 리듬과 신명은 사라지고 쓸쓸하고 우울한 분위기를 자아내고 있다. 「스무하
루 밤」은 '실 뽑는 어머니가 월급 타는 밤'이지만 즐거움이 없다. 오히려 '품삯이 모자라 눈
물 지우는 어머니'의 모습과, '동짓달 조각달'이 다 넘어가도록 오지 않는 어머니를 잠들지
않고 기다리는 아기의 모습을 담고 있다. 「쪽도리 꽃」은 '허물어진 흙 담 밑에' 쪽도리 꽃이
핀다는 사실을 두 연에 거푸 나열하고 있다. 북간도 가서 소식 없는 보배애기가 없는 쓸쓸
한 분위기와 가난 때문에 이향해야 하는 비극적인 현실을 암시적으로 나타내고 있다. 「송아
지 팔러 가는 집」은 '누른 벼가 익고' '옥수수 알이 차건만' 우리 집은 송아지를 팔러 가야
하는 가난은 가을걷이가 끝이 나도 궁핍한 생활을 면할 길 없는 암울한 식민지 현실을 담고
있다. 위의 세 동시 모두 당시의 가난한 현실을 있는 그대로 나열할 뿐이었지 어디에도 시
적 화자인 아동의 모습이 보이지 않고 있다. 멀리서 바라보고 있는 수동적인 화자일 뿐이
다. 그러나 이전의 그의 동시에 비하면 이 단계에서는 거울 단계의 고립된 '나'에서 벗어나
세계를 확산적으로 읽고 있다. 이러한 현실 인식은 해방 이후의 몇 편의 동시에도 나타나고
있다. 그러나 여전히 문학가동맹의 이데올로기를 그대로 답습하지는 않고 있다.
12) 임원호, 「꾸미고 나서」, 『아동문학』 제3호, 1947. 7. p.69. 여기서 "『아동문학』은 민주주의
새 터전에서 굳건히 자라갈 여러분의 길잡이 동무일 것입니다."라고 강조하고 있다.

해 더욱 분명해진다. 송완순은 "어린이가 실제에 있어서 문자 그대로의 천사적인 인간이 될 수 있을, 사회의 탐구에 관한 의욕과 정열을 개발"[13]하는 것이라 주장하고 있다. 윤복진은 이러한 문학가동맹의 임무에 일단 충실하려고 했던 것으로 보인다. 그러나 쉽게 이데올로기에 동화되지 않은 이유는 기독교적 낙원과 현실 정치의 이데올로기가 같은 공간에서 공존했기 때문으로 보인다. 아동에 대한 과학적 인식의 노력은 해방의 과제이기도 한 봉건 잔재 청산의 일환이기도 했다. 새나라 건설과 함께 아동의 지위와 역할을 찾기 위한 그의 꿈 찾기는 계몽적인 시각으로 어린이를 훈계하기보다는 과학적인 사고를 하는 민주주의 시민으로서의 어린이를 염두에 두고 있다. 윤복진의 동시에는 담론 구성체가 구성한 주체를 관리하는 데 물활론적인 동심과 함께 기독교적인 메커니즘이 간여하고 있다. 이후 윤복진은 6·25 때 월북함으로써 우리에게서 잊혀지게 된다.[14] 어린이의 꿈과 놀이에서 신명난 동요를 썼던 그가 이렇게 사상적인 변화를 거친 까닭이 분명하지는 않다. 해방후 조선 문학가동맹의 구성원이었으면서도 그가 발표하는 동시는 여전히 3·4조의 빠른 리듬으로 어린이

---

13) 송완순, 「아동문학의 천사주의」, 『아동문화』 제1집, 1948. 11. pp.27~28. 『아동문화』는 조선문학가동맹의 기관지였던 『아동문학』을 잇는 성인을 대상으로 하는 매체였다. 이후 이는 창간호로 종간되고 어린이를 대상으로 하는 『어린이 나라』로 다시 창간된다. 한정호, 「광복기 아동지와 경남부산지역 아동문학」, 2004년 4월 한국문학회 주최 전국학술발표대회 자료.

14) 월북 후의 자료 부재와 한계는 그에 대한 연구도 거의 없는 실정이다. 이재철이 『한국현대아동문학사』에서 그의 동시 율격과 내용을 간략히 언급한 것이 있고, 이와 비슷한 관점으로 하청호가 정리한 작품론이 있으며, 원종찬의 평론 「동요시인 윤복진의 작품 세계」가 있다. 모두 구체적인 그의 작품세계와 아동관에 대한 연구는 아니라 볼 수 있다. 그의 월북 이후의 행적이 잘 드러나지 않았으나 이재철에 의하면 북한에서도 활발한 활동을 한 것으로 보인다. 1981년 김일성종합대학 출판사에서 나온 『아동문학』(리동원 집필)의 심사를 했으며, 작품으로는 「시냇물」(1954. 체제 선전), 「학습을 다 하고서」(1954. 체제 선전), 「아름다운 우리나라」(1955. 체제 선전), 「개구리는 땅 속에서」(1958. 서경 서정), 「학습 터에서」(1978. 우상화) 등의 작품을 발표하였다. 이재철, 「북한아동문학연구」, 『아동문학평론』 제89호, 1998. 12.

들의 놀이와 천진한 동심을 해학적으로 묘사하는 것이 많았기 때문이다. 어린 시절 기독교인인 아버지를 따라 교회를 다니며 많은 여동생들 틈에서 독자로서 유복한 생활을 한 바탕이 그의 동시를 서정으로 몰고 갔다. 그러나 그 꿈은 여전히 이룰 수 없는 괴리가 있었으며 이러한 정서는 슬픔으로 나타난다. 이처럼 윤복진은 동심 동일화의 세계관으로 유토피아를 지향했으며 이에 대한 실천으로 해방기의 계급적 이데올로기에 호출당한다.

윤석중 동시는 방정환의 천사주의적인 동심을 그대로 이어받았지만 차별화되고 있다. 방정환이 눈물을 통해서 동정을 유발한 나약한 동심이라면 윤석중은 밝은 놀이를 통해서 즐겁게 노는 희망적인 동심을 표현했다. 이를 '당위적 동심'으로 볼 수 있다. 즉 이데올로기의 억압과 가난 속에서도 '어린이들의 모습은 이랬으면' 하는 작가의 마음을 담고 있는 것이라 볼 수 있다. 이것을 현실 도피로 매도할 것이 아니라 현실 대응의 다른 방법으로 이해되어야 한다. 즉 윤석중의 동시에 나타난 초현실적 아동의 모습은 현실의 도피가 아니라 미래에 대한 기대로 볼 수 있다는 것이다. 그러나 이는 아동을 주체적 시각에서 보지 못하고 어른의 기대와 욕망 속에서 설정했다는 비판을 피하기는 어렵다. 즉 아동 스스로 문제의식을 가지고 생활하는 현실적인 아동의 모습이 아닌 어른에 의해서 보호되어야 하는 교육의 대상으로서의 아동일 뿐이라는 데 문제가 있다. 현실적인 모순의 극복을 위해 윤석중은 아동의 주체를 배제한 상태에서 어른의 강한 현실 극복 의지만을 가지고 있다. 따라서 아동을 타자로 인정하지 않고 봉건적인 시각으로 바라보았다는 점을 지적할 수 있다. 그러나 이는 방정환의 천사주의 동심과는 구별된다. 방정환의 아동은 영웅적인 아동을 그리고 동정을 유발시켜 눈물을 흘리게 해서, 결국 아동은 천사와 같은 존재이며 그래서 한없는 보호를 받아야 하는 대상이다. 이에 비해 윤석중이 아동을 천사주의적 시각에서 본 것은 방정환과 일치하나 어린이 스스로 밝게 생활하는 건강한 모습을 보여주고 있는 점이 다르다. 그래서 윤석중은 동심천사주의에 깊이 들어간 자신을 알고 여기서 벗어나고자 노력한다. 그러나 '시린 눈 속'에 내몰린 어린이의 뒤에는 어머니라는 막강한 보호가 있으며 이에 대한 믿음으로 세계를 편안하게 인식하고 있다. 이처럼 윤석중은 해방기의 거대 담론인 이데올로기에 대한 거부를 분명히 하면서 당위적 동심으로 현실에 대응했다. 이는 어린이들에게 현실을 가리는 한계를 지녔으며, 그 속에 어린이들을 안주시키는 결과를 초래하였다. 그래서 어린이를 보호의 대상과 교육의 대상으로 파악한 봉건적인 사고를 벗어나지 못하고 있다. 즉 과학적인 아동관이 결여되었으며 결국 아동을 타자로 인식하지 않고 자신의 의지 속에 가두고 있다. 그래서 어린이들에게 당시의 계급적인 이데올로기의 주입을 막은 것은 사실이나 결국은 동심주의 아동관 속에서 동심을 표현했던 것이다. 이는 푸코가 이야기하는 부르주아 체제 내에서의 저항이며 그래서 변혁을 포기하고 기존 체제에 안주하는 반동일화 층위로 해석할 수 있다. 이처럼 윤복진과 윤석중은 동일화 동심에 대한 반성으로 이 동심주의에서 빠져나온다. 그러나 윤복진은 해방기의 이데올로기의 호출에 자유롭지 못했으며, 윤석중은 자신만의 고립된 세계를 다시 구축하는 문제를 지니게 된다. 즉 윤복진은 자신이 꿈꾸던 동심이 존재할 유토피아를 찾아 체제를 선택하게 되는 반면, 윤석중은 스스로 모든 아동의 어머니가 되어 자신의 욕망을 어린이들에게 강요하는 반동일적인 동심을 갖게 된다.

두 번째 동심의 시적 실천은 동일화의 동심에서 탈주하여 그 반대편에서 동심을 찾는 반동일화의 경우이다. 이는 다시 이데올로기에 편승하는 경우와 이데올로기의 반대편에서 아동을 계몽하고자 하는 경우로 나누어진다. 전자는 계급주의적 동시를, 후자는 계몽주의적 동시를 낳게 된다. 계급주의적 동시는 동심주의적 인식에서 벗어나게 하는 데 큰 기여를 한 것은 사실이다. 계급진영에서는 어린이들이 어느 누구보다도 더 시달리고 있다고 생각했다. 그래서 "그들만은 혼탁한 사회적 분위기에서 절대로 유리시켜야 하며 언제나 즐겁게 춤추고 노래 부르며" 크도록 해야 한다는 동심천사주의에 분명한 거부의 뜻을 밝힌다. 오히려 "장차 다음 세대를 등지고 나갈 그들의 새로운 국가적 임무와 사회적 존재를 무시할 수" 없다는 자각에 이른다. 그래서 이들은 ①어린이들에게 현실적 입장을 솔직히 밝히고, ②그들의 장래에 중대한 임무와 그 수행에 대처할 힘을 배양하는 것이 급선무라고 강조한다.[15] 이와 같은 아동을 계몽적이고 보호의 대상으로 인식하거나 혹은 천사와 같은 순진하고 착한 존재로만 보려는 경향을 거부한 일부 계급주의 작가들의 아동에 대한 인식은 이러한 장애를 넘었으나 그들은 기성 문단에서의 이데올로기의 대립에서 헤게모니를 장악하려는 정치적 의도가 앞선 나머지 아동의 인식에 객관적으로 다가가지 못하는 한계를 지녔다. 그러나 이 계급주의 진영의 아동문학에 대한 관심은 아동문학인뿐만 아니라 일반 문단의 문인들에까지 아동문학의 범위를 넓혔는데 이들의 자유시에 대한 인식이 아동문단에 영향을 미친 것이 사실이다. 또 정치적 목적으로 계급적인 사상을 계몽하기 위해 대두된 동심주의에 대한 거부는 많은 아동문학가들의 화두가 되었으며 이로 인해서 동심에 접근하려는 자

---

15) 정태병, 「아동문화의 새로운 전망」, 『아동문화』 1집, 동지사아동원, 1948. 11.

세가 확립된 것도 사실이다. 한편 처음부터 동심주의에서 벗어났지만 아동을 교육의 대상으로만 파악하는 반동일화의 동심도 확인할 수 있다. 이는 시적 화자와 달리 시인이 주체가 되어 그들의 고립된 세계를 구축하게 된다. 이는 주로 어린이를 계몽하고자 하는 의욕만 앞서는 한계를 지닌다.

셋째는 비동일화의 동심으로 차이성을 인정하는 가운데 균형감 있게 동심을 이해하는 경우이다. 아동이 객관적으로 존재하고 있다는 것은 자명한 일이다. 그러나 1920년대에 방정환에 의해 발견된 '어린이'는 현실에 있는 진정한 어린이가 아닌 관념 속에 자리잡은 어린이였다. 방정환은 어린이 문화운동을 펼치는 과정에서 어른 속에 묻혀 인격적인 대우를 받지 못하는 어린이를 주체로 형성하기 위해서 대상을 반동일적으로 이해했으며, 이후 그는 '어린이'에 대한 인식을 동일자의 논리에 그대로 따르게 한 잘못을 범하고 있다. 어린이는 솔직하고 순수하며 무지하다는 인식 아래 여러 가지 어린이를 위한 관념과 교훈적인 접근으로 어린이를 이해하기에 이른다. 그러나 권태응은 현실의 어린이가 이러한 어린이가 아니라는 사실에 맞닥뜨리게 된다. 근대 이후 전통적인 사회의 자본주의적 재편성 과정에 나타난 '놀이와 일'의 분리는 '아이와 어른'의 분할을 초래했다. 권태응은 이 근대의 담론으로 나타난 '관념적 아동'을 거부했던 것이다. 이러한 어린이에 대한 이해는 방정환의 천사적 아동에 대한 비판적 시각이며 해방 이후 아동을 어른과 분리시켜 놓고 동심이라는 담론 속으로 몰아가는 은폐된 아동의 문제를 제기했다. 이로써 현실적인 아동상을 정립하려고 노력하였다. 즉 교육, 문학, 이데올로기 등으로 '은폐된 아동'에 대한 문제를 해소함으로써 눈앞에 존재하는 아동을 역사성 속에서 찾고자 했던 것이다. 한편 자연 전체가 아이들의 놀이

터라는 시적 발상과 구체적인 놀이의 이름을 동시에 그대로 나타냄
으로 인해서 동심의 리얼리티를 더 강하게 했던 것이다.

　권태응은 관념적인 아동을 동시에 끌고 들어와 공감을 호소하는
것이 아니라 현실적이고 구체적인 아동을 그대로 노출시키고 있다.
권태응은 동시를 수용자의 측면에서 특수성만을 강조한 기존의 개념
과는 다른 차원에서 인식했다. 즉 메시지 전달을 목적으로 하는 교훈
적 동시에서 벗어나 동시의 시적 기능에 바탕을 두고 있다. 권태응은
세계를 어린이의 목소리를 통해서 물활론적인 사고방식으로 이해하
고 있다. 아동의 고유한 특징 중의 하나인 단순성과 물활론적 세계관
의 반영으로 대상을 낯설게 하여 어린이의 시각을 중심에 두었다. 이
러한 그의 아동관은 당시의 계몽적인 시각에서 어린이를 이해하지
않았으며, 교훈적·지시적 언어를 통해서 강한 메시지를 전달하지도
않고 있다. 그러면서도 이데올로기에 편승하지도 않았다. 다만 동심
동일화의 단순성에서 어린이를 이해하고 시를 썼다. 그러면서도 동
심주의에 안주하지 않고 어린이들이 주변의 환경을 스스로 이겨낼
궁리를 하고 있는 동심을 주체로 설정했다. 이것이 권태응 동시의 한
특징이다. 즉 제재 중심의 동시로 강한 전달력에 치중한 사회적 분위
기에서 벗어나 동심을 중심으로 시적 기능을 중시했다고 볼 수 있다.
이런 아동관은 시인의 주관적 인식이 아니라 아동의 심리적인 특성
을 고려한 현실의 아동을 사실적으로 그려낸 객관적인 아동인 것이
다. 그래서 그는 아동의 단순성과 물활론적 세계 인식에 의해서 아동
의 순수성을 그대로 받아들인다. 이로써 그의 동일화의 동시가 탄생
된다. 그러나 권태응은 아동을 주체로 세우는 것을 지속적으로 고민
하게 된다. 그래서 동심과 무관하게 될 위험성을 극복하고 나와서 현
실의 아동을 매개로 한 구체적인 어린이의 생활을 관찰하게 된다. 이

로써 그는 어른과 차이가 인정되는 비동일화의 동심을 시적 사유 구조로 하여 스스로 갈등하고 문제를 해결하려는 의지를 가진 아동을 주체로 세우게 된다. 권태응에게 있어 현실적인 아동의 발견은 당시의 계몽적인 분위기 속에 젖어 있는 아동에 동일화되지 않고 동심에 안주하지도 않고 이데올로기에 몰입되지도 않는다. 그래서 그는 객관적인 동심을 찾을 수 있었으며 이러한 동심의 눈으로 세계를 인식했던 것이다. 이처럼 권태응은 그의 동시에서 해방 이후의 농촌 생활을 중심으로 그 속에서 생활하고 노는 아이들의 생생한 모습을 담고 있다. 이는 해방기의 중심 담론에서 벗어나 권태응 나름대로의 아동에 대한 이해를 고집했기에 가능했다고 볼 수 있다. 이러한 권태응의 시적 사유 구조는 윤석중이 계급 담론으로부터 벗어나려고 한 반동일적 양상의 현실 대응과는 구별된다.

이와 비슷한 세계 인식으로 아동을 주체로 세우려 한 이원수는 당시 문학가동맹이 호출한 계급주의적인 아동관에 영향을 받은 것은 사실이지만 그의 '주체로서의 아동관'으로 당시 아동이 처한 현실을 올바로 바라볼 수가 있었던 것이다. 이원수는 아동의 현실을 바라보는데 그것이 계급적, 민족적 모순과 무관한 것이 아니라고 파악하면서도 아동의 인격을 제약하는 봉건 모순(성인과 아동 사이의 모순)도 함께 주목하였다. 이러한 관점에서 그는 현실을 어른의 눈이 아닌 아동의 눈으로 대응하는 속에서 아동문학의 본질을 찾고자 했다. 이는 이원수가 말한 것처럼 아동문학을 "불우케 하는 원인과 싸우는 것을 그리는 문학"으로 보고 모순과 불합리로 가득 찬 현실을 동시에 반영함으로써 아동문학이 그동안 가지고 있던 동심천사주의에서 벗어나게 하는 계기가 되었다. 이처럼 이원수는 방정환의 동심주의 문학관의 비판과 해방기 문학가동맹의 계급주의 문학관의 극복으로 동심에 대해서 균형된 감각을 가지게 된다. 이는 아동을 천사주의적인 시각에서 귀엽게만 보고 이러한 현실을 보여주지 않는 유희적 동시와도 구별된다. 그러면서 투쟁을 위한 선동으로 내몰지도 않고 있다. 그는 해방 정국의 이념의 혼란과 가난 속에서도 어른의 눈이 아닌 아동의 눈으로 용기를 잃지 않고 꿋꿋하게 현실에 적응해 가는 아동의 모습을 담아내고 있다. 이처럼 이원수는 어린이들에게 현실을 직시하는 가운데 희망과 용기를 심어 주려고 애썼다. 즉 아동 스스로의 눈으로 현실을 바라보고 문제를 해결하려는 것이다. 주체적인 동심을 가운데에 두고 있다. 이것이 그가 끈질기게 고민한 '주체로서의 동심'인 것이다. 이원수는 문학과 아동을 동시에 파악하려고 했으며, 해방기의 이데올로기 대립 과정에서도 어느 한쪽으로 치우침이 없이 문학의 한가운데에 동심을 두고 있었다. 그러면서 '아동에 대한 재인식'과 '주체로서의 아동'의 관점을 견지했다고 볼 수 있다. 따라서 그의 동시에 나타나는 아동상은 감상적이고 소극적인 것이기보다는 정확한 현실 인식을 바탕으로 하여 스스로 일어서는 아동의 모습이라 할 수 있다. 오락물이 아닌 문학은 현실 생활을 정시(正視)하고 아동 세계의 이상을 추구하는 데서 얻어질 것이다. 그것은 아동이 미성년이라 하여 가만히 앉혀 놓고 부모가 모든 것을 제공하고 보호하면 된다는 생활방식과는 다르다. 아동문학은 아동이 자력을 길러 가는 과정이며, 그들의 이상을 찾기 위한 노력을 그리는 일이며, 현실 사회에 참여하고 있는 모습을 그리는 가운데 생겨나는 것이다. 이러한 그의 인식이 해방 정국의 계급적 현실 인식과는 다른 동심의 재발견이 가능했던 것이다. 이 점에서 이원수의 동시는 해방기 이데올로기의 호출에 일방적으로 동일화되지 않고 주체와 갈등을 겪는 비동일화 동심으로 이해된다.

4. 연구의 한계와 기대

아동이 별개의 독립된 인격체인 것처럼 아동문학 역시 독립적인 문학의 한 장르이다. 그러나 아동문학은 일반 문학에 비해서 수준의 의심을 받아 왔고 이러한 사회적인 분위기 속에서 아동문학에 대한 연구도 미흡한 실정이다. 따라서 이 연구는 아동을 주체로 세움으로써 동시문학의 주변적 논리를 극복하고자 하였다.

이를 위해서 이 연구는 주체가 주체를 구성한다는 주체관을 해체함으로써 주체가 대주체(the Subject)의 호출에 직선적이지 않고 역동적이라는 것에 주목하였다. 즉 시인을 관장하는 대주체를 해체하여 아동에 대한 개념과 시적 주체 설정의 상호 담론적인 성격을 밝혀 아동의 순수성과 계몽적 시각이 아동문학의 보편성이 아니라는 점을 분명히 하였다. 즉 순수성에 근거한 몰가치적인 아동, 계몽의 대상으로서의 아동이 아닌 아동의 개별성과 특수성을 인정하고 이에 대한 시인들의 사유 구조를 파악하는 것은 동시의 시적 수준에 대한 향상을 기대할 수 있다. 이를 위해서 작가론적 입장을 취하지 않고 작품 분석을 통하여 동심을 구명하고자 하였다. 즉 동심을 담론으로 설정하면 아동을 보는 시각과 동심으로 세계를 보는 시각이 총체적으로 드러나게 되어 동심을 구체적으로 이해하게 된다. 그래서 동심의 층위를 세 가지로 구분하여 세계에 반영되는 정서를 동심으로 이해하고자 하였다. 이 과정에서 해방기 동시의 담론 구성체로서의 동심에 대한 동시인의 이해와 동시의 유형이 다음과 같이 나타났다.

①동일화 층위의 동시 작가로는 윤복진, 윤석중, 권태응을 들 수 있다. 이들은 동심의 순진성과 단순성을 바탕으로 자연적 질서에 순응하는 착한 동심을 그대로 받아들였다. 특히 윤복진은 이러한 행복

한 유토피아를 지향하며 이데올로기의 갈등을 겪기도 한다. ②동일화와 반동일화를 넘나든 동시 작가로는 윤석중이 대표적이다. 이는 윤석중이 동심의 단순성과 어린이의 순수함을 바탕으로 하면서 해방 이후 한글 보급운동 그리고 개인적인 어머니 부재를 극복하고자 하는 의식 때문에 어린이를 보호의 대상으로 인식한 결과라 할 수 있다. ③이와 비슷한 경우로 동심을 동일화 층위와 비동일화 층위로 넘나든 동시 작가로 권태응이 있다. 권태응은 어린이들의 물활론적 사고를 토대로 하면서 비현실적인 발견된 아동이 아닌 사회적 권리를 가진 아동을 동시의 주체로 형성하였다. ④비동일화의 동심으로 일관되게 아동과 세계를 인식한 동시 작가로 이원수를 들 수 있다. 이원수는 아동의 이해를 위해 누구보다 애썼는데, 이런 의지는 동시에도 그대로 나타났다. 따라서 해방기의 현실을 반영한 그의 동시는 주체적 아동이 자리하고 있다. 이 주체적 아동은 어른에 의해서 아동의 권리가 주어진 것이 아니라 어린이 스스로 권리를 획득하는 강한 의지를 가진 아동이다. 이것이 계급진영에서 말하는 과학적 아동과의 차이라 할 수 있다. ⑤마지막으로 반동일화의 층위에 머문 동심을 다룬 동시 작가로 계급진영의 작가와 민족주의적인 계몽의식으로 동심을 이해한 작가들이 있다. 이들은 아동을 보호와 계몽의 대상으로 파악하여 어린이의 권리를 찾아 주고자 하였다. 이런 과정에서 그들의 동시는 시적 주체가 동심이 아닌 어른의 목소리가 강제되는 한계를 지니게 된다.

이러한 동심의 유형화는 동심 동일화 층위의 동시가 천사주의적 동심을 바탕으로 한 언어 유희적이라는 편견을 없애고 그 내용에 따라서 시적 수준을 인정할 수 있다는 점을 분명히 했다. 그리고 해방기 계급진영의 작품을 구체적으로 드러냄으로써 동심의 이해와 동시의 수준 논의를 가시화하였다. 이는 아동문학의 문학사적 위치와 가치를 확인하는 과정이 될 것으로 기대한다. 한편 이로써 동심에 대한 개념이 새롭게 정의될 수 있을 것이라 본다. 즉 어른의 관념 속에 있는 아동이 아닌 현실 속에 존재하는 주체적인 아동을 파악하여, 문학 작품을 읽는 대상을 기준으로 한 기존의 편의적인 분류인 '아동문학'이 동심을 중심으로 하는 '동심문학'으로 고쳐질 수 있다는 기대도 함께한다.

■참고문헌

1.기본자료

『별나라』 속간1호, 2호, 1946, 별나라사.

『새동무』 2호, 7호, 9호, 1946~1947, 새동무사.

『새싹』 1호, 5호, 8호, 14호, 1946~1949.

『소년』 창간호~5호, 1948, 문화당 소년편집부.

『소년』 6월 호~12월 호, 1949, 문화당 소년편집부.

『소학생』 35~34호, 1947~1950, 조선아동문화협회.

『신소년』 창간호, 1946.

『아동』 3호, 7호, 1946~1948, 조선아동회.

『아동문학』 3호(속간1호), 1947, 조선문학가동맹 아동문학위원회.

『아동문화』 제1집, 1948, 동지사아동원.

『어린이』 영인본, 123~137호, 1976, 보성사.

『어린이나라』 1월호, 5월호, 6월호, 7월호, 9월호,(1949) 2월호(1950년),
      1949~1950, 동지사아동원.

『진달래』 3월호, 1949, 상문당.

『주간 소학생』 1호~34호, 1946, 조선아동문화협회.

2.논문 및 단행본

강내희 (1999),『문화론의 문제 설정』, 문화과학사.

강만길 외 (1985), 『해방전후사의 인식 2』, 한길사.

강지수 외 (2001), 『문학과 철학의 만남』, 민음사.

공재동 (1987), 「이원수 동시 연구」, 동아대 교육대학원 석사학위 논문.

권기호 (1998), 『현대시론』, 경북대 출판부.

권영민 (1986), 『해방 직후의 민족문학운동연구』, 서울대출판부.

권영민 (2002), 『한국현대문학사 2』, 민음사.

권태응 (1995), 『감자 꽃』, 창작과비평사.

김용순 (1987), 「이원수 시 연구」, 성신여대 교육대학원 석사학위 논문.

김용희 (1999), 『동심의 숲에서 길 찾기』, 청동거울.

김윤식 (1993), 『한국근대문학사상연구2』, 아세아문화사.

김윤식 (1993), 『해방공간의 문학사론』, 서울대출판부.

김윤식 (1997), 『발견으로서의 한국 현대문학사』, 서울대출판부.

김윤식 외 (1999), 『한국현대문학사』, 현대문학.

김자연 (2002), 『한국 동화 문학연구』, 서문당.

김종헌 (2002), 「해방기 이원수 동시 연구」, 『우리말글』, 제25호, 우리말글학회.

김종헌 (2003), 「해방기 윤석중 동시 연구」, 『우리말글』, 제28호, 우리말글학회.

김준오 (2002), 『시론』, 삼지원.

나병철 (1998), 『한국문학의 근대성과 탈근대성』, 문예출판사.

노원호 (1991), 「명쾌한 동심 의식과 시적 서정」, 『한국 아동문학 작가 작품론
　　　전편』, 서문당.

노원호 (1991), 「윤석중 연구」, 한국 외국어대 교육대학원 석사학위 논문.

문선희 (1997), 「윤석중 동요 동시 연구」, 경희대 대학원 석사학위 논문.

문학이론연구회 (2002), 『담론 분석의 이론과 실제』, 문학과지성사.

박태일 (2004), 『경남·부산 지역문학 연구1』, 청동거울.

박태일 (2004), 『한국근대문학의 실증과 방법』, 소명출판.

서동욱 (2000), 『차이와 타자』, 문학과지성사.

신현득 (2001), 「한국 동시사 연구」, 단국대 대학원 박사학위 논문.

안지아 (1997), 「윤석중 동시 연구」, 서울여대 대학원 석사학위 논문.

원종찬 (2001), 『아동문학과 비평정신』, 창작과비평사.

윤복진 (2000), 『꽃초롱 별초롱』, 창작과비평사.

윤석중 (1988), 『윤석중 전집』, 웅진출판사.

윤여탁 외 (2001), 『시와 리얼리즘 논쟁』, 소명출판.

윤효녕 외 (1996), 『주체 개념의 비판』, 서울대 출판부.

이영석 외 (1989), 『유아교육개론』, 양서원.

이재선 (1986), 『우리 문학 어디서 왔는가』, 소설문학사.

이오덕 (1991), 『어린이를 위한 문학』, 백산서당.

이오덕 (1996), 『시정신과 유희정신』, 창비.

이오덕 (2001), 『농사꾼 아이들의 노래』, 소년한길.

이원수 (1988), 『이원수 아동문학전집』, 웅진.

이원수 (1991), 『너를 부른다』, 창비.

이원수 (1996), 『물오리 이원수 선생님 이야기』, 지식산업사.

이재복 (1996), 『우리 동화 바로 읽기』, 한길사.

이재철 (1978), 『한국 현대 아동문학사』, 일지사.

이재철 (1982), 『아동문학개론』, 서문당.

이재철 (1998), 「북한아동문학연구」, 『아동문학평론』 제89호, 아동문학평론사.

이재철 (1996), 『세계 아동문학 사전』, 계몽사.

이지호 (2002), 『글쓰기와 글쓰기 교육』, 서울대출판부.

석용원 (1986), 『아동문학원론』, 학연사.

신홍섭 외 (1997), 『심리학 개론』, 박영사.

정영진 (1993), 『문학사의 길 찾기』, 국학자료원.

조동일 (1994), 『한국문학통사 4』, 지식산업사.

조두섭 (1999), 『한국 근대시의 이념과 형식』, 다운샘.

조두섭 (2001), 『비동일화의 시학』, 국학자료원.

조두섭 (2002), 「이병철의 삶과 시」, 『우리말글』 제24호, 우리말글학회.

조두섭 (2002), 「1920년대 한국 상징주의 시의 아나키즘과 연속성 연구」, 『우리
말글』 제26호, 우리말글학회.

채찬석 (1991), 「이원수 동화의 특징」, 『한국아동문학 작가 작품론』, 서 문당.

천장환 (2003), 『근대의 책 읽기』, 푸른역사.

최기숙 (2001), 『어린이 이야기, 그 거세된 꿈』, 책세상.

최승호 (2002), 『서정시의 이데올로기와 수사학』, 국학자료원.

최지훈 (1999), 「아동문학의 새로운 이해」, 『아동문학담론』, 청동거울.

한국기호학회 엮음 (1999), 『은유와 환유』, 문학과지성사.

한길문학 편집위원 편 (1990), 『한국 근현대문학 연구 입문』, 한길사.

한정호 (2004), 「광복기 아동지와 경남·부산지역 아동문학」, 한국문학회 발표 요지.

황정현 (1999), 「권영상론」, 『아동문학평론』 제93호, 아동문학평론사.

가라타니 고진(柄谷行人) (1999), 박유하 역, 『일본 근대문학의 기원』, 민음사.

Aries, P. (2003), 문지영 역, 『아동의 탄생』, 새물결.

Bogdal, K. M. (1989), 문학이론연구회 역, 『새로운 문학 이론의 흐름』, 문학과지성사.

Bowie, M. (2000), 이종인 역, 『라캉』, 시공사.

Calinescu, M. (1998), 이영욱 역, 『모더니티의 다섯 얼굴』, 시각과언어.

Childers, J. (1999), 황종연 역, 『현대문학 문화 비평용어 사전』, 문학동네.

Frye, N. (2000), 임철규 역, 『비평의 해부』, 한길사.

Habemas, J. (1998), 이진우 역, 『현대성의 철학적 담론』, 문예출판사.

Hazard, P. (1999), 햇살과 나무꾼 역, 『책·어린이·어른』, 시공주니어.

Jakobson, R. (1989), 신문수 편역, 『문학 속의 언어학』, 문학과지성사.

Jameson, F. (2000), 김유동 역, 『후기 마르크스주의』, 한길사.

Kearney, R. (2002), 임헌규 역, 『현대 유럽문학의 흐름』, 한울.

Lacan, J. (1994), 민승기·이미선·권영택 공역, 『욕망 이론』, 문예출판사.

Lash, S. (1997), 박형준 역, 『기호와 공간의 경제』, 현대미학사.

Lukacs, G. (1997), 박정호 외 역, 『역사와 계급의식』, 거름.

Macdonell, D. (1999), 임상훈 역, 『담론이란 무엇인가』, 한울.

Merquiro, J. G. (1999), 이종인 역, 『푸코』, 시공사.

Nikolajeva, M. (1998), 김서정 역,『용의 아이들』, 문학과지성사.

Nodelman, P. (2001), 김서정 역,『어린이 문학의 즐거움 1』, 시공주니어.

Nodelman, P. (2001), 김서정 역,『어린이 문학의 즐거움 2』, 시공주니어.

Norris, C. (2000), 이종인 역,『데리다』, 시공사.

Townsend, J. (1994), 강무홍 역,『어린이 책의 역사 1』, 시공사,

Whitehead, R. (1994), 신헌재 역,『아동문학 교육론』, 범우사.

Wellk, R. 외 (2000), 김병철 역,『문학의 이론』, 을유문화사.

Williams, R. (1982), 이일환 역,『이념과 문학』, 문학과지성사.

Zima, P. V. (1996), 허창훈 · 김태환 공역,『이데올로기와 이론』, 문학과지성
사.

Zima, P. V. (2001), 김혜진 역,『데리다와 예일 학파』, 문학동네.